철들고 나니
황혼이더라

철들고 나니 황혼이더라

발행일	2020년 2월 24일		
지은이	박형선		
펴낸이	손형국		
펴낸곳	(주)북랩		
편집인	선일영	편집	강대건, 최예은, 최승헌, 김경무, 이예지
디자인	이현수, 한수희, 김민하, 김윤주, 허지혜	제작	박기성, 황동현, 구성우, 장홍석
마케팅	김회란, 박진관, 조하라, 장은별		
출판등록	2004. 12. 1(제2012-000051호)		
주소	서울특별시 금천구 가산디지털 1로 168, 우림라이온스밸리 B동 B113~114호, C동 B101호		
홈페이지	www.book.co.kr		
전화번호	(02)2026-5777	팩스	(02)2026-5747
ISBN	979-11-6539-066-2 03810 (종이책)		979-11-6539-067-9 05810 (전자책)

이 도서의 국립중앙도서관 출판예정도서목록(CIP)은 서지정보유통지원시스템 홈페이지(http://seoji.nl.go.kr)와
국가자료공동목록시스템(http://www.nl.go.kr/kolisnet)에서 이용하실 수 있습니다.
(CIP제어번호: CIP2020007411)

(주)북랩 성공출판의 파트너

북랩 홈페이지와 패밀리 사이트에서 다양한 출판 솔루션을 만나 보세요!

홈페이지 book.co.kr • **블로그** blog.naver.com/essaybook • **출판문의** book@book.co.kr

책 쓰기로 인생 2막을 연
한 은퇴자의 인생 회고록

철들고 나니
황혼이어라

박형선 지음

북랩 book Lab

머리글

　내가 늘 하던 일을 내려놓자 삶이 헐거워졌다. 그 빈틈을 메꿀 만한 무언가가 절실한데, 그 어디에도 닿지 않았다. 그런데 어느 날 문득 내 안에 글을 쓰고 싶다는 소망이 꿈틀거렸다. 평생직장이라 여겼던 회사에서 정년퇴직하고 난 뒤에 생긴 일이었다. 그 안쪽 삶은, 어설픈 학생 신분으로 공부하느라 남의 뒤를 따라다녔고, 이어진 직장생활은 가족 생계를 위한 몸부림으로 세상 속에 매몰되어 정체성을 잃어갔다. 오로지 먹고살기 위한 삶의 현장 속에 휩쓸려 하루하루가 뒤죽박죽이었다. 그런 삶을 나 스스로 바꾸지 못하고, 세월 따라 떠밀려가다가 정년퇴직과 함께 세상 밖으로 내몰렸다. 그런 처지를 나는 일찍부터 간과하고 있었다. 이제 남은 생의 선택은 오롯이 내 몫이 되었다. 자신이 심사숙고해서 결단해야 하는 길, 이대로 주저앉을 것인가? 아니면 다시 소망을 쏘아 올린 것인가? 수많은 낮과 밤을 오직 이 생각에 잠겨 몸살을 앓았다. 그 생각의 끝에서 새로운 소망이 싹텄다. 그 소망을 한 자, 한 자 꾹꾹 눌러가며 쓰고 지우기를 수십 차례 했다. 그리고 컴퓨터 자판기를 두드려 가며 완성했다. 1년 계획과 10년 후의 내 자화상을 구체적으로 그렸다. 그리고 그 계획서를 몸에 지니고 다녔다. 힘들거나 방황하고 있을 때 그것을 펼쳐 들고 마음을 다잡았다. 그 가운데 하나는 책을 읽고, 글을 쓰는 삶이 포함되어 있었다. 독서 3.3.3을 계획하고, 실천했다. 60이 되는 해에 한국방송통신대학교 국문과를 졸업했다. 독서 후기를 정리하고, 일기는 하루도 거르지 않고 썼다. 정말 신이 났다. 내 안에 이러한 욕구가 잠재하고 있었다는 게 신기할 정도였다. 10여 년을 줄곧 그 길을 따라 묵묵히 걸어가고 있는 것 또한 기적이라는 생각에 미치자 가슴이 뭉클했다. 여기에는 신앙의 힘이 매우 컸다. 매일 성경을 묵상하고 기도하는 삶이 내 소망을 붙잡아 준 큰 힘이 되었다.

이 책을 통해 다 풀어내는 데는 미치지 못한 점이 많지만, 한 인간의 진솔한 고백을 통해 저자의 생애를 슬며시 들춰보는 재미를 함께 경험할 수 있기를 기대한다.

차례

제1장.

유년 시절 기억의 파편들

1. 내가 나고 자란 고향, 고흥 반도

내가 태어나고 자란 고향, 고흥 반도는 남해안의 순천만과 보성만 사이에 있는 다이아몬드형의 반도다. 고흥 반도는 청정해역으로 그 명성이 자자하고 해산물이 풍부한 고장이다. 그곳 우리 마을은 1백여 가구가 옹기종기 모여 사는 농어촌마을이다. 처음에는 산 아래 바닷가에 초가집을 짓고 주민 대부분이 해산물로 생계를 꾸렸다고 한다. 밀물 때는 처마 밑에서 파도가 넘실거리고, 썰물 때는 아스라이 잿빛 갯벌이 드러나는 어촌마을이었다. 그렇게 바닷물이 드나들던 마을 앞 조그만 만(灣)에 간척사업을 펼쳤다. 그 사업을 기반으로 택지와 농지가 큰 폭으로 늘어났다. 마을의 가구 수도 점차 증가했다가 마침내 오늘에 이르렀다. 이러한 마을의 역사가 내 생애와 닮아 있는 듯 흡사하다. 내가 한창 성장할 때 마을은 전성기를 누렸고, 내가 늙어감에 따라 마을 또한 점차 쇠퇴의 길로 접어든 게 아닌가 싶다.

우리 마을에 거주하는 성씨는 다양하게 분포되어 있었다. 박씨, 임씨, 문씨, 고씨, 정씨, 이씨, 지씨, 유씨, 강씨 등으로 대부분 같은 성씨끼리는 친척 관계를 형성하고 있었다. 그 가운데 가장 많은 성씨는 박씨인데, 박씨는 두 종파로 나누어져 있었다. 아이러니한 것은 우리나라 성씨 중에 가장 많다는 김씨가 없었다. 더 특이한 점은 유씨는 두 가구뿐인데도 불구하고 마을 어귀에 고풍스러운 제각(祭閣)을 두고 있었다. 그 아래채에 사는 제지기는 강씨로, 단 한 가구뿐이었다.

유씨 제각은 기와지붕에 목조건물로, 넓은 대청마루가 시원스레 펼쳐져 있는 건축물이었다. 본당과 마당을 중심으로 앞쪽에는 아래채가, 양쪽에는 사랑채가 서로 마주 보는 네모 형태를 띠고 있었다. 참 아늑하고 평온한 분위기였다. 마을에 간척사업을 펼치기 전인지, 그 이후인지는 알 수 없지만, 외관상 오래된 제각인 것만은 분명했다. 유씨 문중에서 1년에 한 차례 묘제를 드리는 것 이외에는 우리 또래들이 자주 들락거렸다. 마당이 넓고 텅 비어 있어서 구슬치기, 딱지치기, 땅따먹기 등의 놀이를 신나게 했다. 제각을 지키고 있는 아래채에 친한 선배가 살고 있기에 가능한 일이었다. 유씨 종친 묘는 마을 앞 조그만 산 끝자락에 터를 잡고 있었다. 그 앞에는 내 키보다 족히 두세 배나 큰 비석이 우뚝 솟아 있었다. 그 자리가 명당이라고 했다. 간척사업 이전에는 아담한 섬이었을 터였다. 그 생김새는 나룻배를 뒤집어 놓은 듯했다. 마을에서 바라보면 키 큰 소나무가 울창하게 우거져 있는데, 그 너머는 자그마한 잡목들로 무성했다. 산은 능선을 경계로 앞과 뒤가 극명하게 대조를 이루고 있었다.

간척지에는 객토를 한 후에 논두렁을 쌓고 벼농사를 지었다. 추수 때가 가까워지면 온 들녘에는 황금 물결이 출렁거렸다. 지대가 높은 곳에는 밭을 일구어 보리, 콩, 깨, 마늘, 고구마 등의 씨앗을 뿌리고 종자를 심었다. 마을 주민들은 이곳에서 거둔 여러 종류의 농작물로 계절 따라 결실의 기쁨을 만끽했다. 마을 뒷산 너머에는 쪽빛 바다가 펼쳐져 있어 농어업이 조화를 이룬 삶의 터전이 되었다. 마을 주민 대부분은 농업에 종사했고, 10여 가구가 어업으로 생계를 꾸렸다. 젊고 부지런한 사람은 농어업을 같이 했다. 흔히 요즘 말로 투잡(Two Job)인 셈이었다. 농업과 어업이라는 생계수단의 특성상 그 집을 들여다보면 분위기가 분명하게 엇갈렸다. 농사를 짓는 집은 마당에 벼, 보리, 콩, 고추, 깨, 고구마 등의 농산물이 널려 있거나 처마 밑에 곡식 가마니가 차곡차곡 쌓여 있었다. 반면에 어장을 갖고 있는 가정은 집안 가득 생선 비린내가 풍기는 것은 물론이고 곳곳에 말라붙은 비늘이 은빛으로 번뜩였다.

농어업에서 비켜난 갯벌은 우리 마을만의 보고(寶庫)였다. 그 갯벌에 서식하는 꼬막, 바지락, 굴, 키조개, 낙지 등의 해산물은 마을 공동 자산으로 어촌계에서 관리했다. 어촌계는 때때로 갯벌을 개방해서 해산물을 채취할 수 있도록 허가했다. 우리의 고유 명절인 설과 추석 전에는 예외 없이 갯벌을 개방했다. 며칠 전부터 "몇 월 며칠 몇 시에 갯바닥을 튼다."라는 소식을 확성기를 통해 예고했다. 이곳에서 잡아 올린 풍성한 해산물이 우리의 식탁을 점령했다. 또한 갯벌은 농가 소득을 올리는 데 많은 보탬이 되었다.

우리 마을의 특산물이기도 한 꼬막, 바지락, 낙지 등은 바로 이 갯벌에서 잡아 올렸다. 이곳 청정해역에서 자란 해산물은 자연의 맛 그대로였다. 특히 꼬막은 먹어 보면 조갯살의 깊은 맛과 담백함이 입 안 가득 퍼졌다. 조갯살이 씹히는 부드러운 촉감과 감칠맛 나는 국물은 삼키기가 아까울 정도로 여운이 남았다.

꼬막은 주로 삶아서 껍질을 깐 후에 조갯살을 먹었다. 꼬막을 삶아 찌그러진 양은그릇에 담아 놓고 온 가족이 빙 둘러앉았다. 양 손에 꼬막을 쥐고 엄지손톱이 다 닳도록 까먹었다. 눈길은 자꾸

큰 꼬막 쪽으로 꽂히지만, 아버지를 의식한 나머지 손이 멈칫멈칫했다. 정작 갯벌에서 힘들게 잡아 온 어머니는 그 자리에 없었다. 아마 식구들을 생각해서 자리를 피한 게 아닌가 싶었다. 어머니가 잡아 올린 해산물은 가족이 먹는 것보다는 시장에 내다 팔아야 하는 일이 우선이었다.

밭에서 생산하는 특산물 가운데 유자와 마늘은 해풍의 영향을 받아 싱싱하고 강한 향이 일품이었다. 유자는 주로 명절 때나 차례 상에 오르는 귀한 과일 중의 하나였다. 하지만 우리 고장에서 많은 양이 생산됨에 따라 그 희소가치가 점점 떨어졌다. 유자는 씨를 골라낸 다음 잘게 썰어서 유자차를 담가 먹으면 그 특유의 상큼한 맛이 제격이었다. 또 겉모양이 노랗게 익으면, 탐스럽고 향이 좋아서 책상 위에 올려놓기도 했다. 마늘은 7~10쪽이 하나의 덩어리로 옹골차게 뭉쳐 있다. 줄기를 중심으로 둥그렇게 붙어 있는데다가 얇은 막으로 둘러싸여 있다. 그 크기는 어린아이의 주먹만 했다. 쪽이 단단하며 맵고 톡 쏘는 특유의 강한 맛과 향이 눈물샘을 자극했다.

우리 마을 입구, 비탈진 곳에는 종탑이 우뚝 솟은 교회가 자리잡고 있었다. 온 마을이 고이 잠든 새벽에 맑고 깊은 종소리는 마을 곳곳으로 스며들었다. 새벽기도 시간을 알리는 종소리였다. 그 종소리는 하루도 어김없이 새벽 4시에 울려 퍼졌다. 비가 오나, 눈이 오나, 바람이 불어도 똑같은 소리와 울림으로 들렸다. 종을 치는 속도와 횟수 또한 일정했다. 누군가가 울리는 새벽 종소리는 녹음기를 켠 듯 한결같은 음향으로 이불 속을 파고들었다.

우리 마을은 뒷산 골짜기를 중심으로 양쪽으로 나누어져 있었다. 마을 가운데로 생긴 실개천을 따라 물이 흐르고, 곳곳에 빨래터가 자리 잡고 있는 한가로운 마을 풍경이 한 폭의 그림 같았다. 마을 터 중간에 띄엄띄엄 크고 작은 텃밭을 일구는 가정도 있었다. 그 밭에는 배추나 무, 양파, 감자, 고구마가 주를 이루고 있었다. 이곳에서 재배하는 농작물은 가끔 우리들의 야참거리가 되기도 했다.

　낮은 돌담이 둘러싸고 있는 집들은, 밖에서 보면 훤히 들여다볼 수 있는 개방된 수준이었다. 그 돌담 위로 시선이 오가며 인사를 건네고 안부를 묻곤 했다. 마을에는 군데군데 샘터가 있어서 두레박으로 물을 길어다 먹었다. 샘터는 마을의 공공장소였다. 이웃끼리 소통의 장소이기도 했다. 거의 여자들이 쉴새 없이 드나드는 곳이었으나, 어머니가 바쁜 날이면 내가 대신해서 물을 길었다. 샘터에 여자들이 없는 틈을 타 재빠르게 행동했다. 여자를 만나면 부끄럽고 창피해서 고개를 들 수 없었다. 그럴 때는 누나가 없다는 아쉬움에 차라리 내가 여자였으면 하는 망상을 했다.

　우리 마을에서 바다로 나가는 길은 세 갈래로 나뉘어 있었다. 오솔길이었다. 그중 하나는 마을 뒷산의 가파른 능선을 넘어가는 길인 반면에 다른 두 곳에 비해 거리가 짧았다. 나머지 두 곳은 마을을 중심으로 각각 좌우측으로 우회하는 길이었다. 하나는 마을 저수지를 끼고 있었고, 또 하나는 마을과 교회 옆을 지나 바다로 이어졌다. 능선을 넘어가는 길보다 조금 더 멀었다. 어림잡아 2~3㎞ 정도의 거리였다. 그 길은 구간에 따라 작은 리어카나 겨우 다닐 만큼 좁고 울퉁불퉁해서 불편하기 짝이 없었다. 비가 오고 난 뒤질펀질펀한 길 위에는 어김없이 조개껍질이 깔려 있었다. 집집마다 마당 한쪽에는 조개껍질이 쌓여 있었고, 누군가의 수고와 배려에 의한 것이었다. 그 길을 당연한 것처럼 무심코 오갔다. 마을과 바다를 이어준 삶의 굴곡진 인생길과도 같았다.

작가 김훈은 그의 저서『라면을 끓이며』의 소제목인 〈길〉에서 길을 이렇게 표현하고 있다. "길은 생로병사의 모습을 닮아 있다. 진행 중인 한 시점이 모든 과정에 닿아 있고, 태어남 안에 이미 죽음과 병듦이 포함되어 있다."라고.

그런 어려운 환경을 바꿔 보자는 일대 혁신 운동이 우리 마을까지 덮쳤다. 바로 1970년대에 불길처럼 타오르던 새마을 운동이었다. 길을 넓혀 곧게 펴고 다진 후에 시멘트를 깔았다. 돌담을 헐어내고, 시멘트 블록을 쌓았다. 지붕의 이엉을 걷어내고, 기와를 올렸다. 그런 새마을 운동 덕분에 마을 환경은 한층 깔끔해졌다. 길거리는 자동차가 드나들 수 있는 넓은 도로로 탈바꿈했다. 그러나 그 이면에는 천연자원이 고갈되는 아픔을 겪어야만 했다. 수많은 세월 동안 쌓이고 쌓였던 바닷모래가 일순간에 사라졌다. 그 빈자리에는 온통 갯벌과 조개껍질이 독차지했다. 이제는 황량하고 볼썽사나운 바다를 바라볼 수밖에 없는 처지에 당혹감을 감추지 못했다. 개발을 빌미로 잃어버린 옛 바닷가의 아름다운 풍경이 눈에 아른거렸다. 나도 자연으로부터 절대 자유로울 수 없다는 현실 앞에 두 무릎을 꿇었다.

그렇게 내 안에서, 푸른 파도가 넘실대던 바다는 이제 무심코 바닷물만 드나드는 뜻 모를 한숨에 묻히고 말았다. 우리가 저지른 무모한 환경파괴로 정체성이 변질되고 있는 것은 아닌지, 그 답을 찾으려 하지만 알 길이 없었다. 이내 되돌릴 수는 없는 것일까?

내가 태어나고 자란 고향, 고흥 반도의 외진 한 마을에서 온 가족이 동고동락했던 그 시절이 내 마음에 잔잔한 파문을 일으키고 있다. 또 한편으로는 내 안에 등불을 밝혀주듯 환한 미소와 함께 달콤한 추억을 떠올리게 했다.

2. 할머니의 꽃상여

나의 어린 시절 희미한 기억은 할머니의 장례로부터 시작된다. 우리 집과 조부모가 살던 큰집은 한마을에 있었다. 엎어지면 코가 닿을 만큼 가까운 거리에 있었지만, 왕래는 드물었다. 누구나 할 것 없이 하루의 끼니를 때우는 일에만 관심이 쏠려 있던 시절이었다. 더군다나 아버지께서는 큰집에 대한 불만이 많았다. 분가하면서 할아버지로부터 물려받은 재산도 없을뿐더러 큰아버지만 아들인 양 편애하는 집안의 분위기가 싫었다. 더군다나 큰아버지는 노름과 여색에 빠져 재산을 탕진하고 있음에도 불구하고 장자는 역시 장자였다. 그런 가운데 할머니가 세상을 떠나자 장례를 치르기 위해 나를 앞세우고 큰집으로 갔다. 장례식장은 큰집에 마련되어 있었다. 큰 방 안쪽에는 돌아가신 할머니의 관이 놓여 있는 듯 그 앞에 병풍이 세워져 있었다. 추운 날씨지만, 방문을 활짝 열어놓고 토방 아래에서 조문객을 맞이했다. 마당에는 천막을 치고 조문객에게 대접할 음식상을 차렸다. 좁은 방과 마당에는 식구들과 조문객으로 북적거렸다. 밤에는 마당 한구석에 모닥불을 피워 주위를 환하게 밝혔다. 여자들은 음식을 장만하고 상을 차리느라 분주했고, 남자들은 술 마시며 웃고 떠들다가 일제히 빈 상여를 멨다. 구성지고 애절한 상엿소리와 요령 소리가 어우러진 마당에는 빈 상여만 빙빙 돌았다. 요령잡이가 앞소리를 메기면 상여꾼들이 뒷소리를 받는 형식의 구슬픈 상엿소리였다. 우리 마을 요령잡이는 정해져 있었다. 초상집에는 늘 그 사람이 있었다. 그분의 행동 하나하나와 목소리는 초상집의 분위기는 물론 상여꾼을 휘어잡는 마력을 지니고 있는 듯했다. 타고난 요령잡이라고 생각했다.

그분은 마을 어귀 외딴집에서 홀로 사는 어른이었는데, 평소에는 마을 사람들과 잘 어울리지 않는 인물이었다. 아들이 하나 있다고 들었는데 본 적은 없었다. 대나무가 우거진 그 집 앞을 지날 때면 소름이 오싹 돋았다. 토방에 가지런히 놓인 하얀 고무신 한 켤레가 더욱 섬뜩하게 다가왔다.

밤늦게까지 무려 세 차례나 반복하는 모습을 물끄러미 바라보며 기이하게 여겼다. 망자를 북망산천으로 모시는 마지막 예우가 아닐까 하고 짐작했다. 그때 내 눈을 사로잡았던 것은 바로 꽃상여였다. 빨강, 노랑, 흰 꽃으로 울긋불긋하게 꾸며진, 낮에 본 그 상여가 밤에는 황금빛으로 환하게 빛나고 있었다. 마당에 밝혀 놓은 모닥불과 어우러져 장관을 연출했다. 신기하기도 하고 궁금해서 상여 주위를 맴돌던 그때의 내 모습이 흐릿하게 떠오른다. 할머니가 살아계실 때 나에게 영향을 미친 흔적은 온데간데없고, 장례식에서 본 꽃상여만 내 눈길을 끌었다. 온 가족이 머리를 조아리며 읊는 곡소리에 나도 덩달아 울음을 터뜨렸다. 할머니를 잃은 슬픔보다 어머니의 애절한 통곡 소리 때문이었다. 그런 나를 퀭한 눈으로 쳐다보며 하신, 어머니의 말씀이 "니는 왜 우냐?"라고 물었을 때는 무척 당혹스러웠다. 그때 어머니가 흘리던 눈물의 의미는 무엇일까 궁금했다. 아마 시어머니를 잃은 슬픔보다는 험난한 세상과 가난을 원망하는 절규가 아니었을까 싶었다. 셋째 며느리라고 온갖 홀대를 받았던 설움에 북받친 게 아닌가 싶기도 했다. 그렇게 할머니는 세상을 떠나고 없지만, 그때 본 꽃상여는 내 기억 한 편에 다소곳이 자리 잡고 있다.

3. 마을 저수지에 담긴 애환

저수지는 마을과 바다를 이어주는 오솔길 인접한 곳에 호젓이 자리 잡고 있었다. 마을에서 1㎞쯤 떨어진 외딴곳으로 마을 주민의 생명줄이자 휴식처였다. 그곳은 은빛 물결이 반짝이며 호수처럼 잔잔하고 적막했다. 푸른 물결 위에 하늘과 구름과 소나무가 어우러져 또 하나의 세계를 연출했다. 산골짜기에 제방을 쌓아 물을 가두었다가 모내기나 가뭄이 심할 때 수문을 열었다. 그 목적은 주로 농업용 저수지로, 논농사를 짓는 데 절대적인 영향력을 끼쳤다. 골짜기에 쌓은 제방의 길이는 100m, 제방 위 폭은 2m, 저수지의 길이는 250m, 수심은 10m가량의 용적을 가진 저수지였다. 저수지는 수문을 만들어서 필요할 때 인위적으로 물을 배출할 수 있는 방수로와 물이 일정 수위에 도달하면 저절로 배출되는 여수로를 갖추고 있었다.

한편으로 마을 저수지는 여름에는 수영장, 겨울이면 얼음 썰매장으로 변신했다. 우리의 유일한 휴식공간이기도 했다.

여름철에는 물놀이에 매료되어 밥 먹는 때를 놓치기 일쑤였다. 더위를 식힐 만한 공간으로 그보다 더 좋은 곳은 없었다. 흘린 땀을 씻어낼 수 있는 곳 또한 그곳 저수지가 유일했다. 보리타작을 마치고 가장 먼저 찾는 곳도 그 저수지였다. 온몸에 박힌 까칠까칠한 보리 수염을 씻어낼 만한 곳으로 제격이었다. 여름방학 때는 동네 친구들이나 선후배가 어김없이 모여들었다. 누가 가장 멀리 그리고 빨리 헤엄칠 수 있는가를 놓고 경쟁을 벌였다. 특히 다이빙 바위에서 시퍼런 물속으로 내리꽂히는 쾌감은 그 저수지만의 자랑거리였다. 허리를 앞으로 구부리고 두 손을 머리 위로 올린 다음 몸을 날려 물길을 갈랐다. 더러는 바위 위에 똑바로 선 자세 그대로 뛰어내렸다. 이때 주의해야 할 점은, 복부가 먼저 수면과 맞닥뜨리면 배(腹)가 갈라질 수 있다고 들었던 경고였다. 그곳에서 수영복이라는 것은 상상도 할 수 없었다. 훌훌 벗은 옷가지는 제방 위에 나란히 놓았다. 알몸으로 수영을 마치고 나면 몸에 묻은 물기를 대충 털어내고 옷을 주워 입었다. 남자들만의 은밀한 세계였다. 간혹 동네 아주머니들이 빨래하러 오기는 해도 여자는 출입금지 구역이나 다름없었다. 몸을 씻는 비누는 따로 없었다. 빨랫비누로 머리만 감았다. 빨랫비누는 눈에 잘 띄는 축대 사이에 드문드문 끼어 있었다.

그런 저수지에서 익사 사고가 일어났다. 그날도 외에 없이 학교에서 돌아오자마자 저수지로 달려갔다. 친구들과 어울려 신나게 물놀이를 하는데 동네 후배 몇 명이 더 합류했다. 나보다 어린 초등학교 2~3학년 또래들이었다. 우리들만의 세계에 빠져 즐기느라, 그네들의 물놀이에는 관심이 없었다. 나는 친구들과 물싸움놀이를 실컷 하다가 먼저 집으로 돌아왔다. 그 후 얼마 지나지 않아 웅성웅성하는 소리를 따라 한 무리의 사람들이 집 앞을 우르르 지나가고 있었다. 동네 청년 중 한 명이 사지가 축 늘어진 한 아이를 등에 업고 뛰다 걷기를 반복했다. 그 뒤로는 동네 사람들이 줄줄이 따랐다. 온 동네가 삽시간에 아수라장으로 변했다.

물놀이 하던 아이가 안 보인다고. 같이 왔던 친구가 찾았을 때는 이미 상당한 시간이 흐른 뒤였다. 동네 청년들이 물속을 여러 차례 뒤진 끝에 익사체를 발견했다고 했다. 복부에 물이 차지 않은 것으로 보아 심장마비가 아닌가 하고 수군거렸다.

죽은 아이는 그 집안의 독자였다. 누나만 셋 있었는데 막내아들이 죽은 것이다. 얼굴이 곱상하게 생겼을 뿐만 아니라 착하게만 자라던 아이가 그렇게 세상을 떠났다. 온 동네가 뒤숭숭했다.

10여 년 전에도 마을에 젊은 청년이 그곳에서 수영하다가 빠져 죽었다는 말이 뒤섞였다. 그때의 익사 사고는 열어놓은 수문으로 빨려들어 갔다고 했다. 수문으로 흘러나가는 급물살에 휩쓸린 것이었다. 마치 블랙홀에 빠진 것처럼. 저수지의 물이 다 빠지고 난 뒤에야 수문 입구에서 익사체를 수습할 수 있었다고 했다. 소문은, 수문을 열어놓은 사실을 알면서도 젊은 혈기에 만용을 부린

게 아닌가 하고 수군거렸다고 했다.

익사 사고 후에 본 수문의 모습은 저수지 바닥에서 2m가량 위에 설치되어 있었다. 수문의 지름은 50~60㎝의 원통형 구조였다. 그 수로를 막고 있는 원통형 덮개는 재방 위에서 사람이 조작할 수 있게 긴 나사 축으로 연결되어 있었다.

이런 익사 사고를 겪으면서, 마을에 재앙이 닥친 게 아닌가 하고 모두가 불안해했다. 소문이 흉흉했다. 10년 후에 닥칠지 모르는 재앙을 막기 위해서라도 굿을 해야 한다는 등의 괴소문이 떠돌았다. 얼마 후에 실제로 그 아이 집에서 굿을 했다. 무당의 신들린 듯한 칼춤과 무당 방울 소리를 먼발치에서 보고 들었다. 그날따라 무당 부채 뒤에 숨은 얼굴을 언뜻 엿본 순간 등골이 오싹했다.

겨울철에는 썰매 타는 놀이에 시간 가는 줄 몰랐다. 그곳의 빙질은 논(畓)하고는 비교할 수 없을 만큼 푸르스름한 빛을 발하며 깔끔했다. 그런 유혹 때문에 조금 더 위험하더라도 저수지를 찾았다. 어른들은 가끔 그곳을 지나갈 때면 "조심해라. 잉!" 하며 타이르기 일쑤였다. 어느 해 겨울, 사촌 형이 썰매를 타다가 저수지 한복판에서 물에 빠진 적이 있었다. 추위가 풀린 오후였다. 빙판이 녹아 내려앉으면서 벌어진 아찔한 사고였다. 다행히 함께 있던 큰형이 가까스로 끌어낸 끝에 무사했다. 마을 사람들은 또 한 번 놀란 가슴을 쓸어내렸다. 얼음 속에 빠지면 좀처럼 살아남기 어렵다는 말을 믿고 있던 터였다.

썰매는 손수 만들어서 탔다. 썰매는 만드는 사람의 손재주에 따라 그 빠르기가 달랐다. 가로목 밑에 붙인, 얼음판과 접촉하는 부분의 철사 굵기에 따라 달랐다. 썰매를 지탱하는 철사가 얼음과 마찰을 일으키므로 철사의 적당한 굵기가 저항을 줄일 수 있는 유일한 방법이었다. 물론 썰매를 타는 사람의 몸무게도 변수가 될 수 있었을 것이다.

썰매를 탈 때는 썰매 위에 무릎을 꿇거나 양반다리 자세를 취했다. 심지어는 썰매 위에 배를 깔고 타는 친구들도 있었다. 배가 고프거나 추워도 시간 가는 줄도 모르고 썰매 타기를 즐겼다. 때로는 빙판 곳곳에 나타나는 실금이 날을 세웠다. '피잉, 피잉!' 하는 앙칼진 경고음에 골짜기는 숨을 죽였다. 짜릿짜릿한 쾌감이 전신으로 파고들었다. 그야말로 스릴 만점이었다.

이처럼 농업용수로써의 역할을 톡톡히 하던 저수지가 어느 날 우리들의 놀이터로 변모했다. 우리들의 해방구이자 유일한 휴식 공간이기도 했다.

그런데도 그곳 저수지는 마을 사람들의 애환을 끌어안은 채 침묵하고 있었다. 또 다른 한편으로는 마을의 가슴 아픈 역사를 아는지, 모르는지 아랑곳하지 않고 도도한 자태를 한껏 뽐내고 있는 듯했다. 나는 그 의미를 도무지 알 길이 없었다. 그저 잔잔한 물결만이 햇빛을 희롱하며 눈이 시리도록 반짝이고 있었다.

4. 무단결석에서 교훈을 얻다

내가 무단결석을 할 수밖에 없었던 핑곗거리는 곳곳에 도사리고 있었다. 그것은 마감기한 내 월사금을 낼 수 없다거나, 학습 준비물을 챙기지 못했을 때였다. 또 아침밥이 늦어 지각을 피할 수 없게 된 날이나, 용의 검사를 받는 수요일이었다. 그런 날은 학교에 가기 싫었다. 심적 갈등을 겪고 난 끝에 무단결석을 했다. 입학한 첫해 내내 나는 새로운 환경에 적응하지 못했다.

매월 월사금 고지서를 받았지만, 제때 내지 못했다. 받아 든 월사금 고지서를 부모님께 보여드리지 못하고 속으로 끙끙 앓았다. 집에 돈이 없다는 걸 뻔히 아는 터라 입술이 바싹바싹 타들어 갔다. 하루 이틀 망설이는 사이에 벼랑 끝으로 몰렸다. 마감 당일 아침에서야 다 죽어가는 목소리로 월사금을 달라고 했다. 어머니는 대뜸 "집에 돈을 싸둔 것도 아닌데 당장 월사금을 달라고 하면 하늘에서 돈이 뚝 떨어지기라도 해. 워머('어머'의 전라 방언), 숨이 막히고, 기가 콱 막혀서 말이 안 나오네."라고 화를 내며 꾸짖었다. 집안 형편을 알기에 월사금 달라는 말을 차마 꺼내지 못하고 노심초사했던 자신이 한심했다. 그런 날이면 아침부터 눈물 바람을 했다. 부모님은 그런 나를 쳐다보며 학교 가지 말라고 윽박질렀다. "그런 꼬락서니로 공부해서 어따 써 먹을래."라고 했다. 서운하고 서러워서 목울대가 먹먹해졌다. 학교에서는 월사금 마감일이 다가오는 며칠 전부터 납부를 독려했다. 담임선생님은 매일 종례 시간에 한 사람씩 이름을 불러 세워놓고 확답을 받았다. 내 차례가 돌아오기 전부터 가슴이 쿵덕쿵덕 뛰었다. 얼굴을 들 수가 없었다. 고개를 떨군 채 눈을 내리깔고 지킬 수 없는 약속을 하곤 했다. 그때는 월사금 납부실적으로 곧 담임선생님의 근무능력을 평가한다는 얘기가 나돌았다. 그런 월사금을 제때 내지 못하는 처지에 전전긍긍해하며 주눅이 들어 있었다.

미술 시간이 편성되어 있는 날은 가시방석이었다. 크레용과 도화지 등 미술 시간에 필요한 준비물을 챙기지 못해서 얼굴이 화끈거렸다. 크레용과 도화지는 산 지 한 달도 못 가서 닳고 부러지고 찢어졌다. 그러니 크레용이나 도화지를 산다고 매번 돈 달라는 말이 목구멍에 걸렸다. 말을 꺼냈다가는 "엊그제 산 것은 어떻게 했냐?"라고 닦달했다. 말문이 막히고 코가 쑥 빠졌다. 어쩔 수 없이 친구한테 빌려서 그림을 그리기도 했지만, 그것 또한 한두 번이지, 자존심이 구겨졌다. 그림 그리는 재능도 없어서 잘 그렸다는 칭찬은 한 번도 들은 적이 없었다. 내가 그린 그림 가운데 학급 게시판에 붙일 만한 작품은 더더욱 없었다. 자연스레 흥미를 잃어 갔다. 미술 시간이 고역이었다. 차라리 그 시간과 맞닥뜨리지 않는 것이 최선의 방법이었다.

농사에 늘 바빠서 아침밥을 제시간에 먹지 못하는 일이 비일비재했다. 그런 날은 밥 먹고 숟가락을 놓자마자 뛰기 시작했다. 책과 도시락을 책보에 둘둘 말아 어깨에 비스듬히 묶은 채로 뛰었다. 도시락의 따끈따끈한 온기가 등교 시간 내내 등에 달라붙어 있었다. 학교까지의 거리는 4~5㎞로, 면 소재지 건너편에 자리 잡고 있던 터라 족히 한 시간은 걸렸다. 거리도 만만치 않을뿐더러 그 길은 논두렁, 밭두렁 아니면 능선으로 험난했다. 그러나 학교에 늦으면 담임선생님으로부터 꾸중을 듣는 것이 두렵기 때문에 뛸 수밖에 없었다. 그래도 늦다 싶으면 어쩔 수 없이 결석을 감행했다. 지각하는 것보다 차라리 결석하는 편이 나았다. 날마다 결석하는 학생들이 몇 명씩은 있기 마련인지라 그들 뒤에 숨었다. 특히, 농번기에는 그 숫자가 더 늘어났기 때문에 은근슬쩍 넘어가는 게 아닌가 싶었다. 이렇듯 제시간에 등교하는 일은 피난민이나 다름없이 허겁지겁했다.

　용의 검사가 있는 수요일은 학교 가기가 싫었다. 내 치부를 낱낱이 드러내는 것으로 수치심이 극에 달했다. 그날은 손발과 손발톱, 이, 목, 두발, 신발, 복장 등 청결 상태를 검사했다. 매주 한 차례씩 조회 시간에 전교생을 대상으로 했다. 교장 선생님의 훈시가 끝나면 어김없이 용의 검사가 시작되었다. 그것을 건너뛰는 날은 없었다. 비가 오는 날은 교실에서 담임선생님이 용의 검사를 할 정도였다. 그런데 정작 나는 그날에 대처할 만한 준비가 허술했다. 하루에 한 번이라도 이를 닦을 수 있는 치약과 칫솔이 없었다. 궁하면 손가락에 소금을 찍어 대충 문질렀다. 잇몸에서 피가 나고 시큰거렸다. 입 안에 가득한 짠맛이 역겨워서 오래 닦을 수도 없는 노릇이었다. 겨울에는 따뜻한 물로 손발을 씻을 수 있는 형편 또한 언감생심이었다. 언제나 손발에는 때가 끼고 소나무 수피처럼 갈라졌다. 그 사이로 피가 엉겨 붙어있기 일쑤였다. 용의 검사 전날에는 손발을 따뜻한 물에 불려 거친 돌멩이로 문질렀다. 피부는 바늘로 찌르는 것처럼 따끔따끔하고 핏줄이 도드라졌다. 군데군데 피가 나기도 했다. 하지만 갈라진 손등에 바를 마땅한 연고나 크림은 그 어디에도 없었다. 이러한 일이 반복되는 까닭에 어김없이 선생님으로부터 지적을 받았다. 그때마다 마음에 상처가 하나하나 쌓여갔다. 그런 날을 피할 수 있는 길은 무단결석밖에 없었다. 이러한 현실은 농촌의 열악한 환경과 가난 때문이었다.

그렇게 학교와 집 사이에 낀 나는 학교에 가고 싶은 마음이 사라졌다. 내가 처한 환경과 돈 때문에 화가 치밀었다. 부모가 원망스러웠다. 당연히 학교생활에 흥미를 잃어 갔다. 학교 가는 도중에 발걸음을 멈춘 날은 그곳이 교실이나 다름없었다. 학교는 뇌리에서 말끔히 사라지고 붕어나 미꾸라지 잡는 재미에 푹 빠져들었다. 논두렁에서 미끄럼 타는 놀이에 마냥 신이 났다. 그런 날이 쌓여갈수록 두려움은 사라지고 더 대담해졌다. 무단결석이 준 일시적인 달콤함에 익숙해져 분별력을 잃어 갔다. 친구들이 하교할 때를 맞춰 아무 일도 없었다는 듯이 집으로 돌아오곤 했다. 이를 두고 우리들 사이에서는 '중간 치기'라고 했다. 그런 말을 듣는 것조차 두렵고 창피한 일이지만, 그걸 이겨낼 만한 의지는 뒷전이었다. 부모님은 일하느라 바쁜 나머지 관심 둘 여유가 없었다. 부모님의 눈 밖에 있다는 것이 차라리 마음 편했다.

그런 가운데서도 일상은 분주하게 돌아가고 있었다. 학교 갔다 돌아오면 삶아 놓은 고구마로 허기를 때우고, 곧장 들로 나섰다. 땔감을 구하거나 소 먹일 풀을 베어 오는 일이었다. 대부분의 친구가 거의 같은 환경이었다. 그것이 일과 중 유일한 해방구였다. 친구들과 어울려 들에서, 산에서 뛰어노는 것이 마냥 즐거웠다. 이외의 휴식은 사치나 다름없었다. 집안일을 거들면서 잠시 친구들과 어울리는 것이 휴식의 전부였다. 썰매를 탈 때도, 연날리기를 할 때도, 수영을 할 때도 일은 항상 내 어깨를 짓누르고 있었다. 무슨 일이든 한 가지는 해치워야 그날 일과가 끝났다.

썰매 타기는 주로 논을 이용했으나 때로는 저수지에서도 탔다. 어느 곳이든 썰매 타는 재미에 쏙 빠져들었다. 당연히 옷은 물론이고 신발, 양말까지 젖었다. 그때마다 모닥불을 피워놓고 젖은 것들을 말리느라 소동이 벌어졌다. 가끔 옷가지를 태우는 일도 있었다. 그런 날은 어머니한테 혼쭐이 나곤 했다. 더욱 황당한 일은, 바람에 날름대던 불꽃에 머리카락은 물론 눈썹까지 홀라당 태우는 사태가 벌어졌을 때였다. 그런 날 집에 들어가면 부모님과 눈을 마주치지 않으려고 고개를 숙인 채 딴청을 부리기도 했다.

연을 날릴 때면 높고 멀리 날리는 것만이 능사가 아니라, 연싸움이라고 하는 들끓는 승부욕이 발동하곤 했다. 연을 날렵하고 멋지게 만드는 것도 중요하지만, 연줄이 승부를 좌우했다. 연줄은 주로 무명실이지만 거기에 밥풀을 바르면 더 튼튼해졌다. 연을 날리기보다는 승부에 사활을 건 친구들이 주로 하는 방법이었다. 이기면 의기양양해지고 지고 나면 의기소침해져서 서로 말도 섞지 않던 때가 있었다. 그때 느꼈던 희열과 좌절이 내 일상의 삶을 끊임없이 억누르고 있었다.

그 시절 내 꼬락서니는 볼품없고 어리숙하기 짝이 없었다. 거기에는 내가 입고 다니던 옷이 한몫했다. 어머니께서 손수 마름질해서 지어준 옷이었다. 그것을 입혀 놓고, 패션쇼 하듯 앞뒤로 돌아보라고 했다. 그런 다음 총평을 가했다. "새가슴이라 옷맵시가 드러나지 않는다."는 둥, "자세가 엉성해서 귀티가 나지 않는다."는 둥 넋두리를 하곤 했다. 당신 마음에 들지 않는 듯 이리저리 매만져 봐도 달라지는 것은 없었다. 옷에다 사람을 맞추려는 듯 애를 써 봤지만 소용없었다. 나는 나대로 어머니께서 지어준 옷이 마음에 내키지 않기는 마찬가지였다. 몸과 옷이 따로 노는 듯 어딘지 모르게 어색했다. 그럴 때마다 옷을 사 입고 다니는 친구들이 부러웠다.

내 모습은 언제나 어머니께서 손수 지어준 헐렁한 무명옷에 신발은 검정 고무신이었다. 여름에는 속옷도 없이 겉에 모시옷만 거추장스럽게 걸치고 다녔다. 피부에 스칠 때마다 따가울 정도로 쿡쿡 쑤셨다.

초등학교 1학년 내내 가슴에는 이름표와 손수건을 달고 다녔다. 손수건은 콧물을 닦으라고, 눈에 잘 띄는 곳에 달아 준 간편한 위생품 중 하나였다. 그러나 정작 손수건은 사용하지 않고 옷소매로 문질러댔다. 그 버릇 탓에 옷소매는 콧물이 말라붙어 번들거렸다. 그래도 주체할 수 없는 누런 콧물 덩어리는 연신 콧구멍을 들락날락했다. 어릴 적 어리숙하고 소심한 내 모습이었다.

그렇게 초등학교 1학년 1학기의 절반쯤을 불안하고 조마조마한 마음으로 나날을 보냈다. 언젠가는 발각될 일임에도 불구하고, 내 잘못을 스스로 고치려는 의지가 부족했다. 결국 터질 게 터지듯이 뒤늦게 어머니께서 알아차리고는 혼쭐이 났다. 자식에 대한 실망의 눈빛이 어린 가슴을 예리하게 후벼 팠다. 한심하고 못난 자식을 꾸짖는 날카로운 눈빛 속에는 만감이 교차하는 듯했다. "아이고, 쯧쯧…" 하며 혀를 찼다. 채찍을 들기보다는 배신당한 허탈한 표정으로 위아래를 훑었다. 어머니를 속인 죄책감에 쥐구멍이라도 찾고 싶었다.

그 순간을 되새기며 어머니를 더 이상 실망하게 만드는 짓은 하지 않겠다고 다짐했다. 그 이후로 초등학교를 졸업할 때까지 매년 개근상을 받았다. 그러나 1학년 때의 무단결석이 6년 개근을 통째로, 볼모로 잡았다. 끝내 6년 개근상이 물거품이 되는 아쉬움을 털어낼 수가 없었다.

5. 농부의 큰아들이라는 굴레를 쓰다

농부의 첫째 아들로 태어난 나는 농촌이 처한 환경에 매몰되어 갔다. 부모의 뒤를 이어 당연한 것처럼 농사를 접했다. 농부 집안의 큰아들이라는 굴레를 뒤집어쓰고, 힘에 버거운 짐을 짊어진 채 농촌 초년생으로부터 출발했다. 그 시기는 초등학교를 시작으로 중학교를 졸업할 때까지 10년 가까운 세월이었다. 다들 그렇게 살아왔고 그리 사는 게 당연한 줄만 알았다. 그런 가운데서도 점차 성장해 가면서 호시탐탐 농촌 탈출을 꿈꾸기도 했다. 농촌을 벗어나기만 하면 농사로부터 자유로워질 수 있다는 환상에 빠져들곤 했다. 그건 중학교에 다닐 때부터였다. 하지만 잠시 뜻을 접었다. 농촌에서의 삶은, 눈코 뜰 새 없이 바쁘고 힘든 일이라는 현실을 인정했다. 특히 농번기 때가 그랬다. 그러나 결국 내가 처한 환경에 순응하기로 했다.

농번기가 도래하면 연약한 노인이나 어린아이만 남겨 놓고 들에 나가 일하느라 분주했다. 삶의 현장은 논 아니면 밭이었다. 농사는 주로 품앗이라는 마을 공동체의 힘으로 쉴새 없이 돌아갔다. 하루 일을 마치고 집으로 돌아오면 내일 일할 일꾼들을 짜 맞추느라 소란을 피웠다. 때로는 고성이 오가며 한숨을 토해내기도 하고, 입에 침이 마르도록 고맙다는 인사로 연신 머리를 조아리기도 했다. "못 온다고?, 뭣 땜새 못 와? 워머, 인자 와서 그러믄 이 일을 어쩐당가?" 했다가 "그래그래. 덕천댁, 세상에 자네밖에 없네, 잉. 아짐찬('안심찮다'의 전라 방언) 느그 집('너희 집'의 전라 방언) 모내기할 때 꼭 갚을께, 잉."라고 했다. 누구를 막론하고 논과 밭에 씨를 뿌리거나 추수하는 시기를 놓치면 한 해 농사를 망치기 때문이었다. 품앗이는 일의 능률을 한껏 높일 뿐만 아니라 이웃 간의 정을 두텁게 하는 역할을 했다. 함께 일하면 흥이 절로 넘쳐났다. 고된 일에도 힘든 줄을 몰랐다. 막걸리 한 잔 기울이면 힘이 불끈 솟았다. 누군가의 입에서 흘러나온 노랫가락에 장단을 맞췄다. 등에 짐을 진 채로 덩실대는 건 품앗이가 주는 힘이었다. 대여섯 또는 여남은 명의 장정이 지게에 볏단을 묶고, 논두렁을 따라 집으로 들어오는 모습에 마을 풍경은 더없이 평화로웠다. 집으로 거둬들인 볏단은 마당 한쪽에 자리를 잡았다. 벼 이삭이 안쪽으로 향하도록 원뿔형으로 차곡차곡 쌓았다. 이를 가리켜 '볏가리'라고 했다. 바라만 보고 있어도 마음이 넉넉해지고 배가 부른 듯했다. 볏가리는 볏단을 운반하고 쌓는 사람과 높은 곳까지 전달하는 이가 따로 있었다. 그중에서도 볏단을 쌓는 사람의 역할이 가장 중요한데, 경험이 많고 구조물의 중심을 잡을 줄 아는 고수로 정해졌다. 나는 언제나 볏단을 운반하는 일에 동원되곤 했다. 볏가리를 마치고 나서 비닐로 겹겹이 둘러싼 다음 새끼로 묶고 나면 하루 일이 끝났다. 탈곡하는 날까지 비나 이슬에 젖지 않고, 쥐나 새의 피해를 방지할 목적이었다. 일을 모두 마치고 나면 날이 어스름해질 무렵이었다. 고마운 마음에, 저녁상을 걸게 차려 놓고 "밥 먹고 가요."라며 붙잡아도 한사코 손사래를 쳤다. 집에 가서 쉬고 싶은 마음이 앞선 건 아닌가 싶었다. 볏가리가 품앗이의 끝판이라고 할 수 있는 우리 마을만의 변함없는 약속이었다.

탈곡할 때가 되면 또 한차례 소동이 일어났다. 탈곡 또한 품앗이가 아니면 가족끼리 할 수 있는 일이 아니었다. 탈곡은 탈곡기를 돌릴 수 있는 발판을 발로 밟는 수동식 구조였다. 원심력을 이용한 것으로 둥근 통을 고속으로 돌려 벼 이삭을 털어내는 방식이었다. 둥근 통에는 벼 이삭을 털어낼 수 있는 V자형의 갈고리가 촘촘히 박혀 있었다. 그것들은 닳고 닳은 흔적으로 반짝반짝 윤이 났다. 탈곡은 두 사람이 나란히 서서 탈곡기 발판에 발을 딛고 동시에 힘을 가했다. 곧바로 둥근 통이 회전하면서 점차 가속이 붙었다. 그때 볏단을 풀고 벼 줄기를 한 줌씩 건네주는 보조가 탈곡하는 사람을 거들었다. 탈곡하는 사람은 건네받은 벼 줄기 밑 부분을 두 손으로 잡고 벼 이삭을 탈곡기 안으로 밀어 넣었다. 벼가 다 떨어질 때까지 벼 줄기를 이리저리 뒤집었다. 탈곡기의 윙윙거리는 소음과 벼가 떨어지면서 탈곡기와 충돌하는 소리가 뒤섞여 요란했다. 그렇게 어수선한 가운데서도 그 과정 하나하나가 숨 가쁘게 돌아갔다. 무엇보다도 탈곡하는 내내 심한 소음에 휩싸인 상태로 일에 집중한다는 것이 여간 힘든 게 아니었다. 한때는 탈곡기에 손이 휘말려 들어가는 아찔한 순간을 본 적이 있었다. 시간이 흘러 언젠가부터 탈곡하는 데 원동기가 동원되었다. 인력으로 돌리던 탈곡기를 기계가 대신하는 것으로, 일이 한층 수월해지고 능률이 올랐다. 반면에 대포 소리 같은 기계의 소음이 더해져 귀가 따가울 정도로 시끄럽고 더 분주해졌다. 그 이후로 탈곡 과정에서 크고 작은 안전사고가 일어나기도 했다. 원동기와 탈곡기 사이에 걸려 있는 벨트에 사람이 휘말리는 사고가 대표적인 사례였다. 이처럼 고된 노동에 시달리며 안전사고의 위험에까지 노출되어 있었다.

탈곡은, 탈곡하는 두 사람 외에 벼를 긁어모아 가마니에 담아내는 사람, 벼를 떨쳐낸 후 남은 볏짚을 묶어 내는 사람, 볏단을 탈곡기 가까이에 운반하는 사람 등 대여섯 명의 일꾼이 필요했다. 당연히 품앗이가 아니면 엄두를 낼 수 없는 일이었다. 여기까지가 품앗이였다. 이렇듯 품앗이라는 마을 공동체의 힘이 우리의 삶 전반에 깊이 뿌리내리고 있었다.

농번기로 한창 바쁠 때는 품앗이 대신에 하루 품삯을 주고 일꾼을 구하는 경우도 있었다. 주로 이웃 마을에서 원정을 오는 일종의 아르바이트인 셈이었다. 품삯은 그해 쌀값을 기준으로 보편타당한 선에서 합의를 이루었다. 서로 이해관계가 맞아떨어지면 그것으로 노동의 대가는 현실화되었다. 품삯은 마을 이장이 결정한다거나 누군가의 일방적인 주장에 따른 것이 아니었다. 시장경제의 원리에 따라 마을 공동체 내에서 자연스레 분위기가 형성되었다. 품삯은 마을 주민 간의 무언의 약속처럼 여겨졌고, 매년 물가 변동에 따라 달라지는 것을 알 수 있었다.

품앗이나 품삯을 들이지 않고 가족끼리 하는 일 가운데 하나는, 벼를 건조하는 일이었다. 당연히 맑게 갠 날만 가능했다. 먼저, 볏짚으로 엮어 둥글게 말아놓은 덕석을 마당에 폈다. 그 위에 벼를 쏟아붓고 당그레로 고르게 깔았다. 그런 다음 맨발로 고랑을 만들었다. 고랑은 4면을 따라 밖에서부터 돌고 돌아 안쪽으로 향했다. 고랑을 이룬 누런 벼는 잔잔한 바다의 물결처럼 일렁이는 듯했다. 고랑은 햇빛에 잘 말릴 수 있는 간편한 방법으로, 그때까지 전해져 온 전통 방식이었다. 고랑을 헤칠 때면 햇살에 달궈진 뜨거운 벼 때문에 발바닥은 불이 붙는 듯했다. 벼는 하루에 서너 차례 뒤집기를 반복했고 그 일은 고스란히 내 몫이었다. 여기서 일이 끝난 게 아니었다. 해지기 전에 말리던 벼를 다시 긁어모아 가마니에 담았다. 그리고 처마 밑으로 옮겼다. 남은 덕석은 둘둘 말아서 처마 밑으로 갖다 놓고 나서야 한숨을 돌렸다. 이렇게 반복되는 일에 몹시 짜증이 났다. 그대로 덮어 놓았다가 다음 날 펴면 될 일을 굳이 거둬들이는 수고를 이해할 수 없었다. 더군다나 덕석은, 짚으로 엮은 틈 사이에 낀 벼를 일일이 털어내야 하는 귀찮은 깔판이었다. 그러나 부모님은 간밤에 혹 비라도 내린다거나 이슬을 맞아 습기가 스며드는 것을 염려해서 시킨 일이었다. 애써 말린 벼가 눅눅해지면 그동안 고생한 게 허사가 되기 때문에 궂은일을 마다하지 않았다. 귀찮고 번거롭기는 하지만 벼를 건조하는 일을 4~5일 반복했다.

그렇게 건조한 벼는 농협 공판장을 통해서 수매했다. 그날은 벼를 실어 나르느라 온 동네가 술렁거렸다. 면 소재지 농협 공판장은 달구지와 사람들로 북새통을 이루었다. 수매는 벼의 수분 함유량에 따라서 등급이 결정된다고 해도 틀린 말이 아니었다. 그만큼 벼를 건조하는 데 정성을 쏟을 수밖에 없는 이유였다. 등급 판정에 따라 수매가가 결정되기 때문이었다. 수매하는 날이면 아버지께서는 등급에 연연하지 않고 술 한 잔으로 무언지 알 수 없는 진한 한숨을 토해냈다. 당신 딸을 시집보내는 아쉬운 마음이 그만할까 싶었다.

수매로 받은 돈은 다음 해 농자금을 확보하거나 가족 생계 수단으로 제 역할을 톡톡히 했다. 내 학비도 대부분 여기서 나왔다.

나는 중학교를 졸업할 때까지 부모님과 함께 생활했는데도 불구하고 힘들고 어려운 일은 아버지께서 감당하셨다. 하물며 쌀가마니를 묶는 것조차도 아버지의 손이 아니면 못 미더워했다. 설령 내가 묶었다손 치더라도 풀어서 다시 묶는 분이었다. 단지 나는 부모님께서 하시던 일을 거든다거나 땔감을 구하고, 소 먹일 풀을 베어오는 등 잔일만 했다. 그러나 그 일은 하루도 건너뛸 수 없을뿐더러 해가 저물어야 끝났다. 그런 환경 탓으로 낮에 공부한다는 건 상상조차 하지 못했다. 공부는 늘 밤에만 하는 줄 알았다. 부족한 부분은 학교를 오가는 도중에 했는데, 외려 효과가 좋았다. 특히 암기는 길 위에서 하는 것이 더 잘되고 머릿속에 오래 남았다.

농사 가운데서 특별히 힘들었던 건 모내기였다. 모내기에 앞서 못자리에서 자란 새끼 모를 뽑아 묶고 옮기는 일부터 시작했다. 논에 심을 모를 미리 가져다 놓아야 하므로 밤잠을 설칠 수밖에 없었다. 이른 새벽에 들에 나가는 것이 귀찮고 짜증이 났다. 그런 나를 깨우느라 한차례 소동이 벌어지곤 했다. 어머니의 성화에 못 이거 소처럼 끌려가는 꼴이 지겹고 힘들었다. 잠을 못 잔 것도 원망스럽지만, 허리 통증에 숨이 막힐 지경이었다. 더군다나 바지를 걷어붙인 채로 못자리에 들어서면 제일 먼저 거머리가 달려들었다. 일도 힘든데 거머리까지 신경질적인 싸움을 걸어오니 울화통이 터져 그만 울고 싶을 정도였다.

지긋지긋한 모내기도 같이 일하는 사람들이 부르는 구성진 노랫소리가 흥을 돋우곤 했다. 고된 노동을 이겨내기 위한 비장의 무기였다. 노래는 선창과 후창 또는 합창이었다. 그 노랫소리 가운데에는 언제나 분위기를 띄우는 앞소리꾼이 있었다.

들에서 일꾼들과 함께 먹는 점심과 새참은 유별나게 입맛을 당겼다. 음식은 어머니께서 손수 장만하셨다. 며칠 전부터 준비한 음식 재료로 정성스레 반찬을 만들고, 평소에는 먹기 어려운 찰밥을 지었다. 정성껏 짓고 장만한 밥과 반찬은 머리에 이기도 하고 지게로 나르기도 했다. 그 가운데는 막걸리가 빠질 수 없었다. 집에서 손수 빚은 막걸리는 농주라고 불렀다. 당시에는 집에서 술을 빚는 게 불법이었지만, 다들 으레 했던 일이었다. 밀주라는 생각보다는 농주라는 이름으로 위안을 삼았다. 행정관청에서도 눈감아준 게 아닌가 싶었다. 평평한 들판에 자리를 깔고 밥을 먹을 때면 들에 오가는 사람이나 주위에 있는 일꾼을 불러 모았다. 온 들에는 사람 부르는 소리가 메아리쳤다. "어이, 얼른 이리 오랑께. 막걸리 한잔하고 가."라고 했다. 밥을 먹고 나면 각자 자리를 펴고 낮잠을 청했다. 젖먹이가 있는 여자는 아이에게 젖을 물리고 잠시 망중한에 빠져들었다.

나는 힘겨운 일은 하지 않았지만 일을 할 때마다 허리 때문에 유난히 고생했다. 벼를 베거나 묶을 때, 보리나 콩을 추수할 때도 마찬가지였다. 중학교를 졸업할 때까지의 짧은 기간이었지만 일이 지긋지긋했다. 평생 농사에 매달려 시름하시는 부모님은 안중에도 없었다. 오직 나 자신의 안일에만 온 신경을 곤두세우고 있었다.

농사철이 다가오면 연례행사처럼 농촌 일손 돕기 명목으로 농번기 방학을 했다. 모내기와 추수하는 시기의 5월과 10월경으로, 방학 기간은 3~4일 정도로 1년에 두 차례였다. 그렇게 하지 않으면 결석하는 학생이 늘어났기 때문에 궁여지책으로 제정한 교육정책이었다. 나에게 농번기 방학은, 휴가 나왔던 군인이 귀대하는 것처럼 심란한 데다 힘들고 귀찮은 일이었다. 하지만 부모님께서는 학수고대하는 눈치였다. 한창 바쁠 때는, 손이 열 개라도 부족하다는 넋두리를 귀가 따갑도록 들어온 터라 더욱 기가 질렸다.

농한기에는 겨울방학과 때를 같이해서 짚으로 가마니 짜는 일로 부모님을 도왔다. 가마니는 다음 해의 벼나 쌀, 보리, 콩 등을 담는 포대로, 없어서는 안 될 농촌 필수품이었다. 가마니를 짜는 곳은 마당 한쪽 양지바른 담 밑이었다. 겨울이긴 하지만 남쪽 지방은 따뜻한 날이 많아서 그런 일을 하기에 적합했다. 가마니를 짜려면 가마니틀에 세 사람이 한 조를 구성해야 가능한 일이었다. 보디쟁이와 바늘잽이, 바늘에 볏짚을 물려주는 사람이 필요했다. 보디쟁이는 당연히 아버지였다. 아버지 양옆으로 어머니와 내가 나란히 앉았다. 어머니와 나는 한 번은 바늘잽이로, 한 번은 바늘에 볏짚을 물려주는 역할을 번갈아 가며 했다. 씨줄로 가마니의 좌우 균형을 맞추기 위한 손놀림이었다. 가마니를 짜기에 앞서 가마니틀에 새끼로 날줄을 촘촘히 걸었다. 그런 다음 베틀로 베를 짜듯 바디로 날줄을 서로 엇갈리게 뒤틀었다. 바늘이 씨줄이 되어 볏짚을 물고 날줄 사이로 비집고 들어갔다. 바늘이 빠지고 나면 바디로 씨줄을 힘껏 내리쳐서 씨줄과 날줄 사이를 촘촘하게 다졌다. 같은 과정을 수백 차례 거치고 나면 드디어 한 장의 가마니가 완성되었다. 그렇게 하루에 예닐곱 장의 가마니를 짰다. 가마니 한 장을 짜는 데 한 시간이 채 걸리지 않는 숙련도를 자랑했다. 가마니를 짜고 나면 절반으로 접어서 옆구리를 꿰맸다. 마침내 곡식을 담아 놓을 깔끔한 포대로 재탄생했다. 곳간에 겹겹이 쌓아 놓고 필요할 때마다 꺼내 썼다. 가마니는 곡식 종류에 따라 그 무게를 달리했다. 쌀 한 가마니 무게는 무려 80kg이었다. 가마니를 짜는 중에 점심시간이 되면 삶은 고구마와 동치미로 한 끼 식사를 대신했다. 삶은 고구마와 동치미는 기가 막히게 궁합이 잘 맞았다.

어업에 종사하는 어부도 농사짓는 농부와 마찬가지였다. 배를 저어 물고기를 잡는 것은 혼자 할 수 있는 일이지만 그물을 깁는다거나 어장을 옮기는 일은 품앗이로 해결했다. 물고기잡이는 주로 새벽녘에 바다로 나갔지만, 물때에 따라 시간대가 조금씩 달랐다. 그날의 어획량에 따라 희비가 교차했다. 뜻밖에도 횡재한 날이면 삽시간에 마을 곳곳에 소문이 나돌았다. 가끔 있는 일이긴 하지만 그럴 때마다 어부의 어깨는 한껏 위로 올라갔다.

우리 집은 농사만 지었을 뿐 바다에서 물고기 잡는 일에는 관심조차 없었다. 그런 아버지께서는 가끔 망태와 뜰채를 짊어진 채 나를 앞세우고 바다로 나갔다. 하얗고 고운 모래 위로 푸른 파도가 넘실거리는 풍경에 내 마음도 덩달아 출렁이며 요동치기 시작했다. 그 바닷속에 있는 투명한 새우의 날렵한 몸놀림이 우리를 비웃는 듯했다. 시원한 바람이 불기 시작하는 늦여름이었지만 아버지 머리 위에 눌러 쓴 밀짚모자가 강한 햇빛에 그늘을 드리웠다. 나는 아버지를 따라 바지는 무릎 위까지 걷어 올리고 새우 몰이에 나섰다. 발바닥으로 전해오는 부드럽고 고운 모래의 촉감에 온몸이 오싹했다. 물속에 드러난 발등이 유난히 까맣게 도드라졌다. 발을 옮길 때마다 발가락 사이를 간지럽히는 모래의 속삭임이 나를 미소 짓게 했다.

아버지께서는 새우잡이에 도움이 될 만한 말씀은 고사하고 요령조차 알려주지 않았다. 다만 '지금 하는 것을 보면 모르겠느냐?'라는 눈빛으로 나를 다그쳤다. 당신이 원하는 대로 행동하기를 바라는 듯했다. 무슨 일을 시키든 아버지께서는 늘 그런 식이었다. 아마 '네 앞에 닥친 일을 요령껏 해 봐라'라는 무언의 뜻이 담겨 있었을 것이다. 그러나 대부분 일을 그르치고 나면 그때서야 나무랐다. 그날도 예외는 아니었다.

아버지께서는 날렵한 새우를 쫓아 뜰채로 떠 올리기에 여념이 없었다. 나는 무엇을 해야 할지 모른 채 우두커니 서 있었다. 그런 자식의 어리숙한 꼬락서니를 보고 이내 못마땅해했다. 그런 나를 향해 뜰채 쪽으로 새우를 몰아오라고 손짓했다. 뒤늦게 해야 할 일을 알아차린 나는 새우 몰이에 신이 났다. 그런 와중에도 아버지께서는 뜰채를 바닷물 속에 넣고 뜨기를 반복했다. 새우가 뜰채 위에서 온몸을 힘차게 솟구치며 뒤채다가 이내 순순히 드러누웠다. 그때마다 아버지의 흐뭇한 미소에 나도 모르게 어깨가 으쓱했다. 내가 한 짓이 새우잡이에 얼마간의 도움이 된 것을 보고, 모처럼 나의 어리숙함을 덜었다고 생각했다. 나는 그냥 아버지를 따라갔을 뿐인데 아버지께서 기뻐하시던 그 모습에 엄청 신바람이 났다. 집으로 돌아오면 새우를 통째로 양푼에 넣고 초장에 버무려 먹었다. 그때의 신선하고 감칠맛 나는 새우회는 입 안 가득 침샘을 자극하곤 했다.

바다는 간만의 차가 심해 물이 들고 나는 자연의 섭리에 따라 서로 대조적인 세계를 펼쳤다. 밀물 때는 푸른 물결이 햇빛과 어우러져 넘실거리며 장관을 연출했다. 썰물 때는 바닥이 다 드러나 모래와 갯벌로 나뉘면서 황량하기 그지없었다. 그러나 또 다른 세계가 펼쳐진 곳에는 꼬막, 바지락, 굴, 키조개, 낙지 등의 해산물이 자기들만의 세계를 노래했다. 특히 참꼬막은 유명세가 따랐다. 명절이나 마을에 행사가 있을 때는 바다를 개방해 주민들에게 자기 능력껏 채취하도록 허가했다. 채취한 꼬막은 대부분 5일 장터에 내다 팔아 우리 가족의 생계 수단에 큰 도움이 되었다. 그중 일부는 식탁이 풍성해지는 자연이 준 보물로 대접을 받았다. 어머니는 젊었을 때부터 갯벌에서 널을 지치며 꼬막을 채취했다. 어머니는 남다른 요령이 있어서인지 언제나 가장 많은 양을 잡아 남이 보기에 선망의 대상이 되기도 했다. 채취한 꼬막의 무게를 어머니 혼자 감당할 수 없을 때는 아버지께서 지게로 운반하는 일을 거들었다. 바다를 개방한 날에는 온 동네가 분주했고 눈치싸움이 치열했다. 꼬막은 늘 한 자리에만 머물러 있지 않고 물때를 따라 이동하는 습성을 지니고 있었다. 그 자리를 선점하는 일이 그날의 채취량을 결정했다. 꼬막 채취가 끝나고 밖으로 나오면 채취한 양에 따라 뒷담화가 무성했다. 어촌계장이 개인이 채취한 양을 일일이 확인해서 세금을 부과하는 것에 따라 낱낱이 공개되었다. 바다를 개방하지 않는 날에도 꼬막 서식지가 아닌 다른 지역에서 게나 굴, 낙지 등을 잡았다. 우리 가족이 먹기 위해 잡은 해산물이 아니라 오직 내다 파는 데만 정신이 팔려 있었다. 그 가운데 바다 게는 흔해서 잡은 즉시 게장을 담갔다. 우리 집 밑반찬으로, 밥상의 고정 메뉴로 자리 잡았다. 갯벌에서 하는 일은 부업이라고 할 수 있었지만, 그 이면에는 어머니의 헌신이 따랐다. 농사가 한가한 때를 틈타 그곳에서 잡아 올린 해산물은 생활비를 충당하는 데 적잖은 효자 노릇을 했다.

농부의 아들로 태어난 나는 부모님이 짊어진 무거운 짐을 나눠서 질 만큼 힘을 보태지 못했다. 하지만 농촌 생활 가운데서 얻은 소중한 경험들이 내 삶에 밑바탕이 되었다. 세월이 흐르고 세상이 변했어도 농부의 아들인 것은 분명했다.

6. 검정 고무신에 얽힌 사연이 애달프다

어릴 적 나는 걷거나 뛰어다니는 일이 일상이었다. 타고난 체력이 뒷받침되었기 때문에 달리는 것이 마냥 재미있었다. 초, 중학교를 오가는 10㎞ 정도의 거리를 매일같이 걷고 뛰었다. 길은 논두 렁과 밭두렁 그리고 능선으로 길 아닌 길이었지만, 개의치 않았다. 잘 다듬어진 밋밋한 평지보다 오히려 변화무쌍한 오솔길이 정서적 으로 편안했다. 그런 환경 탓이었는지, 뛰는 것은 언제나 자신감이 넘쳤다. 그러나 한 가지 안타까웠던 점은 마음껏 뛰고 싶을 때마 다 신발이 늘 말썽을 부린다는 점이었다. 검정 고무신 때문이었다. 신발은 일상생활의 필수품 가운데 하나로 발을 보호하는 데 목적 이 있지만, 환경은 거기에 미치지 못했다. 그때는 검정 고무신이 대 세였다. 그 외에는 선택의 여지가 없었다.

고무신은, 발에서 난 땀에는 속수무책이었다. 발바닥이 미끌미 끌해서 발에서 벗겨지는 일이 다반사였다. 그런 것이 불안해서 뛰 는 데 늘 신경이 쓰였다. 발에 땀이 차면 신발을 벗고 발바닥에 흙 을 잔뜩 묻혔다. 그리고 다시 신었다. 친구들끼리 달리기 시합을 할 때면 끈으로 단단히 동여맸다. 궁여지책이었다. 신발 바닥에는 흙과 땀으로 뒤섞인 때가 말라붙어 있었다. 발등은 까맣고 발 가 장자리는 하얗게, 둘로 나뉘었다.

농사에 쫓기는 아버지의 고무신은 더 심했다. 고무신 바닥에 흙 이 들어 있는 날이 대부분이었다. 마루와 방바닥에는 흙먼지가 뿌 옇게 쌓였다. 쓸어내고 닦느라 애쓰는 어머니의 끊이지 않는 넋두 리로 "니 아부지는 흙을 달고 산다."라고 했다. 하지만 일에 쫓기고 지친 아버지는 듣는 둥 마는 둥 흘려들었다. 때를 가리지 않고 논 과 밭을 드나드는데, 고무신은 흙에서 벗어날 수가 없었다. 특히 여름철에는 양말을 안 신었기 때문에 신발에 고이고 쌓인 땀과 흙으로 더욱 난처했다.

고무신은 3개월 정도 신고나면 갈라지고 늘어지다 급기야는 찢어졌다. 소나무 껍질처럼 표면이 거칠고 불규칙하게 갈라진 고무신은 보기 흉했다. 고무신이 찢어지기라도 하면 그 자리를 실로 옹색하게 꿰맸다. 여분의 신발이 없기 때문에 불가피한 임시방편이었다. 5일 장터에는 그런 고무신을 수선할 목적으로 신발을 재생하는 기계가 어김없이 자리를 폈다. 사람들의 왕래가 잦은 길목이었다. 찢어진 부분에 고무 조각을 덧대고 열을 가해서 압착하는 방식이었다. 그 근처에서는 고무 타는 냄새로 얼굴을 찡그리고 코를 틀어막았다. 재생한 고무신은 쉽게 구분할 수 있었다. 신을 벗어놓으면 부자연스럽게 뒤틀려 있었다. 그렇게 찢어진 고무신을 고쳐 신고 다니는 것이 부끄럽고 창피했다. 그러나 다른 방법이 없었다. 내 마음대로 신발을 살 수 있는 형편이 안 되기 때문이었다. 더러는 갈아 신을 신발이 없어서 버려진 고무신 가운데서 골라 신기도 했다. 짝짝이 신발도 마다하지 않았다. 그런 신발을 신고 다닌다는 것은 알량한 내 자존심을 자근자근 짓밟았다. 마주치는 사람마다 내 신발만 보는 것 같아서 마땅히 시선 둘 곳을 찾지 못했다. 그런 수모는 5일 장이 서는 날까지 계속될 때도 있었다. 고무신이 나를 더욱 난처하게 만든 건 발바닥에 못이 박히거나 유리 조각에 베이는 일이었다. 신발에 못이 박힐 때는 그 순간 바로 고통이 전해졌다. 하지만 유리 조각에 베이면 통증을 느끼지 못한 채 신발에만 피가 고였다. 발바닥이 미끄럽다고 느낄 때야 비로소 베인 것을 알아차렸다. 고무신을 벗어들고 원망 아닌 원망을 해 보았지만, 달라지는 것은 아무것도 없었다. 고무신은 뛰고 달리는 일이 일상인 나에게는 불편하기 짝이 없었다. 그 가운데서도 고무신이 좋은 점은 딱 하나 있었다. 바로 '신발 높이 날리기'였다. 발가락을 신발 앞부분에만 걸치고 하늘을 향해 힘껏 차올렸다. 동심을 부추기는 그 놀이는 언제 어디서나 우리들의 흥미를 자극했다. 고무신은 초등학교 5, 6학년 때쯤에 이르러서야 겨우 검은 색깔의 투박한 운동화로 바뀌었다. 운동화가 조금씩 보편화되면서부터였다.

검정 고무신! 내가 살아온 삶의 어두운 기억의 편린으로 남아 여태껏 따라다니고 있는지도 모르겠다.

7. 초등학교 마라톤 대표 선수의 영광과 좌절을 딛고 서다

내가 학교에 다니는 길은 거리가 꽤 멀었다. 아마 학교에서 가장 멀리 떨어진 곳이 우리 마을이 아닐까 싶었다. 그러나 버스를 타고 통학할 수 있을 만큼의 환경에는 미치지 못했다. 우리 마을은 외딴곳으로 버스가 드나들지 않았다. 버스를 타려면 도로까지 1.5㎞ 가량을 걸어 나가야 하고, 차도 자주 다니지 않았다. 또한, 버스를 타고 학교에 다닐 만큼 살림살이가 넉넉하지도 못했다. 걷는 것만이 최상의 방법이었다. 당연히 학교 갈 때는 늦지 않기 위해서 뛸 수밖에 없었다. 그런 환경은 초등학교 마라톤(당시 초등학교 마라톤 거리는 1,500㎜였다.) 대표 선수로 선발되기까지 좋은 영향을 미쳤다. 지각이 두려워 어쩔 수 없이 뛰긴 했지만, 그것을 일상처럼 받아들인 것 또한 긍정적으로 작용했다. 그런 내 모습을 지켜보던 한동네 친구가 학교에 나를 추천했다. 마을 선후배 사이에서도 인정을 받았다. 그리고 운동회 때 그 실력이 입증되어 확실하게 눈도장을 찍었다. 즉시 초등학교 마라톤 대표 선수로 발탁되었다. 그러나 체계적인 훈련이나 지도는 받지 못했다. 그렇다고 학교에서 연습을 하는 것도 아니었다. 개인의 역량에 맡겨놓은 듯했다. 무작정 달리는 것으로 모든 것이 통했다. 달리기 연습이라고는 밤에 마을 입구 신작로에서 선후배들과 같이하는 것이 전부였다. 물론 누군가의 지도아래 하는 것은 아니었다. 다만 같이 뛰면서 호흡하는 요령 하나는 배울 수 있었다. 숨을 들이마실 때는 코로 두 번, 내뱉을 때는 입으로 두 번씩 나누어 호흡하라고 했다. "후후, 하하~" 하는 호흡법이었다. 뛰는 것과 호흡이 서로 리듬을 타면서 달리기가 조금은 편해진 것 같았다. 달리기 연습을 마치고 나면 근처 연못에서 몸을 씻고 뭉친 근육을 풀었다. 6학년 1학기 때의 일이었다.

우리 마을은 전통적으로 마라톤이 강했다. 초등학교나 중학교에서 마라톤을 잘하는 선후배가 꾸준하게 배출되어 그 계보를 이어가고 있었다. 면민이나 군민 체육대회의 성인 마라톤 대회에서도 괄목할 만한 두각을 나타냈다. 그때 체육대회에서 인기 있는 경기 종목 중의 하나가 마라톤이었다. 체육대회에서 빼놓을 수 없는 경기 종목임은 물론 대미를 장식하는 볼거리였다. 그만큼 사람들의 관심 또한 높았다. 그런 마라톤 대회에 출전해서 우승하는 날이면 마을에 경사가 나곤 했다. 특별한 지도나 체계적인 훈련을 받은 적은 없지만, 우승하는 걸 보면 환경에 따른 영향이 아닌가 싶었다.

자연스레 마라톤 잘하는 마을이라는 인식을 심었다. 그러나 도 대표나 국가 대표 선수로 이름을 날린 사람은 없었다.

나도 그런 영향을 받은 게 아닐까 해서 우쭐하기도 했다. 최소한 우리 동네의 마라톤 계보는 이어갈 수 있지 않을까 하는 꿈에 부풀었다. 하지만 그 기대와는 달리 마라톤 대표 선수로 발탁된 뒤에도 별로 달라진 게 없었다. 대표 선수에 대한 관심이나 관리가 허술했다. 특히 신발에 대한 언급이 없었다. 짐작건대 운동화까지 지원해 줄 만큼 학교 재정이 넉넉지 못한 게 아닌가 싶었다. 달리기 선수에게 중요한 것 중의 하나가 신발인데, 그것은 안중에도 없었다. 그때 나는 낡고 투박한 검은 색깔의 운동화를 신고 다녔다. 당연히 신발을 불신하고 있던 터라 내심 가볍고 편한 운동화를 기대하고 있었다. 하지만 허사였다. 신발에 관해서 물어볼 수조차 없었다. 그렇다고 부모님한테까지 운동화를 사 달라는 말은 차마 꺼내지 못했다. 마라톤 특기생을 발굴해서 육성하는 학교가 아니라는 사실에 입을 닫았다. 연례행사의 하나로 친선 경기일 뿐이라고 의미를 축소했다. 그런데도 나는 그 대회를 통해서 달리기 실력을 뽐내고 싶은 욕구가 넘쳤다.

다만 운동복 한 벌은 지급했다. 그러나 이마저도 마라톤 대회가 끝나면 반납해야 하는 운동복이었다. 그것은 후배들한테 대물림하는 학교 자산인 듯, 창고에서 꺼내 주었다. 면으로 된 운동복은 소매와 바지가 다 길었다. 빛이 바랜 붉은색을 띠고 있는 옷으로 축 늘어지고 허름했다. 학교 홍보에는 관심이 있었던지 운동복 등에 학교명을 새겨 넣었다. 딱히 싫지는 않았다. 학교를 대표하는 마라톤 선수라는 자부심에 들뜨기도 했다. 뛰고 달리는 것이 일상이 되어버린 생활환경이 나에게 준 선물이 아닌가 싶었다. 자랑스러웠다. 당당하게 1등으로 골인해서 내 진가를 알리고 싶었다.

초등학교 대항 마라톤 대회는 ○○중학교 운동장이었다. 운동장 트랙을 일곱 바퀴 반을 돈 후에 우승 테이프를 끊는 규정이었다. 이 마라톤 대회에 선수를 내보낸 초등학교는 4~5개 교였으나 선수는 10여 명쯤 되었다. 우리 학교를 제외한 다른 학교는 선수가 한 명 이상 출전했다는 것을 알 수 있었다. 우리 학교는 중학교와 가깝다는 심리적인 이점과 다른 학교보다 규모가 큰 편이라는 데, 자신감이 생겼다. 선생님이나 친구들은 당연히 나를 1등감으로 지목했다. 다른 학교 선수에 대한 정보가 없었으니 내가 최고인 줄 알았다. 그러나 고전 끝에 3등에 그치고 말았다. 코가 납작해졌다. 치욕스러웠다. 운동복을 걸치고 있는 것조차 부끄러웠다. 자신감이 넘친 나머지 처음부터 치고 나간 게 패인이었다. 내 페이스(Face) 대로 뛰지 못하고 그만 들뜬 분위기에 휩쓸렸다. 전, 후반 체력 안배를 간과한 작전 없는 작전의 실패였다.

그날은 6월 말경으로 기온이 높은 데다가 후덥지근한 날씨였다. 뛰면서 땀이 나기 시작하니까 운동복이 사지에 칙칙 감겼다. 운동복이 거추장스러웠다. 발은 천근만근 무겁기만 했다. 발걸음은 한없이 무뎌지고 1등으로 달리는 선수는 내 시야에서 멀어져 아득했다. 2등과의 거리는 한두 걸음 사이인데, 이마저도 따라잡을 힘이 없었다. "힘내라!"라고 응원하는 함성마저 들리지 않을 정도로 지쳤다. 응원하는 사람은 보이지 않고 앞서가는 선수만 아른거렸다.

단 한 번뿐인 기회를 허무하게 놓치고 말았다. 더군다나 학교 명예를 빛내지 못한 책임감에 울적했다. 학교 마라톤 대표 선수라는 영광은 온데간데없고, 텅 빈 운동장이 나를 비웃는 것만 같았다.

8. 꿈으로만 여겼던 우등상을 받다

초등학교 6학년 마지막 학기에 극적으로 우등상을 거머쥐었다. 학업 성적이 우수하고 품행이 단정하다는 우등상이었다. 공중부양이란 게 이런 기분일까 싶었다.

초등학교에 다니는 내내 우등상은 나에게 먼 나라 얘기처럼 겉돌았다. 한 학년을 마칠 때마다 우등상을 받는 친구들이 한없이 부러웠다. 그것은 6학년으로 올라오는 동안 줄곧 동경의 대상이었다. 하지만 우등상은 늘 정해진 친구가 차지하는 것으로 믿고 있었다. 정말 그랬다. 우등상을 타는 친구가 바뀌는 일은 그다지 흔치 않은 일이었다. 우등상은 정해진 것이나 다름없었다. 공부 잘하는 친구는 항상 잘했다. 그 친구들을 부러운 시선으로 바라보는 것만으로 6년이 흘렀다. 그런데 정작 그들이 공부를 잘하는 비결이나 요령에 관해서는 관심조차 없었다. 다만 고집불통의 오기만 발동했다. 나도 나만의 공부하는 방법이 있다는 자만 때문이었다. 내가 하던 대로 하면 기회가 오지 않을까 하는 막연한 기대를 했다. 열심히 공부하는 것으로 위로를 삼았다. 그러나 학습한 내용을 이해하고 익히기보다는 암기 위주로 했다. 외우는 길만이 확실한 답을 알 수 있는 것인 양 덮어놓고 달달 외웠다. 요점만 별도로 정리해서 외우는 효율적인 방법조차 미심쩍었다. 그런 저인망식 공부 방법은 분명 한계를 드러낼 수밖에 없지만, 당장은 시험을 그르치는 일이 없어서 마음은 편했다.

하굣길에는 암기할 소제거리를 손에 들고 다녔다. 걸으면서 외우는 것이 효과가 있을뿐더러 밤에만 공부하는 것으로는 시간이 턱없이 부족하다는 걸 익히 알고 있기 때문이었다. 또한 한 시간 남짓 걷는 지루함을 달래는 방법이기도 했다. 밤에는 호롱불을 밝혀 놓고 구석진 방의 앉은뱅이책상 앞에 앉았다. 공부하다 자고 일어나면 코 밑에 시커먼 그을음이 덕지덕지 달라붙어 있었다. 호롱불 심지에서 석유가 타면서 나는 그을음이었다. 방을 더 밝게 하려고 심지를 길게 뽑으면 그을음의 정도가 더욱더 심했다. 자동차가 내뿜는 매연이나 다름없었다. 더군다나 겨울철에는 찬바람이 들어오지 못하도록 문풍지까지 붙인 밀폐된 공간이었다. 내 방은 재래식 부엌 한쪽에 벽을 치고 구들장을 간 서너 평 남짓한 크기였다. 고작 앉은뱅이책상 하나에 이부자리가 전부인 방이었다. 방 출입문은 두 군데로 편리했으나 토방이 없는 게 흠이었다. 부모님과 한 방을 쓰다가 5학년부터인가 내 방을 갖게 된 독립된 공간이었다. 그러한 환경을 탓하지 않고 꾸준히 공부한 덕분에 후반으로 갈수록 학교 성적은 좋아졌다. 공부에 재미가 붙으면서 성적 또한 향상되었다. 이전 학년에도 우등상은 받지 못했지만 반 내에서 10등 안팎을 맴돌았다. 우등상을 받을 만한 위치까지 다다른 것은 아닌가 하고 내심 기대하곤 했다. 로마가 하루아침에 이루어지지 않았듯이, 열심히 공부하면 나한테도 행운이 오지 않을까 싶었다. 그런데 그런 기대가 뜻밖에 현실로 나타났다. 흥분을 감출 수가 없었다. 꿈에 그리던 우등상을 받게 된 것이었다. 이 세상 부러울 것 하나 없다는 기쁨에, 눈물을 글썽거렸다. 초등학교 6학년 전 과정을 마치고 마지막 때에 받은 우등상이었다.

뒤늦게 깨달은 게 하나 있었다. 우등생들은 주로 교실 앞줄이나 중간쯤의 위치에 앉아 있는 친구들이었다. 선생님과 가까운 거리에 있었기 때문에 더 집중하게 되고, 선생님의 시선이 자주 머무는 곳 또한 앞자리였다. 그만큼 학업 성취도에 유리한 위치를 선점하고 있다는 뜻이었다. 앞자리 또한 선망의 대상이었지만 한 번 정해진 자리는 요지부동이었다. 나는 새로운 학년이 시작되고 자리 배정을 다시 할 때마다 맨 뒷자리로 밀려났다. 학생들을 일렬로 쭉 세워 놓고 키가 작은 순으로 앞자리부터 채워 나가는데, 내가 낄 만한 빈틈이 없었다. 나는 키가 큰 편이어서 맨 뒷자리를 벗어나지 못했다. 자연스럽게 뒷자리는 선생님의 눈밖에 머물렀다. 선생님의 말씀은 잘 들리지 않았고 눈빛 또한 흐릿했다. 주의가 산만하고 어수선해서 공부하는 분위기를 깨뜨리기 일쑤였다. 뒤에 앉은 친구치고 공부 잘하는 학생은 거의 없었다. 그만큼 선생님의 말씀에 집중하지 않는다는 방증이었다. 선생님의 시선 또한 빗겨나 있기 마련이었다. 그래서 그런지 앞자리와 뒷자리의 경계가 확연히 드러나는 듯했다. 같은 반인데도 서로 말을 섞지 않으려는 눈치가 엿보였다. 뒷자리는 덩치가 크다는 이유로 키 작은 앞자리를 깔봤다. 또 앞자리는 공부 잘한다는 우월감으로 덩치 큰 뒷자리를 무시하는 듯했다. 겉으로 드러낼 수 없는 불평불만이 쌓여갔다. 내 신장이 친구들보다 더 크다는 현실에 남모를 가슴앓이를 했다. 그 결과는 고스란히 학업 성적으로 나타났다. 그럼에도 불구하고 공부하기에 불리한 조건들을 이겨내고 6년 동안을 학수고대했던 우등상을 품에 안았다. 학업 성취도가 낮은 만큼 이를 극복하기 위해서 더욱 열심히 공부한 결과였다. 초등학교 졸업을 앞두고 극적인 뒤집기에 성공했다. 그런 노력은 학창 시절 내내 하면 된다는 가능성을 열어주었다. 또한, 내 인생 전반에 긍정적인 영향을 미쳤다. 그러한 노력으로 얻은 자신감은 뒤늦게 도전한 방통대 졸업까지 이어졌다. 물론 타고난 재능이 있다면 좋겠지만, 노력이 그에 못지않게 중요하다는 것을 한참이 지난 뒤에야 깨달았다.

개천에서 용이 난다고 했던가? 맨 뒷자리에서 우등생이 탄생했으니 우리가 알고 있었던 불문율이 한꺼번에 무너진 대사건이었다. 그렇게 꿈꾸어 왔던 우등상을 졸업 선물로 받은 기쁨에 가슴이 벅차올랐다. 그 시절 그 감격을 오래오래 간직하고 싶었다.

제2장.

중학생 신분으로 어리숙한 티를 벗다

1. 중학교 입학으로 날개를 달다

내가 중학교에 입학하는 데는 아무런 걸림돌이 없었다. 중학교에 입학할 즈음에는 집안 형편이 나아진 것이 가장 큰 이유였다. 마을 대부분의 가정 또한 살림살이가 조금씩 나아지며 가난에서 벗어나는 듯했다. 그때 초등학교를 함께 졸업한 마을 친구들이 9명이었다. 그 가운데 여학생 2명이 있었는데 그들은 진학을 포기했다. 무슨 이유인지는 알 수 없었다. 얄궂게도 남학생만 7명이었다. 뒤늦게 1년 선배 한 명이 추가 지원함에 따라 한 마을에서 중학교에 입학한 학생이 무려 8명이나 되었다. 전무후무하게, 마을 역사에 하나의 진기록으로 남을 만한 자랑거리였다. 그때는 중학교 입학을, 초등학교에 입학하는 것인 양 당연한 일로 여겼다. 그만큼 부모님의 학구열이 높아진 것 또한 빼놓을 수 없었다. 불과 2~3년 사이에 일어난 큰 변화임은 틀림없었다. 마을 위상이 한껏 높아진 듯한 느낌에 가슴이 쫙 펴졌다.

그해 중학교에 입학한 학생은 300명이었다. 입학시험을 치르고 나서 합격자를 발표했다. 학교 운동장에 보드판을 길게 설치하고 종이에 쓴 합격자 명단을 붙였다. 1등부터 300등까지 입학시험 성적순으로 나열되어 있었다. 300등 이내에 들지 못한 5~6명의 후보까지 포함되어 있었다. 합격자를 발표하는 날, 아침부터 학교 운동장은 수험생과 가족들로 붐볐다. 그들 대부분은 합격에는 큰 관심이 없는 듯했다. 다만 몇 등으로 합격했는가에 시선이 집중되어 있었다. 시험 성적에 따라 희비가 엇갈렸지만 큰 의미는 없었다. 나는 그 가운데 50번째로 이름이 올랐다. 잘한 것인지, 못한 것인지 딱히 단정할 수 없었다. 나를 중심으로 뒤쪽보다는 앞쪽을 훑어봤다. 우리 초등학교 친구들의 성적 순위를 살펴보기 위해서였다. 역시 공부 잘하던 친구들이 상위 그룹을 형성하고 있었다. 그들이 한없이 부러웠다. 그들을 뛰어넘어야 한다는 과제만 떠안은 채 어슬렁어슬렁 운동장을 빠져나왔다.

초등학교 때도 만만치 않았지만, 중학교는 4~5개 초등학교에서 모인 학생들이니까 경쟁이 더 치열해질 수밖에 없었다. 그때도 공부를 열심히 하기는 했으나, 6학년 때 겨우 우등상 한 번 받은 게 고작인 나에게는 벅찬 상대였다.

성적의 걸림돌은 역시 일이었다. 생활 전반이 나아졌다고는 하나 중학생인데도 불구하고 일을 하지 않고서는 배겨 낼 재간이 없었다. 일은 늘 나를 붙들고 늘어졌기 때문에 초등학교 때와 별반 나아진 게 없었다. 오히려 더 많은 일을 할 수밖에 없는 형편이었다. 철이 들고 몸집이 커졌으니 부모님의 기대 또한 높아졌을 것이다. 중학생이 되고 난 후에도 낮에 공부할 수 있는 환경은 요원한 듯했다. 토요일이나 일요일도 마찬가지였다. 공부는 오직 밤에만 하는 것으로, 우리 집에 내려온 전통처럼 굳어졌다. 학교 수업이 끝난 후에 개인적으로 공부한다는 것 또한 주변 환경이 따라주지 않았다. 학교에 도서관이 있는 것도 아니고 학생들 또한 관심이 없었다. 수업이 끝나자마자 집으로 돌아와야 하는 일이 우선이었다. 집에 돌아오면 무엇인가는 내 손을 필요로 하는 일이 기다리고 있었다. 저녁을 먹고 나면 피로가 한꺼번에 몰려왔다. 앉은뱅이책상 앞에 앉자마자 졸음이 쏟아졌다. 그날에 해야 할 공부를 자꾸만 뒤로 미루었다. 그나마 다행인 것은 등하교 때 한 시간 정도는 길 위에서 공부를 할 수 있다는 점이었다. 문제는 중간고사나 기말고사를 치를 때였다. 그때가 닥치면 벼락공부를 했다. 밤잠을 잊은 채 뜬눈으로 긴 밤을 하얗게 새웠다. 그 시기만큼 소중한 시간은 없었다. 그러나 졸음 앞에 장사가 없다는 말이 있듯이, 쏟아지는 잠을 억제할 수가 없었다. 그럴 때는 졸음을 이겨내기 위한 온갖 방법이 동원되었다. 잠이 오지 않는다고 하는 알 수 없는 알약을 먹었다. 잠이 잘 들게 하는 수면제는 알고 있었으나 잠이 안 오게 하는 약도 있다는 걸 그때 처음 알았다. 그것을 먹고 나면 졸리지 않는 대신 날이 밝아지면 머리가 띵 하고 속이 매슥거렸다. 또 하나의 방법은, 눈꺼풀이 내려오면 눈두덩에 안티푸라민을 바르는 일이었다. 바로 반응이 나타났다. 눈이 화끈거림과 동시에 눈물이 쑥 빠졌다. 잠이 확 달아났다(절대, 절대로 따라 하지 마시라). 그러나 그것도 잠시일 뿐, 얼마 지나지 않아 또 눈이 감겼다. 그런 짓을 서너 차례 반복하고 나면 날이 밝았다. 안티푸라민은 모 제약회사의 제품인데 동그런 통에 담긴 것으로 근육통이나 타박상에 바르는 연고였다. 잠시 밖으로 나가 바람을 쐰다든지 노래를 부르기도 했다. 누군가는 코털을 잡아 뽑으면 잠이 달아난다고 해서 따라 해 봤지만, 그때뿐이었다. 가끔 호롱불 앞에서 꼬박꼬박 졸다가 머리카락을 태운 적도 있었다. 그렇게 밤을 새우면 성적이 올라갈 것처럼 애를 태웠지만, 벼락공부로는 내 기대치를 밑돌았다. 시험 성적이 그 결과를 여실히 보여주고 있었다.

뒤늦게 깨달은 것이지만 공부하는 요령에도 문제가 있었다. 초등학교 때 했던 암기식 학습 방법으로는 성적이 향상될 수 없었다. 수업을 잘 듣고 그 시간에 이해하는 것은 물론 요점정리를 잘할 수 있어야 하는데, 그런 점이 미흡했다. 더욱 중요한 사실은 질문을 하지 않는다는 점이었다. 모르면 모른 대로 그냥 넘어갔다. 질문을 잘못해서 창피나 사지 않을까 하는 두려움 때문이었다. 모르면 책을 보고 열심히 공부하면 그만이라는 어설픈 생각에 갇혔다.

영어 수업의 경우, 선생님조차도 한 문단을 통째로 외워오라며 숙제를 냈다. 암기하는 건 쭉 해오던 터라 외운 대로 선생님 앞에서 당당하게 읊었다. 그러나 정작 시험 성적에는 별 도움이 되지 않았다. 문법과 실제 문장과의 관계를 이해하고 암기해야 하는데 그냥 덮어놓고 외우기만 한 결과였다. 암기는 분명 한계가 있었다. 학업 성적은 오르지 않고 제자리걸음만 하고 있는 걸 보면 알 수 있었다. 학업 성취도와 이해력이 부족한데 암기만으로 성적을 올리겠다는 건 무모한 짓이었다.

그때는 중간고사나 기말고사가 끝나면 그 성적을 공지했다. 한 반에 1등부터 10등까지 이름을 써서 눈에 잘 띄는 학교 건물 외벽에 붙였다. 우리의 최대 관심사였다. 거기에 이름이 올라가는 것이 큰 자랑이요, 최고의 보람이었다. 그때마다 나는 아슬아슬하게 턱걸이를 하거나 그나마 없을 때도 있었다. 공부 잘한다는 얘기를 듣고 싶은 마음이 간절했지만, 뜻대로 되지 않았다. 10등을 경계로 그 선을 넘나들었다. 그저 그런 학생으로 평가되었을 거로 생각하니 기운이 빠졌다. 공부하고 싶은 욕구는 넘쳤지만, 내가 처한 환경과 공부하는 요령에서 밀리고 말았다.

우리 학교의 실력은, 1등을 놓치지 않을 만큼 탁월한 성적을 유지해야 광주나 순천에 있는 일류 고등학교에 겨우 턱걸이할 수 있는 수준이었다. 그것을 기준으로 자신의 진로를 어느 정도 가늠할수 있는 나침판 구실을 했다. 대부분의 학생은 실업계 고등학교를 선택했고, 인문계 고등학교 진학은 극소수에 불과했다. 일부 친구들은 진학을 포기했다. 일류 고등학교에 들어간 학생은 단 한 명도 없었다. 대학을 갈 수 없는 가정 형편 탓도 있었지만 학업 성적이 발목을 잡았다.

나는 처음부터 대학 갈 꿈은 꾸지도 않았다. 실업계 고등학교를 졸업해서 취직하는 것이 목표였다. 적성하고는 무관했다. 오직 돈 벌 궁리만 했다.

어려운 환경 가운데서도 공부 잘한다는 얘기를 듣고 싶었다. 일을 하거나 등하굣길에는 수첩을 몸에 지니고 다녔다. 초등학교 5~6학년 때의 습관이 중학교 때까지 이어지고 있었다. 부모님은 그것이 당연한 것처럼 눈을 감았다. 심지어 모내기할 때 못줄을 잡고 있으면서도 손에는 수첩을 들고 있었다. 모내기에서 못줄을 잡은 사람의 역할은 일 절반을 차지한다고 할 만큼 중요한 위치인데, 한눈을 판다는 건 엄청난 노동의 고통을 가중시킬 뿐이었다. 못줄잡은 사람은 모를 심는 일꾼과 서로 호흡을 맞춰야 하고, 리듬을 탈 수 있도록 유도하는 요령이 필수였다. 그래야 일이 수월하고 능률도 올랐다. 그런데도 딴짓만 하는 나를 보고 비난의 목소리가 쏟아졌다. 그런 나는 소를 몰면서도, 지게로 벼를 나르면서도, 아궁이에 불을 지피면서도 손에는 암기거리를 들고 있었다. 특히 시험 때가 돌아오면 때와 장소를 불문하고 공부하는 데 열을 올렸다. 최소한 우리 반에서 10등 안에는 들어가야 한다는 생각이 간절했다. 10등이 1차 마지노선이었다. 그 선에 안착해서 둥지를 틀어야만 더 높은 곳을 바라볼 수 있겠다는 예감이 들었다. 그러나 그런 당찬 포부를 가졌음에도 불구하고 당장 발등에 떨어진 불 끄기에 급급했다. 볼품없고 어리숙한 초등학생의 티를 벗고 어엿한 중학생으로 성장했지만, 현실은 호락호락하지 않았다. 나를 구속하고 있는 한계를 뛰어넘어야 한다는 강박관념 또한 벗어날 수가 없었다. 하지만 그런 여건 속에서도 내가 할 수 있는 것, 오직 공부에만 매달렸다. 중학교 1학년 때부터 달라진 나의 위상을 겉모습에서뿐만 아니라 실력으로 입증하려고 속을 태웠다. 하루빨리 내 양쪽 발을 단단히 묶고 있는 족쇄를 풀어내고, 비상할 채비를 갖춘 매의 모습을 희미하게나마 갈망하고 있었다. 아무튼, 중학교 입학을 시작으로 몸에 날개를 단 것만은 분명했다. 최소한 이보다 더 먼 곳을 날 수 있는 날개임을 어렴풋이 의식하고 있었다.

2. 장터 호떡집의 그 맛에 빠지다

내가 다니던 중학교는 면 소재지를 중심으로 반경 약 1㎞ 거리에 자리 잡고 있었다. 초등학교에서 빤히 내려다보이는 곳에 2~3층짜리 건물로 아담하고 의젓하게 서 있었다. 학교 뒤쪽에는 소나무와 잡목이 무성하고 나지막한 동산이 감싸고 있었다. 학교 앞과 좌우는 논으로 둘러싸여 있어서 계절의 변화를 얼른 구분할 수 있었다.

중학교는 남녀 공학이었으나 반 편성은 남녀를 구분하여 경계선을 그었다. 어색한 호기심이 일었지만, 관심이 없다는 듯 태연한 척했다. 초등학교 때는 말도 섞지 않았던 여학생들과는 친구처럼 어울려 다니기도 하면서 그런대로 무난하게 적응했다. 나는 중학교에 들어간 후로 얼마간은 자전거로 통학했지만, 걸어서 다닐 때도 있었다. 걸어서 다니던 길은 초등학교 때와 별반 다르지 않았다. 다만 행동거지나 겉모습에서 작은 변화가 눈에 띄었다. 책은 보자기에서 가방으로, 신발은 검정 고무신에서 투박하고 까만 운동화로 바뀌었다. 그리고 새까만 교복에 검은색 모자를 썼다. 교복 단추와 모자 중앙에는 황금색의 학교 로고가 박혀 있었다. 하루아침에 의젓한 청소년의 모습으로 탈바꿈했다. 어엿한 중학생으로서 후배들의 모범이 되어야 한다는 생각에 행동이 부자연스러웠다.

면 소재지에는 재래식 5일 장터가 성황을 이루었다. 소, 돼지, 닭 등의 동물은 물론이고 해산물, 농산물, 공산품 등 한 마디로 없는 것이 없는 시골 장터였다. 그곳에는 상가 건물이라고는 거의 없었다. 텅 빈 장터에 포장을 둘러치고 그날 팔 물품을 진열했다. 또 면 소재지에는 면사무소, 파출소, 우체국, 협동조합 등이 있었다. 영화관도 하나 들어섰다. 병원, 약국, 문방구, 푸줏간, 중국음식점, 빵집, 철물점, 전파사, 옷 가게 등이 도로를 중심으로 양쪽에 즐비하게 늘어섰다. 그 가운데 허름한 호떡집 한 곳이 장터 입구에 들어서 있었다. 그곳은 우리가 등하교 때 지나다니는 큰길가에 있는 낡은 기와집이었다. 등하굣길은 학교를 중심으로 해서 사방으로 흩어져 있었는데, 그중에 내가 다니는 길의 방향은 북동쪽이었다. 그쪽으로 등하교하는 일부 학생만 그 호떡집을 드나들었다. 언제부터 호떡 장사를 시작했는지는 알 수 없으나 그곳에 호떡집이 있었다. 나도 언제부터 그 호떡집을 찾게 되었는지 또렷한 기억이 떠오르지 않았다. 하지만 한 번 호떡 맛을 본 후로는 뻔질나게 드나들었다. 그곳은 왠지 남학생 일색이었다. 여학생은 물론이고 다른 계층의 사람을 만난 적이 없었다. 호떡집은 일반 가옥의 한쪽 벽을 터서 만든 공간으로 손님이 예닐곱 명 정도 들어갈 수 있는 아담한 크기였다. 그 안에는 나무 탁자와 의자가 서너 군데 놓여 있었다. 그 비품들은 손때가 탄 것으로 미루어보아 꽤 오래된 가게임을 짐작하게 했다. 내가 호떡집에 들르는 시간대는 하교 때인지라 조명은 꺼져 있었다. 햇빛도 들지 않아 어스름했다. 호떡을 굽는 까만 철판이 연탄불 위에서 지글거렸다. 나이가 지긋하신 아주머니 한 분이 호떡을 굽고 팔았다. 호떡을 굽는 아주머니 곁에는 밀가루 반죽 한 덩어리가 놓여 있었다. 손에 들기름을 찍어 바르고, 그 반죽에서 계란만 한 크기로 떼어내 둥그렇게 폈다. 그 위에 설탕 한 숟가락을 넣고 다시 둥글게 감쌌다. 그 반죽을 불판 위에 올려놓고 둥근 조리 기구로 납작해질 때까지 지그시 눌렀다. '짜르르' 하고 기름을 튀기면서 노랗게 익어 가며 나는 소리가 침샘을 자극했다. 호떡 굽는 소리보다 침이 목구멍으로 넘어가며 일으키는 욕구가 더 요란했다.

하굣길에는 특별한 일이 없는 한 어김없이 들렀다. 그런 발걸음이 습관이 되었다. 건너뛰는 날은 소중한 내 소지품을 잃어버린 것처럼 허전했다. 친구 중에 누군가는 "호떡에 인이 박였다."라고도 했다. 단지 호떡 안에 녹아 있는 설탕뿐이지만 꿀처럼 달콤한 유혹을 떨쳐낼 수 없는 이유에서였다. 아마 그 맛에 홀딱 반한 게 아닌가 싶었다. 하교할 때라 배가 고픈 것도 하나의 핑곗거리가 되었을 것이다.

그 시절 한때, 호떡집에 불이 난 것처럼 분주하게 들랑거렸다. 그러나 호떡을 사 먹을 만한 여웃돈은 따로 없었다. 더군다나 용돈이라는 말은 듣지도 못했고 받지도 않았는데 호떡은 줄곧 사 먹었다. 맨 처음에는 3원 하던 호떡이 얼마 지나지 않아 5원으로 올랐다. 그래도 아랑곳하지 않았다. 호떡의 달콤한 맛에 홀린 듯 도저히 그냥 지나칠 수가 없었다. 가격이 오른 만큼 어딘가에서 더 많은 돈을 감추었을 것은 분명했다. 우리들이 흔히 쓰던 속된 말로 "뼁땅 친다."라고 했다. 옛날 속담에 바늘 도둑이 소도둑 된다는 말이 있듯이 아마 책이나 노트를 산다는 핑계를 대고 그 가운데서 얼마간의 돈을 빼낸 게 아닌가 싶다. 부모님을 생각하면 죄의식으로 가득했지만, 호떡 맛의 유혹에는 견딜 재간이 없었다. 친구들의 달콤한 말장난에서도 빠져나올 수가 없었다. 때로는 내가 앞장서서 친구들을 이끌고 그 집을 들락거리기도 했다. 그렇게 불이 나게 드나들던 호떡집의 그 맛을 잊을 수가 없다.

3. 비뚤어진 영웅심, 나팔바지에 현혹되다

중학생이 되고 나서 서서히 알량한 영웅심이 요동치기 시작했다. 그 영웅심은 2학년 2학기 말부터 3학년 1학기까지 계속되었다. 2학년 말이 되면 내년에 학생을 대표할 학생회장을 선출했다. 전교생이 참여한 무기명 투표였다. 규율부장, 학습부장, 체육부장 등 학생회 간부는, 선거 전에 학생회장 후보자가 지명했다. 그리고 함께 선거운동을 했다. 그 무렵부터 학생들 사이에 영웅심이 드러나기 시작했다. 학생을 대표하는 권력 또한 이와 맞서서 힘을 발휘하는 듯했다. 학생회장은 근엄한 표정으로 폼만 잡고 있으면 그뿐이었다. 옆에 있는 규율부장의 말 한마디에 그 권위가 느껴졌다. 그것은 학생회장단과 선생님 간의 밀담이 오가는 가운데에서 더 막강한 힘이 실리는 듯했다. 아침에 등교하는 시간이 그랬다. 교문에는 지도 선생님과 학생회장, 규율부장이 버티고 서 있었다. 복장에서부터 행동거지에 이르기까지 일거수일투족을 감시하고 지적했다. 지각하는 학생은 말할 것도 없었다. 그런 학생들을 적발해서 체벌을 가하는 것이 주목적이었다. 학칙이라는 절대 권력에 반항하는 학생은 아무도 없었다. 시퍼렇게 살아 있는 권력 앞에 쩔쩔맸다. 그런 와중에 우리의 영웅심을 부추기는 일로 골머리를 앓게 하는 사건이 있었다. 그 정도의 차이는 선생님이나, 학생이나 다를 바 없었다. 쫓는 자와 쫓기는 자가 공생하는 우범지대인 듯했다. 그 범인은 다름 아닌 바로 나팔바지였다. 나팔바지가 유행을 타고 순식간에 우리 학교를 습격했다. 유행의 바람은 거셌다. 쉽게 잦아들지 않고 거세게 몰아쳤다. 이를 잠재울 수 있는 특효약은 따로 없었다. 나팔바지를 입지 못하도록 강제하는 수밖에 없었다. 훈계만으로는 통하지 않기 때문이었다. 통제는 등교하는 시간을 십분 활용했다. 등교하기 전부터 정문에는 긴장감이 감돌았다. 선생님은 투명한 아크릴로 만든 30cm짜리 자를 손에 들고 있었다. 먼저 눈으로 훑어보고 바지폭이 넓어 보인다 싶으면 검지손가락을 까딱했다. 그리고 어김없이 바지 끝에 자를 갖다 댔다. 바로 학교 규정을 위반한 정도인지를 확인할 수 있었다. 학교에서 정한 바지의 허용폭은 10인치를 기준으로 했다. 나팔바지라고 하면 보통 11인치를 넘어가는데, 야속하게도 딱 10인치였다. 더욱 영웅심을 부추기는 바지의 넓이가 아닌가 싶었다. 지적을 당하면 곧바로 교무실로 불려갔다. 여러 선생님으로부터 질책을 듣고 반성문을 썼다. 다시는 입지 못하도록 가위로 나팔바지 밑 부분을 싹둑 잘라버렸다.

학교에서 하지 말라는 짓을 하는 학생이 우리들의 영웅이었다. 무슨 일이든 통제하는 것은 더 하고 싶어 안달하는 사춘기의 심리가 바로 이런 것이 아닌가 싶었다. 나팔바지가 그 선구자 역할을 한 셈이었다. 또한 지나치다 싶을 정도로 윗도리까지 튀게 입고 다니는 학생도 있었다. 상의가 원통 모양에서 허리 부분이 곡선을 그리며 몸에 약간 달라붙었다. 그 옷자락은 엉덩이 부근에서 허리춤으로 올라갔다. 상의 맨 위 첫 단추는 열어젖혔다. 옷깃 안쪽에 덧붙인 플라스틱 하얀 보호 깃마저도 떼냈다. 손으로 들어야 할 책가방을 옆구리에 끼었다. 모자는 삐딱하게 썼다. 학칙에 어긋나는 짓만 골라 했다. 비뚤어진 영웅심의 발로였다. 특히 나팔바지는 그

정점에 있었다. 어떤 학생은 학교 근처에서 바지를 갈아입었고, 일부 학생은 정문이 아닌 은밀한 곳을 찾았다. 하교할 때면 나팔바지가 거리를 활보하기도 했다. 때로는 학교 밖에서도 암행 순찰을 했으나 막무가내였다. 숨바꼭질하듯 스릴이 넘쳤다. 나팔바지 한 번 입어보는 것이 소원이었다. 나팔바지를 입어서 편한 게 아니었다. 나팔바지를 입었다는 용기를 자랑하고 싶은 영웅심이었다. 나팔바지를 입은 학생은 우리 모두가 인정하는 영웅 아닌 영웅이기 때문이었다. 나팔바지는 그렇게 불량 학생과 모범 학생 사이의 선을 아슬아슬하게 넘나들었다. 그 선의 경계는 다름 아닌 나팔바지였다. 그것은 한낱 교복 바지에 불과한 미물(微物)일 뿐인데, 우리의 영웅심을 자극하는 나팔바지로 불리면서 특수를 누렸다. 비뚤어진 영웅 심리를 불러일으킨 진풍경이 중학생 시절 내내 우리의 곁을 맴돌고 있었다.

4. 대통령의 고향 방문을 환영하다

내가 중학교에 다니던 그때 대통령께서 우리 고향을 방문하셨다. 상상도 못 한 일이었다. 한 나라의 대통령께서 남해안 끝자락에 있는 고흥을 방문한다는 소식은 온 군민(郡民)의 마음을 설레게 했다. 신선한 충격이었다. 그 시절 대통령의 권위는 하늘을 찌를 듯했고, 그분의 말 한마디에 모든 일이 일사천리로 진행되었다. 그분의 열정이 곧 우리나라를 이끌어 가는 원동력이라고 굳게 믿었다. 지긋지긋한 가난에서 벗어날 수 있다는 희망을 싹틔웠다.

그 시절 온 국민이 먹고살기 위해 발버둥 치고 있을 때 대통령께서는 해창만 간척사업 현장을 찾아오는 길이었다. 쌀이 절대적으로 부족했던 그 시절, 대단위 간척사업은 국민적 관심을 불러일으키고 있었다. 대통령의 시선도 당연히 해창만을 향하고 있었던 듯싶었다. 그러나 대통령께서 고흥까지 방문하기에는 환경이 너무 열악했다. 특히 자동차도로가 낙후되어 있었다. 차선도 없는 도로가 움푹 파였거나 드문드문 자갈이 깔린 채로 나뒹굴었다. 차체가 낮은 대통령 전용차로는 편하게 달릴 수 없는 울퉁불퉁한 도로였다. 그곳을 정비하느라 불도저로 평평하게 고르고 새로운 자갈을 깔았다. 대단위 토목공사가 도로 위에서 벌어졌다. 밤에는 불도저가 불을 환하게 밝히고 도로를 점령했다. 도로는 구간 구간을 나눠서 면 단위로 담당구역을 할당했다. 학교 앞 도로는 당연히 우리 담당구역이었다. 보자기에 강가의 자갈을 주워 모아 깔았다. 일일 목표량이 개인별로 할당되어 있었다. 날마다 반별로 자갈 수집량을 조사하고 통계를 내서 공지했다. 경쟁심을 부추기며 독려하기 위한 수단이었다. 보자기가 헤어지고 구멍이 나서 몇 개를 새것으로 바꿨다. 그러나 아무리 길을 갈고 닦아도 자갈 깔린 도로는 포장도로가 될 수 없었다. 다만 우리가 할 수 있는 일이 여기까지라는 데 그나마 위안거리가 되었다. 아울러 대통령을 맞이할 최소한의 예의는 갖춘 게 아닌가 싶었다. 그렇게 한창 도로정비에 한 눈이 팔린 사이, 불시에 학교를 방문할지도 모른다는 소문에 호들갑을 떨었다. 당연히 학교 환경정리도 소홀히 할 수 없었다. 여기저기에서 불평불만이 봇물 터지듯 터져 나왔다. 학교 수업은 뒷전으로 밀려나고 겉치레에만 신경을 곤두세웠다. 그런 우여곡절 끝에 손님맞이 준비를 마쳤다.

우리들은 대통령이 지나가기 몇 시간 전부터 도로 양쪽에 쭉 늘어섰다. 복장을 단정하게 갖추고 종이로 만든 태극기를 양손에 들고 있었다.

대통령이 탄 차량 행렬이 학교 앞을 스치듯 지나갔다. 일제히 태극기를 흔들며 왠지 모를 감격의 눈물을 글썽였다. 대통령이 탄 차량 양쪽에도 태극기가 팔랑거리며 화답하고 있었다. 그분이 탄 까만 전용차 앞뒤로 경호 차량인 듯한 몇 대의 차가 줄지어 지나갔다. 대통령은 반쯤 열린 차창 너머로 얼굴을 빠끔히 내밀고 손을 흔들었다. 한 나라의 국가 원수인 대통령의 그런 모습을 보고 가슴이 뭉클했다. 뿌연 먼지를 일으키며 아득히 멀어져가는 모습 속에 피곤함이 역력했다. 그 속내를 알 수 없었다. 뿌연 먼지를 멍하니 바라보다 손에 쥔 태극기에 고개를 떨궜다. 허전한 마음을 뒤로 한 채로 어슬렁어슬렁 교실로 향했다. 손님맞이 하느라 애쓴 탓인지, 피로가 한꺼번에 몰려왔다.

제3장.

고등학교 유학 시절의 그림자

1. 야간 수업의 어두운 그림자가 드리우다

나는 중학교를 졸업하기 전부터, 유학하러 가고 싶은 곳의 하나로 광주를 동경하고 있었다. 내 주위의 선배들 대부분이 광주에 있는 고등학교를 선택했고, 그 가운데서 일부만 순천으로 갔다. 아무래도 더 큰 도시에서 학교에 다니고 싶은 욕구 때문이었을 것이다. 나도 유학을 떠날 때가 다가오자 순천보다는 광주가 더 낫겠다는 결론에 이르렀다. 광주는 내가 선택할 수 있는 실업계 고등학교의 폭이 더 넓은 데다 큰 도시에서 살고 싶은 허영심도 일었다. 그 동기는 동네 선배의 영향이 컸다. 그 선배가 자취하던 방을 함께 쓰게 된 것이 계기가 되었다. 광주에는 내가 거처할 만한 곳이 없었던 터라 어머니가 그 선배한테 부탁했다. 흔쾌히 승낙을 받고 진로 문제에 대해서 상담한 후에 그 선배를 따라나섰다.

이미 한 방에서 세 명의 자취생이 생활하고 있었다. 좁은 방 하나에 나까지 네 명으로 꽉 들어찼다. 그중 다른 선배 한 분이 영 껄끄러운 표정을 지었지만, 갈 곳이 없는 나는 선택의 여지가 없었다. 눈칫밥을 먹으며 두 달하고도 보름가량을 버텼다. 밥하고, 설거지하고, 연탄을 가는 일은 또래 한 친구와 번갈아 가며 했다.

한 번은 자취생 네 명 모두 연탄가스에 중독되는 아찔한 경험을 하기도 했다. 방바닥이 빙글빙글 도는 것처럼 어지럽고, 뇌를 망치로 두들겨 맞는 것 같은 통증을 느꼈다. 연탄가스 중독을 해소하는 데 좋다고 하는 약을 누군가 가져와서 먹고, 동치미 국물을 원 없이 들이켰다. 연탄으로 밥을 짓고 난방을 하던 때라 연탄가스 중독 사고가 연일 뉴스거리가 되고 있던 시절이었다.

자취생활에 필요한 쌀은 손수 어깨에 둘러멘 채 한 손에 김치 통을 들고 날랐다. 시외버스를 타려면 집에서 버스정류장까지 2㎞ 남짓한 거리를 걸어갔다. 그리고 남광주 버스정류장에서 내리면 자취방까지 2㎞가량을 더 걸었다. 리어카나 짐꾼이 늘어서 있었지만, 나한테는 별 소용이 없었다. 짐꾼에게 맡길 돈이 아까웠고, 내 일은 스스로 해결하자는 생각에서였다.

중학교 3학년을 마친 그해 12월 중순부터 고등학교 입학시험을 치르고 난 이듬해 2월 말까지였다.

중학교를 입학할 무렵부터는 집안 사정이 조금씩 나아지기 시작했다. 그럼에도 불구하고 고등학교에 진학한다는 것은 부모님께 큰 짐이었다. 부모님의 회생을 강요할 수밖에 없는 난처한 상황인지라 마음이 편치 않았다. 그러나 집안 형편이 어려운 가운데서도 광주로 향한 유학의 꿈을 접을 수는 없었다. 부모님을 설득하고 온갖 아양을 떨어가며 내 고집을 기어코 관철했다. 그때는 광주의 모 실업계 고등학교를 염두에 두고 있었다. 고등학교를 졸업하면 취업해야 한다는 절박함에 자신을 다그쳤다. 그러나 첫 번째 선택은 물거품이 되고 말았다. 그 학교 기계과에 응시할 때는 내심 장학생을 목표로 했다. 하지만 그 선발 명단에 내 이름은 없었다. 그 학교는 사립으로, 다른 곳에 비해 장학생을 많이 선발한다고 공지했었다. 따라서 장학생 선발에 대한 기대감으로 한껏 마음이 부풀었지만 거기까지였다. 그만 뜻을 접고 공업계 고등학교 기계과 야간반 모집에 응시했다. 그리고 그해 고등학교 신입생 모집 마지막 차수에 당당히 합격했다. 더 이상 다른 곳에 눈 돌릴 여지가 없었다. 비록 야간반이기는 하지만, 학교의 유명세가 있었기 때문에 취업하는 데는 좀 더 유리하지 않겠느냐며 나를 위로했다. '썩어도 준치'라는 속담이 생각났다. 그러나 그것은 나만의 단순한 생각일 뿐이었다.

이 학교는 개교 이래 처음으로 야간반을 개설하여 시범 운용하는 첫 사례였다. 이 제도가 생소하기는 학교나 학생이나 마찬가지였다. 밤에 불을 밝히고 수업을 받는다는 것이 왠지 낯설었다. 한순간 변화된 환경에 적응하기에는 많은 시행착오를 겪을 수밖에 없었다. 막 태어난 아이가 낮과 밤이 바뀐 것처럼 생활환경이 물구나무서듯 생경했다.

가정 형편이 어려운 일부 학생들은 낮에 할 수 있는 아르바이트로 자신의 생활비와 학비를 충당했다. 이들은 쉬고 잠을 자야 할 시간인 밤에 학업에 매달려야 했다. 헤아릴 수 없는 고단한 생활환경에 고스란히 노출되어 있었다. 그런 환경 탓에, 주간반과 구별되는 학업 성적의 차이를 극복하기가 어려웠다. 나는 낮에 아르바이트해야 할 만큼 집안이 가난하지는 않았지만, 그렇다고 그 시간에 공부를 하는 것도 아니었다. 빈둥거리며 낮잠을 자거나 거리를 방황하며 나태해졌다. 책상에 엉덩이를 붙이지 못하고 공중에 붕 떠있는 듯한 영혼 없는 인간처럼 볼썽사나웠다. 그렇게 무의미한 시간을 대책 없이 보내고 있으니 학업 성적이 좋을 리 만무했다. 낮에 아르바이트하는 친구나 다를 바가 없었다. 야간반이라는 낯선 생활환경이 그렇게 우리 주위를 에워싸고 있었다. 실력이 미치지 못한다고 느끼는 열등감과 소극적인 언행은 때때로 우리를 괴롭혔다. 주변 사람들의 편견과 곱지 않은 시선에 늘 주눅이 들어 있었다. 학교수업을 밤에 듣는 습관을 끝내 바꾸지 못한 것이 빌미가 되어 학업성적으로 나타났다. 기말고사만 치르고 나면 또 한 차례 홍역을 치렀다. 담임선생님은 예외 없이 그 결과를 주간반과 비교해서 평가절하했다. "아이고, 이 모질이들."하며 자존심을 박박 긁었다. 그야말로 상처뿐인 기말고사였다. 이렇게 자신감마저 떨어지는 심적 고통을 3년 내내 감내해야만 했다. 선생님들 사이에서도 크게 기대하는 눈치를 읽을 수가 없었다. 가르치려는 열정이 없는 것은 아닌가 하고 의심하기도 했다. 그저 할당된 수업 시간이니 그럭저럭 때우자는 생각이 밑바탕에 깔려있는 듯했다. 실습 또한 야간에 하는 수업이라 분위기가 어수선해서 제대로 집중할 수 없었다. 자연스레 주간반과의 실력 차이가 드러날 수밖에 없는 교육 환경이었다. 낮에 일이 없는, 나를 비롯한 대부분의 친구도 새로운 환경에 적응하는데 어려움을 겪고 있는 것은 마찬가지가 아닌가 싶었다. 그런 친구들은 떼로 몰려다니며 자취방을 전전했다. 기타 치고 노래 부르며 떠들거나, 장기 아니면 바둑 두느라 정신이 팔려 있었다.

즐겁고 낭만으로 가득해야 할 학교생활이 무미건조해졌다. 초대받지 못한 이방인처럼 소외된 채로 고개를 떨구고 다녔다. 자신감을 찾을 수 없었다. 주간반 친구와 비교하는 순간 열등의식에 빠졌다. 야간반이라는 꼬리표가 지독하게 물고 늘어졌다.

그나마 다행스럽게 생각한 것은 친구들 모두가 좌절하지 않고 버텨냈다는 점이었다. 심성이 착하고 의리가 있었다. 삐뚤어지거나 말썽 한 번 부리지 않고 묵묵히 자기 자리를 지켰다. 학생이라는 본분을 망각하지 않았다. 나름의 중심은 잡고 있었던 듯싶었다. 중간에 그만두는 친구 하나 없이 입학한 그대로 졸업한 것을 보면 알 수 있다.

이내 졸업은 했지만, 동문회나 동창생 모임에서 은연중에 드러나는 주, 야간반의 보이지 않는 경계 탓에 물 위에 뜬 기름처럼 겉돌았다. 중심에 서지 못하고 서로 반목하며 편이 갈리는 듯한 현실을 외면했다. 어느 곳에든 몸 둘 바를 몰라 이리저리 서성거리기도 했다. 야간 수업에서 비롯된 부정적인 시각에 나도 알 수 없는 열등감에 빠져들곤 했다.

야간 수업의 고뇌라고 할 만큼 고등학교 유학 시절은 내 삶에 어두운 그림자를 드리우고 있었다.

2. 신문 배달, 그 부질없는 행동을 탓하다

고등학교 1학년 때부터 고비가 찾아왔다. 낮과 밤이 뒤바뀌는 환경에 적응하는 데 적지 않은 애를 먹었다. 그때, 낮에 혼자 집에 있는 것이 무료해진 탓에 뭐라도 한번 해 보자는 의욕이 일었다. 궁리 끝에 신문 배달이라는 아르바이트 카드를 슬그머니 꺼내 들었다. 가장 쉬운 일 가운데 하나일 거라고 넘겨짚었다. 함께 자취하던 친구도 그 일을 했다. 다만 신문 배달 시간대가 달랐다. 그 친구는 석간신문, 나는 조간신문이었다. 아마도 그런 주위의 영향도 받았겠지만, 그보다는 무료하다는 것이 가장 큰 동기였다. 용돈 벌이도 은근히 기대를 했다. 낮에 할 수 있는 것이라고는 공부밖에 없는데, 책이 눈에 들어오지 않았다. 눈꺼풀이 먼저 내려왔다. 도서관을 찾아다녔으나 그마저도 의자에 엉덩이를 붙이지 못할 만큼 좀이 쑤셨다. 공부를 해야 한다고 다짐을 했지만 작심삼일이었다. 허사였다. 그때뿐이었다. 그 다짐은 온데간데없고 무료함이 슬그머니 비집고 들어왔다. 내가 할 수 있는 것이 아무것도 없다는 현실을 알고부터 무력감에 빠져들었다. 그곳에서 벗어나려고 택한 것이 신문 배달이었다. 그러나 곧 후회했다. 신문 배달이라는 일이 어떤 것인지 사전에 알아보지 않은 대가였다. 신문 배달은 단순하게 신문만 배달하는 것이 아니었다. 구독료를 수금하고, 새로운 구독자를 늘리는 판촉 활동을 함께했다. 그래도 수금은 나은 편이었다. 내가 못하면 총무가 나서서 했다. 그러나 구독자를 확보하는 일은 만만치 않았다. 주로 일요일에 담당구역의 집들을 찾아다니며 구걸하다시피 했다. "안녕하십니까? ○○일보입니다. 3개월 무료로 드릴 테니 한 번만 받아보시겠습니까?"라며 애처로운 표정을 지으며 통사정을 해도 집주인은 뒤도 돌아보지 않고 손사래부터 쳤다. 특히 지방 신문은 더 많은 홀대를 받았다. 어떤 집은 출입문 한쪽에 신문이 쌓인 채로 방치되어 있었다. 집주인의 의사와 상관없이 막무가내로 밀어 넣은 신문이었다. 그러한 팍팍한 현실에 온몸의 힘이 빠지고 축 늘어졌다. 냉대와 멸시를 당한 듯한 느낌에 낯이 뜨거울 지경이었다. 감당하기 어려운 굴욕감에 치를 떨기도 했다. 자꾸만 자신감을 잃어 갔고 덫에 걸린 듯 막막했다. 전임자로부터 인수인계를 받고 난 후부터 일기 시작한 무모한 행동에 자책했다. 그러한 사정을 아는지, 모르는지 지부에 들어갈 때마다 확장 부수를 묻고 독촉했다. 내가 담당한 구역은 지부를 중심으로 두세 개 동과 관공서 그리고 대학교였다. 신문 배달은 오전 11시경부터 시작해서 오후 2~3시에 끝났다. 담당구역이 넓기도 하지만, 대학교 건물 계단을 오르내리는 것이 지겨울 정도였다. 승강기가 있었는지는 모르지만, 그것을 탈 만한 여유도 없었다. 오로지 몸으로 때우는 게 마음 편했다. 허벅지에 근육이 뭉쳐 퍽퍽했다. 그래도 신문 배달이 가장 쉬운 일이라고 생각했다. 신문 배달은 자신이 있었고, 몸으로 부딪치는 일은 아무런 문제가 되지 않았다. 그만큼 수금하고 구독자를 늘리는 일이 힘들고 어렵기 때문이었다. 지부장이나 총무의 곱지 않은 시선도 싫었다. 지부장은 깡마른 체격에, 표정을 읽을 수 없는 얼굴에는 냉정하고 싸늘한 그림자가 드리워져 있었다. 반면에 총무는 체격이 우람한 데다가 애꾸눈이었다. 안경을 쓰거나 감긴 눈을 가리지도 않았다. 그들을 대하는 것만으로도 주눅이 들고 겁에 질렸다. 눈에 띄기만 하면 다그치고 윽박질렀다. 결국 사달이 나고 만 것은 예견된 일이나 다름없었다. 어느 한 날 까무룩 낮잠이 들었고, 그만 신문 배달 시간을 놓쳤다. 그 사실을 지부에 보고하지도 않았다. '한 번 쯤이야' 했다. 하다 보면 신문 배달을 빼 먹을 수도 있는 일이 아닌가 하는 안일한 혼자만의 생각이었다. 사달은 그다음 날 일어났다. 지부 사무실에 들어가서 뒤늦게 그 사실을 얘기했다. 그때까지도 이러한 사실을 모르고 있었던 듯싶었다. 순간 총무의 얼굴이 일그러지는가 싶더니 얼굴로 주먹이 날아들었다. 너무 당황한 나머지 몸이 꼿꼿하게 굳었다. 연신 주먹이 날아들었다. 발길질도 마다하지 않았다. 나무 걸상이 날아들었다. 책상이 와장창 넘어졌다. 조그마한 목조 건물 2층에서 한 차례 큰 소동이 벌어졌다. 지부 사무실은 10여 평 남짓한 허름한 목조건물이었는데 그 건물이 들썩거렸다. 속수무책으로 폭행을 당했다. 한쪽 눈두덩에서 피가 흐르고 입술이 터졌다. 내가 할 수 있는 것은 아무것도 없었다. 무차별적으로 두들겨 맞았다. 마치 그동안 쌓였던 한을 나한테 푸는 듯했다. 신문 배달 한번 놓친 실수가 이런 건가 싶었다. 그 자리에 지부장과 여사무원이 있었으나 말리는 사람은 아무도 없었다. 그들도 한통속으로, 경멸하는 듯한 눈초리로 우두커니 바라보고 있었다. 총무의 화풀이가 끝나자 이제 지부장이 나섰다. 그는 한술 더 떠서 손해배상청구 소송을 하겠다며 으름장을 놓았다. 무슨 말인지는 알 수 없었지만, 치가 떨렸다. 무모한 선택의 결과였음을 뒤늦게 깨달았다. 눈이 시퍼렇게 멍이 들고 입술이 퉁퉁 부어올랐다. 어디에 하소연할 곳도 없었다. 담임선생님한테도 말을 꺼내지 못했다. 더더구나 부모님한테는 얘기할 엄두조차 나지 않았다. 나 나름대로 결정하고 내가 잘못한 일이라 속으로만 끙끙 앓았다. 울 수도 없었다. 현실을 인정했기 때문이었다. 어제의 아픈 기억이 생생한 그다음 날이었다. 광주에 사는, 시골 마을 옛 이웃 아주머니께서 내 몰골을 보고 자초지종을 물었다. 억울함을 속 시원하게 토해내고 나서야 조금은 위로가 되었다. 그 일을 계기로 도망치듯 신문 배달을 그만두었다. 그동안 일한 월급은 한 푼도 받지 못했다. 고작 3개월간의 신문 배달로 사회의 쓰디쓴 맛을 곱씹었다. 한편으로 학업과 동떨어진 신문 배달이 어떤 것인가를 몸소 체험하는 한 편의 다큐멘터리가 되었다. 처음이자 마지막이 된 신문 배달은 내 삶 속에 지울 수 없는 값진 자산으로 남았다.

3. 흡연이 몰고 온 반전 드라마

고등학교 3학년 2학기에 접어들면서부터 마음이 술렁이기 시작했다. 취업하는 친구들이 하나둘씩 학교를 빠져나갔다. 그러면서 졸업하기 전까지 빈자리가 점차 늘어났다. 학창 시절이 이렇게 끝나는가 싶어서 울적하기도 했다. 이쯤에 여자 친구라도 사귀었으면 하는 바람도 있었다. 이제는 한껏 멋을 부릴 나이가 된 것인 양 거들먹거리며 휘파람을 불었다. 내 주변에는 담배 피우는 친구들이 늘어났고, 어른이 다 된 것처럼 행동하기도 했다. 그 가운데 내 친구 중 한 명이 눈에 띄게 겉멋을 부리고, 맵시를 뽐냈다. 노래도 곧잘 불렀다. 노래자랑 축제에 참가하기도 했던 친구였다. 특히 담배를 맛있게 피우는 친구였다. 내가 알기로는 그렇게 담배를 맛있게 피우는 사람은 본 적이 없었다. 담배를 피울 때면 얼굴빛이 불그스름하고, 화사해졌다. 담배를 깊이 빨아들이고 연기를 뿜어내는 모습이 꼭 맥아더 장군을 연상케 했다. 우수에 젖어 있는 듯, 깊은 회한에 빠져 있는 듯했다. 무언가 알 수 없는 흡연의 매력을 타고난 사람 같았다. 그때까지도 나는 담배를 피우지 않았다. 담배를 피우면 불량 학생으로 찍힐까 봐 관심을 두지 않았다. 왠지 담배 연기가 싫었다. 그런데 그 친구와 함께 있으면 따라서 피우고 싶은 마음이 동했다. 그날도 학교 수업을 마치고 늦은 저녁에 그 친구를 따라 도청 분수대로 향했다. 주로 가족 단위로 산책을 나온 분들이 대부분이었지만, 여학생이나 아가씨들 또한 많았다. 분위기에 어울리지 않게 교복을 입고 교모를 쓴 채로 친구 따라 담배에 불을 붙였다. 친구가 하는 대로 한껏 폼을 잡고 한 모금 빨았을까 하는 그 순간, 난데없는 번개가 내리쳤다. 모자가 튕겨 나가고 얼굴이 휙 돌아갔다. 눈두덩에 불이 이는 듯했다. "이 새끼들이. 귀때기에 피도 안 마른 새끼들이 담배를…."라고 했다. 덩치가 크고 우람하게 생긴 청년이 바로 옆에서 식식거리고 있었다. 딱 한 방이었다. 무슨 변명이나 항변을 할 수가 없었다. 바로 꼬리를 내리고 그 자리를 떴다. 주범인 친구는 무사했는데, 나만 꼴 보기 좋게 코가 납작해졌다. 주변 사람들이 나만 쳐다보는 것 같아 창피하고, 얼굴이 화끈거렸다. 그러나 그들은 별 관심이 없다는 듯 분위기는 평온했다. 눈이 시퍼렇게 멍이 들고 퉁퉁 부어올랐다. 하지만 아프다는 사실조차 전혀 느끼지 못했다. 조금이나마 위로가 되는 건 담배를 피우고 싶어서 피운 게 아니라는 사실이었다. 담배 피우는 내 모습에 혹 여학생이라도 말을 걸어올까 봐 부린 객기에 불과했다. 다시는 담배를 피우지 않겠다고, 나는 그 자리에서 다짐했다. 그 이후로 담배는, 늘 그날 밤의 청년과 번갯불이 동시에 오버랩(overlap)되었다.

군 복무 중에도 담배를 피우지 않았다. 흔히 담배는 군 복무 중에 배웠다는 이들이 많았지만 내 결심은 변치 않았다. 담배는 군사 훈련 중간에 피로회복제로 그 역할을 톡톡히 했지만, 나는 고개를 저었다. 고된 훈련 속에서도 담배를 피우지 않는 나더러 독종이라고도 했다. 훈련 중에 "10분간 휴식, 담배 일발 장전!" 하고 외치는 훈련 조교의 구령에 기뻐 날뛰던 모습 속에서도 번갯불은 튀었다.

군 복무 중 나한테 지급된 담배는 관물대에 꼬박꼬박 숨겨 놓았다가 궁할 때 풀었다. 특히 담배를 지급하는 주기가 오락가락해서 동이 나면 그 가치는 하늘을 찌를 듯했다. 당연히 나의 가치도 따라서 그만큼 올라갔다. 인기 만점이었다. 어느 때나 담배는 넉넉지 않았기 때문에 내 주위에는 사람들이 줄을 섰다. 금연의 기쁨도 기쁨이려니와 그들이 가진 게 없을 때 나눠주는 즐거움도 쏠쏠했다. 담배를 피우지 않는 자의 특권을 마음껏 누리고 있었다. 더욱더 금연의 값어치가 얼마나 소중한 것인가를 직장생활 가운데에서도 여실히 증명할 수 있었다. 그곳에서도 금연 열풍이 불어 닥치면서 웃픈 해프닝이 벌어졌다. 그룹 단위별 '전원 금연실천'이라고 관련 부서에 보고하면 제철소장 명의의 금연증서와 함께 상금을 주었다. 단, 조건이 붙었다. 불시에 현장 점검을 통해 흡연자가 적발되면 그룹장 경고는 물론이고 상금도 회수하겠다고 했다. 그럼에도 불구하고 금연 결심은 작심삼일이었다. 부서장의 강력한 권고와 교육을 통해서 금연을 다짐하고, 보고까지 했는데 그 약속은 물거품이 되었다. 개인별 금언서약서를 썼다. 부서별 금연 선포식을 열기도 했다. 금연에 안간힘을 썼다. 그러나 그것은 결코 쉬운 일이 아니었다. 보건관리실에서는 흡연자를 색출하느라 현장과 사무실을 뒤집고 다녔다. 무작위로 소변을 받아 갔다. 보건관리실로 호출해서 소변검사를 했다. 이를 미리 알아차린 흡연자는 자리를 피하거나 금연자의 소변과 바꿔치기했다. 한순간을 모면하려고 휴가를 신청한 직원도 있었다. 구석에 몰린 흡연자 모두가 전전긍긍했다. 힘든 일보다 금연이 훨씬 고역이었다. 금단 현상이라며 어지럼증을 호소하는 사람도 있었다. 흡연이 건강에 해롭다는 사실을 익히 알고 있지만, 금연의 고통은 더 심했다. 그러나 나는 당당했다. 금연의 행복을 톡톡히 누리고 있었다. 또한, 가장의 금연은 가족에게 큰 축복이었다. 번갯불이 튄 순간의 기억이 떠오를 때면 은근한 미소가 번지곤 한다. 단 한 번의 흡연이, 나에게 평생 금연을 실천할 수 있도록 값진 선물을 안겨준 행복임을 절실하게 깨닫고 있다.

4. 3학년 기말고사 성적의 의미는?

고등학교 내내 학업 성적은 만족스럽지 못했다. 나의 1학년 1학기 기말고사 성적의 반 석차는 50명 정원에 35등이었다. 예상한 결과였다. 새로운 환경에 적응하는 것조차 애를 먹었기 때문이었다. 그 성적표는 부모님께 우편으로 배달되었다. 우편물을 받아든 어머니는 궁금한 나머지 옆집에 계시는 큰아버지께 가져갔다. 그때까지 한글을 깨우치지 못한 어머니는 무슨 내용인지 알고 싶어 해서였다. 아버지가 집에 안 계실 때 우편물이 오면 가까운 이웃에게 가져가서 내용을 듣고 싶어 했던 어머니였다. 우편물을 뜯어보신 큰아버지는 얼굴을 찡그리며 혀를 끌끌 찼다고 했다. 이럴 거면 학교를 보내지 않는 편이 낫겠다며 편지를 건네주었다고 했다. 어머니는 무슨 영문인지도 모른 채 큰아버지가 야속했다고 했다. 성적도 성적이지만, 조카가 광주로 유학하러 간 것이 못마땅했던 모양이었다. 어머니한테는 죄송한 마음이 들고, 큰아버지한테는 서운한 감정이 일었다. 그러나 학교 성적은 좋아지지 않았다. 변화된 환경에 적응하는 데만 꽤 오랜 시간이 걸렸다. 그 안에는 신문 배달 사건도 한몫을 했다. 무엇보다도 공업계 고등학교의 특성상, 실습 평가 점수를 종합 성적에 50% 반영한다는 점이 걸림돌이 되었다. 손재주가 없는 나는 실습에서 고전을 면치 못했다. 기계제도, 정밀가공, 기계가공, 주물, 용접 등 한 과목도 자신 있는 게 없었다. 성적은 필기시험보다는 실습 평가가 발목을 잡았다. 친구들하고 비교해 봐도 내가 만든 것은 조잡하고 정교하지 못했다. 해를 거듭할수록 자신감을 잃어 갔다. 아무리 이론시험 점수가 높다 한들 실습에서의 조그만 차이가 종합 성적을 좌우했다. 이를 만회할 수 있는 길은 없었다. 공업계 고등학교는 실습보다 더 중요한 것이 없다는 사실을 미처 깨닫지 못한 결과였다. 배우면 다 되는 줄 알았고, 누구나 다 할 수 있는 것이라고 믿고 있었다. 그러나 그것은 큰 오산이었다. 처음부터 큰 약점을 안고 있었기 때문에 학업에서 자유로울 수 없었다. 자연스레 실습시간에 이수해야 할 과목마다 흥미를 잃어 갔다. 시간만 보내다가 성의 없는 결과물을 내놓고 바람과 같이 사라졌다. 담임선생님으로부터 인정받지 못했고, 눈 밖에 났다. 그 결과는 오롯이 학업 성적으로 드러났다. 나한테는 어떻게 할 수 있는 방법이 전혀 없었다. 이러한 성적 차이를 만회할 만한 기회도 없었다. 내가 극복할 수 있는 문제는 더더욱 아니었다. 과외 수업으로도 보충할 기회 또한 없었다. 실습실을 나 혼자 쓸 수 있는 것도 아니고 혼자서는 할 수 있는 것이 아무것도 없었다. 그저 막막했다. 드디어 3학년 2학기부터 학업 성적에 따라 취업을 해서 하나둘씩 학교를 빠져나갔다. 기업체에서 학교에 우수 자원을 요청하면 성적순으로 추천서를 보냈다. 그것으로 곧 취업이 되었다. 더러는 공채시험에 합격해서 학교를 떠나는 친구들도 있었다. 빈 책상이 하나둘씩 늘어났다. 야간 학습 분위기가 을씨년스러웠다. 나도 몇 군데 공채시험에 응시했으나 뜻을 이루지 못했다. 번번이 면접 한 번 보지 못하고 고배를 마셨다. 점점 초조해지고 안달이 났다. 내가 서 있어야 할 자리가 어딘지 조차 분간할수 없었다. 그런데 어느 날 문득 이런 생각이 들었다. 내 주변 상황에 휘둘리지 않고 어딘가에 몰입할 수 있다면 좋겠다 싶었다. 마지막 남은 기말고사가 그 기회였다. 나한테는 절호의 기회가 찾아왔고, 마지막을 후회 없이 마무리하고 싶었다. 그 동기는 실습 평가를 반영하지 않는 데 있었다. 오직 필기시험만으로 성적과 반 석차를 매겼다. 죽어라고 공부했다. 듬성듬성 빈자리가 눈에 띄긴 했지만 개의치 않았다. 나한테는 고교 시절의 마지막 기회라고 할 만큼 절박했다. 꽤 의미 있는 시기였다. 끝까지 할 수 있다는 긍정적인 에너지에 자신이 대견스러웠다. 이해가 잘 가지 않는 부분은 끝까지 파고들었다. 각종 공작기계의 실물을 관찰하고 그 특성을 책을 통해 익혔다. 필기시험은 노력하면 된다는 자신감으로 넘쳤다. 자포자기할 수도 있는 민감한 시기에 오히려 공부에 매달렸다. 내 안에서 끊임없이 들끓던 근심과 걱정이 말끔하게 사라졌다. 결과는 대만족이었다. 마지막 기말고사 성적은 1등이었다. 물론 취업으로 나간 친구들을 제외하고 남은 30여 명이 치른 시험 결과였다. 점수도 꽤 높은, 우등상 수준을 넘어섰다. 단 한 번의 마지막 기회를 놓치지 않고 멋지게 대미를 장식했다. 취업 나간 친구들이 부럽지 않았다. 내가 처한 환경에 굴하지 않고 나름대로 최선을 다해 만족할 만한 결과를 얻고 나니 뿌듯했다. 이로써 고등학교 마지막 기말고사 성적을, 최고의 수준에서 마무리했다는 데 큰 의미를 두고 싶었다.

제4장.

군 복무는 끈질긴 버티기였다

1. 취업이나 다름없는 징집명령을 받다

취업에 목말라 전전긍긍하고 있던 나에게 군 징집명령은 구세주와 같은 것이었다. 나는 고등학교를 졸업하고, 취업이라는 멍에에서 벗어나 잠시 빈둥거리다 군에 입대했다. 그 일은 짓눌린 열등감에서 벗어난 것처럼 홀가분했다. 반면에 변화에 대한 두려움으로 지독한 몸살을 앓기도 했다.

입대를 며칠 앞두고 동네 후배들이 막걸리를 사 들고 나를 찾아왔다. 고등학교를 졸업하고 마땅히 갈 곳이 없던 터라 고향에 틀어박혀 있던 때였다. 입영을 위로하는 자리인지, 환영하는 모임인지 나도 분간할 수 없었다. 내 작은 방에 옹기종기 둘러앉아 막걸리를 연거푸 들이켰다. 밤이 깊어가는 줄도 모르고 막걸리에 한풀이를 했다. 술에 취해서 유행가를 목이 터져라 불렀다. "울려고 내가 왔던가, 웃으려고 내가 왔던가~" 어쩌고저쩌고. 젓가락으로 장단을 맞춰가며 앉은뱅이책상을 날이 새도록 두드렸다. 내일 세상에 종말이 올 것처럼.

부모님은 큰방에서 주무시는데, 두 분의 마음은 헤아리지 못한 채 철없이 굴었다. 선배들 대부분이 입대를 앞두고 누군가에게 혹독한 신고식을 치르고 떠났던 때였다. 싸우고, 터지고, 부수고, 깨지는 홍역을 치렀다. 입영하고 나면 한동안 뒷담화가 무성했다. 그런 그릇된 풍습이 내려오고 있었기 때문인지, 부모님은 아무런 말씀이 없었다. 아마 소리 없이 눈물을 흘리지 않았을까 싶었지만, 내색하지 않았다.

훈련소에 입소하기 하루 전날 밤은 순천에서 묵었다. 다음 날 아침에 순천역에서 입영열차를 타야 하는 일정 때문이었다. 그날 밤에는 순천에 사는 동네 선후배가 위로의 자리를 마련했다. 고향에서 후배들이 베푼 환송 자리와는 분위기가 사뭇 달랐다. 아마 농촌과 도시라는 문화 차이에서 오는 느낌이 아닐까 싶었다. 그 자리에서 오랜만에 만난 여자 후배가 유난히 예뻐 보였다. 고등학교 2학년이라고 들었는데, 예전의 모습이 아니었다. 오빠하고 같이 생활하고 있던 터라 그날 밤도 함께했다. 그 후배도 무척 기뻐하며 반갑게 맞이했다. 마치 오래 사귄 연인처럼 "오빠, 오빠~"하며 살갑게 대했다. 후배의 웃음소리는 심란해 있던 내 마음을 환하게 밝혀주었다. 마치 꽁꽁 얼었던 얼음 같던 마음이 눈 녹듯이 녹아내리는 것 같았다. 새벽녘까지 이어진 술자리는 떠나는 자나 남은 이들의 마음을 훈훈하게 했다. 입영열차를 탈 때까지 배웅하고, 손을 흔들었다. 징집명령의 의미가 취업에 대한 해방감보다는 연애 감정이 앞서 고개를 내밀었다. 군 복무 중에 몇 차례 편지를 주고받다가 그만 세월 속에 고이 묻혔다.

고등학교 때 입었던 교련복에, 까까머리를 하고 논산훈련소에 입소했다. 부모님께 입대한다고 제대로 인사는 하고 나왔는지 가물가물했다. 그때는 미처 몰랐는데, 왠지 가장 먼저 떠오르는 것이 부모님이었다. 훈련소에서 군복으로 갈아입고 보낸 헌 옷을 받아 들고서야 어머니는 울었다고 훗날 얘기했다. 취업의 멍에에서 벗어난 홀가분함과 군 생활의 두려움으로 마음이 혼란스러웠다.

훈련소 내무반에는 월남전에 참전했다가 돌아온 말년 사병들이

진을 치고 있었다. 제대 명령이 떨어지기만을 학수고대하고 있는 그들의 모습에는 초조함이 역력했다. 그 사병들은 1968년 초 북한군 124군부대의 김신조 일당의 청와대 습격 사건으로 군 복무 기간이 늘어났던 희생양들이었다. 제대를 앞두고 갈 곳이 없던 그들은 훈련소 내무반에서 임시로 기거하고 있었다. 내무반 분위기는 썰렁했다. 서로가 의식하지 않으려는 듯 애써 외면했다. 갓 입소한 훈련병들은 부러운 눈빛으로, 말년 사병들은 가소롭다는 눈초리로, 허공에서 서로 비껴갔다.

훈련소에서 사나흘을 대기하다가 하사관학교로 명령을 받았다. 일반 사병 훈련소가 아닌 단기 하사를 배출하는 곳이었다. 훈련은 잠시도 생각할 틈을 주지 않는 고난의 연속이었다. 고향을 그리워하며 부모님을 생각할 겨를이 없었다. 물론 취업에 대해 걱정할 필요조차 없었다. 초조해하며 쩔쩔매던 마음조차 깔끔하게 씻겨나갔다. 고민할 것도 없었다. 오직 훈련만이 만사형통이었다. 훈련은 한시도 나를 그냥 놓아주지 않았다. 잠자는 시간도 자유롭지 못했다. 불침번이라는 저승사자가 험상궂은 몰골로 다음 차례를 찾느라 기웃거렸다. 모기가 괴롭히고 코골이가 밤잠을 설치게 했다. 물을 마셔도 갈증은 가시지 않았다. 그러나 징집명령을 받고 군에 입대한 것은 분명 취업으로부터 탈출구의 역할을 톡톡히 했다. 다만 그 탈출구가 험난했을 뿐이었다.

2. 군사 훈련은 나를 있게 한 원동력이었다

군에 입대해서 받았던 군사 훈련은 내 삶의 밑거름이 되었다. 아니, 내 인생의 원동력이었다. 그로부터 내 인생이 새롭게 시작되었다고 해도 지나치지 않을 것이다. 하사관학교 훈련 12주, 육군기갑학교 훈련 16주가 그 정점이었다. 우선 체력이 뒷받침돼야 가능한 일이지만, 참고 이겨내는 인내 또한 무시할 수 없는 무기였다. 하사관학교 훈련은 보병 기초훈련 과정이었다. 인솔자의 구령(口令)과 함께 시작하는 구보는 필수였다. 완전군장 행군은 인내의 한계를 평가하는 기준이었다. 이동은 걷는 것보다 구보가 대부분이었다. 빨리 이동하는 것이 목적이기 때문에 언제 어떤 상황에서든 구보는 군 생활 그 자체였다. 나는 초등학교 때부터 달리기로 몸이 단련된 덕분인지 구보가 제일 수월했다. 나는 키가 큰 편이어서 언제나 앞줄에 섰다. 구보는 앞줄이 편했고 훈련 중대를 끌어가는 선봉장 역할이 좋았다. 하사관학교에서 훈련장까지 가는 학과 출장은 항상 구보를 했다. 줄곧 40~50분은 뛰어야 다다를 수 있는 거리였다. 훈련을 마치고 귀대할 때도 구보였다. 그 가운데서도 우리를 가장 괴롭히고 곤경에 빠뜨린 것은 물이었다. 출발할 때마다 수통에 물을 가득 담아서 허리에 찼지만, 금방 동이 났다. 땀으로 배출된 수분이 빠져나가면서 갈증을 부추겼다. 목이 타들어 가기 시작하면 눈에 보이는 것은 물밖에 없었다. 심지어는 논에 고여 있는 물을 퍼마셨다. 그리고 또 뛰었다. 모든 게 극기 훈련이었고 그것은 자연스럽게 몸에 배었다.

완전군장 행군은 무박 2일 일정으로 인간의 한계를 시험했다. 하룻밤을 길 위에서 날이 꼬박 새도록 걸었다. 그것도 행군 대열을 갖추고 일정한 속도를 유지했다. "전방 45도 방향, 적 출현!"하는 구령에 신속하게 엎드렸다. 그리고 사방을 주시하며 경계 태세를 갖추었다. 발걸음을 뗄 때마다 발바닥이 불에 덴 것처럼 뜨거웠다. 발바닥이 성한 곳이 없을 정도로 부르텄다. 동료의 권유로 양말에 비누를 덧칠해 보았지만, 별 도움이 되지 않았다. 어깨에 멘 배낭은 천근만근 아래로 처졌다. 어깨가 무너져 내릴 것 같은 고통으로 신음했다. 10분간의 휴식은 곧바로 쪽잠으로 이어졌다. 배낭을 어깨에 멘 채로 벌러덩 누우면 하늘에 별이 총총했다. 마치 뒤집힌 거북이처럼 뒤채다 스르르 두 눈이 감겼다. 10분간 휴식의 꿀잠이었다. 하사관학교에 도착하면 그것으로 훈련이 끝나는 것이 아니었다. 오리걸음으로 뭉친 근육을 풀었다. 내 몸은 내 몸인데, 내 의지대로 가눌 수가 없었다. 발걸음이 떨어지지 않고 허공에서 흐느적거렸다. 훈련의 극한 상황에 직면한 몸은 점점 녹초가 되어 갔다. 위험한 사격훈련이 편할 만큼 쉬운 게 하나도 없었다. 그 가운데 유격훈련은 교육 전 과정을 마무리하는 것으로, 극한 상황으로 몰아넣었다. 고소공포증이 있는 나는 훈련장에 서는 것만으로도 몸서리를 쳤다. 그러나 열외는 없었다. 내가 버틸 수 있는 한계가 어디까지인가를 시험하는 듯했다.

유격훈련은 PT 체조가 압권이었다. 유격훈련 자체가 PT 체조라 할 만큼 그 기간 내내 우리를 지겹도록 괴롭혔다. 유격훈련에 앞서서 하는 것이 PT 체조요, 그 마무리도 PT 체조였다. 맨땅이나 자갈이 깔린 훈련장에서 몸을 구르고 뛰어오르고 비틀기를 반복했다. 앉아 뛰며 돌기, 온몸 비틀기, 쪼그려뛰기, 팔 벌려 높이뛰기. 팔굽혀펴기 등 인간이 할 수 있는 동작은 모두 포함한 듯했다. 체력단련과 정신통일, 인내력 배양이라는 훈련 목표가 있었다. 한 번 동작할 때마다 횟수에 따라서 구호를 붙이는데 마지막 구호는 생략이었다. 그러나 필시 한두 사람은 얼떨결에 마지막 구호를 외치고는 동료들의 따가운 시선을 받았다. 엉뚱한 구호에 같은 체조를 반복해야 하므로 그야말로 죽을 맛이었다. 온몸이 물먹은 솜처럼 천근만근 축 늘어졌다. 땀과 눈물과 콧물이 흙먼지와 뒤범벅이 되었다. 누가 누구인지 분간할 수 없는 볼썽사나운 몰골에 차마 말을 잇지 못했다. 그저 하얀 이를 드러내고 씨익 웃는 것으로 서로를 위로했다. 그러나 멈출 수 없었다. 훈련 조교가 시키는 대로 따라 하는 것이 그나마 편했다. 유격훈련은 외줄 도하, 두 줄 타기, 세 줄 타기 등의 담력 훈련을 했다. 발아래를 내려다보면 온몸이 굳고, 현기증이 나서 벌벌 떨었다. 의식적으로 시선은 먼 산을 향했지만, 가슴은 쉴새 없이 쿵쾅쿵쾅 방망이질을 해댔다. 긴장감이 최고조에 달했다. 훈련 중에 자칫 추락할 수도 있는 위험이 도사리고 있기 때문에 모두가 숨을 죽였다. 유격훈련은 한순간의 방심도 허락하지 않을 만큼 엄격했고, 군기 또한 시퍼렇게 날을 세웠다. 야간 점호는 더욱 가관이었다. 침상 끝에 일렬로 서서 점호를 받는 도중에 "침상 밑에 쥐!"라고 외치면 쥐구멍만 한 높이의 침상 밑으로 파고들었다. 빠른 동작으로 몸을 숨기지 않으면 여지없이 발길질을 가했다. 지휘봉이 허공을 가르기도 했다. 칠흑 같은 침상 밑에는 무엇이 들어있는지 알 수 없었다. 그것도 유격훈련의 일부라고 했다. 한순간도 긴장을 늦출 수 없는 일종의 기합이었을 것으로 추측했다.

기갑병과로 전출 명령을 받고 육군기갑학교로 이동했다. 그곳은 광주상무대에 자리 잡고 있었으며 그 일대가 훈련장이었다. 병영 뒤쪽 뜰에서 바라보면 눈에 익숙한 광주 시내가 보이고, 고깔 모양의 대학교 건물이 선명하게 드러났다. 때로 야경을 바라보고 있노라면 마음이 더욱 울컥했다. 고등학교에 다녔던 때가 엊그제인데, 내 처지가 깊은 수렁에 빠져 허우적대고 있는 느낌이 들었다. 기갑학교의 군기는 듣던 대로였다. 밥을 먹기 위해서 식당을 오가는 데도 단체로 줄을 맞춰서 구호(口號)를 붙이거나 군가를 불러야 했다. 목이 쉬도록 큰 목소리를 토해냈다. 구호인지, 까마귀 울음소리인지 분간할 수 없는 "까악~ 까악~"거리는 구령 소리에 기가 질렸다. 오른손은 90도로 흔들어야 하고, 왼손에는 식판과 숟가락, 젓가락을 쥐고 옆구리에 붙이도록 했다. 사람이 아니라 꼭두각시 인형 같았다. 누군가가 줄을 매달아 조정하듯이, 한 기수의 훈련생들이 한 사람인 것처럼 행동하기를 강제했다. 마음에 들지 않으면 점심시간 내내 식당과 내무반 사이를 오가는 제식 훈련을 반복했다. 밥은 굶은 채로 "까악~ 까악~"거렸다. 오기가 생기고 목구멍까지 악이 치밀었다. 그런 악바리 근성을 은근히 바라는 듯했다. 훈련보다는 내무반 생활이 더 고역이었다. 뻔질나게 선착순과 '통닭구이'라는 기합(벌)을 받았다. 연병장에서, 내무반에서 수시로 기합을 받았다. 마음 편하게 쉬는 날이 오히려 불안할 정도였다. 맨바닥에 머리를 처박고 두 손을 등 뒤에서 맞잡았다. 완전군장을 갖추고 연병장을 돌고 돌았다. 구대장이라고 하는 선배 하사라는 계급일 뿐인데, 그 권위에 꼼짝할 수 없었다. 구대장의 말 한마디에 모든 것이 통했다. 구타는 언제 어디서나 허용된 듯했다. 태권도를 했다고 하는 구대장은 구타하는 요령을 알고 있었다. 그는 직무에 걸맞은 절대 권력을 행사하고 있었다. 주말이 다가오면 웃지 못할 해프닝이 벌어졌다. 구대장 당번을 중심으로, 권력자의 외박을 주선하는 밀담이 오갔다. 주말에 구대장이 외박을 나가면 모두가 편안했기 때문이었다. 손에 돈 봉투를 쥐여 주며 온갖 아양을 떨었다. 우리가 내린 결론이었다. 그렇게 숨 한번 제대로 쉬지 못한 채로 16주간의 군사 훈련을 마쳤다. 그러나 낙오자는 한 사람도 없었다. 독종으로 변신한 우리들의 모습에 육군기갑학교의 전통이 이어져 가는 건 아닌가 싶었다. 하사관학교를 포함한 28주간의 훈련은 스스로를 단련하는 기초가 되었고, 인내심을 기르게 했다. "인내는 쓰다. 그러나 그 열매는 달다."라는 명언을 되새기는 군사 훈련이었다. 그것은 인생을 살아오면서 소중한 자산이었으며 나를 있게 한 원동력이 되었다.

3. 여가 활용의 빛과 그림자를 보다

군 생활 가운데 빼놓을 수 없는 여가 활용은 빛과 그림자로 선명하게 나뉘었다. 그야말로 군 복무 중의 여가는 자유롭지 못했다. 이런저런 이유로 개인 취향은 말살되거나 내가 원하는 바가 아니었다. 여가 시간인데도 불구하고 개인의 사생활은 철저히 짓밟히고 오직 단체 행동만을 주입했다. 특히 단체로 관람하는 영화가 그랬다.

영화는 한 달에 한두 차례, 단체로 관람했다. 영화관은 면 소재지 중심에 자리 잡고 있었다. 민간인이 운영하는 영화관이지만, 군 문화가 배어 있는 곳이었다. 그곳으로 이동할 때는 선임자의 구령에 맞춰 구호를 붙이고 목이 터져라 군가를 불렀다. 사단장 집무실 앞을 지나간다는 이유로 큰 소리로 절도 있게 행동했다. 영화관까지는 2㎞ 남짓한 거리로 자갈이 깔린 도로였다. 키 큰 가로수가 줄지어 서 있는 길 위에는 군용 차량과 민간 자동차가 드문드문 뒤섞였다. 그런 자동차들이 일으킨 흙먼지를 뒤집어쓴 채 지겹도록 오갔다. 똑같은 환경에 같은 방법으로 2년 남짓한 기간 동안 내내 계속했다. 선임병들은 그럴싸한 핑계를 대고 열외하는 일이 더러 눈에 띄었다. 비포장도로를 따라 오가며 단체로 영화를 관람한다는 것이 귀찮았을 것이다. 그러나 나를 포함한 대부분의 사병은 영화가 보기 싫다거나 꾀병을 부릴 수도 없었다. 여가 시간도 병영생활의 일부이기 때문에 마음 내키는 대로 할 수 있는 일이 아니었다. 쌓인 스트레스를 푸는 게 아니라 오히려 피로의 독소만 가중되었다. 여가 시간의 어두운 일면을 보고 겪으면서, 코를 꿰인 채로 끌려다니는 소처럼 암울했다.

영화는 일반인이 관람하는 것보다 사단 예하 부대에서 단체로 볼 때가 더 많지 않을까 싶었다. 토, 일요일에는 심심찮게 드나들었으니까 그렇게 짐작할 수밖에 없었다. 극장 수입 또한 군부대에 치중되었을 것으로 추측했다. 가끔은 '스트립쇼'라고 하는 해괴망측한 공연도 마다하지 않았다. 군인들을 노린 장삿속이 훤히 들여다보이는 일이 종종 있었다. 군인이라면 좋아하지 않는 사람이 없을 정도로 장사진을 이루었다. 나도 그들과 한통속이었다. 영화보다는 훨씬 더 마음이 설레고, 눈을 뗄 수가 없었다. 어찌 됐든 그정도면 여가 시간을 잘 보냈다고 할 수 있었을 것이다. 그러나 영화 관람은 아니었다. 그것은 개인의 취향이나 장르를 불문하고 정해진 일정에 따라서 의무적으로 볼 수밖에 없는 복무규정 때문이었다. 따라서 우리는 여가 활용이라는 프로그램에 따라 일사불란하게 움직이는 꼭두각시에 불과했다.

어쩌다, 어쩌다 한 번 달콤한 여가를 즐기고 있을 때면 어김없이 사역병을 불러 모았다. "전달! 각 내무반 사역병 2명 선착순!" 하고 외치면, 평온한 분위기는 일순간 찬물을 끼얹듯 싸늘해졌다. 비가오고 나면 패인 도로나 연병장을 복구하고 진지를 보수했다. 도로변에 듬성듬성 자란 잡초도 뽑았다. 낙엽은 하루에도 여러 차례씩 싸리비로 쓸었다. 눈이 내리면 쌓이기 전에 치웠다. 군수품이 보급되면 분류해서 운반했다. 특히 당직 사관이 한 번 지나갈 때마다 지적 사항이 나오고, 바로 시정했다. 이렇듯 허드렛일은 곳곳에 도사리고 있었다. 사병들의 손이 필요하면 이유를 불문하고 불러 모았다. 하필이면 여가 시간일까 하는 점에, 몸은 거부반응을 일으켰다. 여가라는 말이 무색할 만큼 병영에서의 여가는 그 의미에서 크게 벗어나 있었다.

때로는 위문공연을 관람했다. 위문단이 군부대를 찾아오는 날이면 사단 연병장은 젊음으로 들썩였다. 특히 여가수가 등장하면 곳곳에서 토해내는 강한 탄식과 휘파람 소리가 밤하늘을 갈랐다. 그 함성은 귀청을 뚫을 만큼 자극적이어서 소름이 끼쳤다.

한때 인상 깊었던 위문공연의 한 장면은 심한 가뭄에 단비처럼 갈증을 풀어 주었다. 그때까지 팽팽하게 죄고 있던 긴장의 끈이 확 풀렸다. 여가 활용의 진면목을 보는 듯했다. 인기가 절정을 향해 치닫고 있던 가수 '김추자'가 무대를 휘젓고 다녔다. 그녀가 부른 〈월남에서 돌아온 김 상사〉라는 노래로 연병장이 출렁거렸고, 내 마음 또한 걷잡을 수 없이 요동쳤다. 이 노래의 첫 소절 "월남에서 돌아온 새까만 김 상사"는 그가 우리 곁에 와있는 듯한 환상에 빠져 흠칫했다. 이 노래는 1970년대 베트남 참전 국군장병의 애환을 담아 부른 노래였다. 그때는 월남전에 참전했다가 돌아오는 시기와 맞물려 있었다. 그 노래는 오랫동안 큰 인기를 누렸으며 그때까지도 불러 오고 있었다. 그녀의 폭발적인 가창력과 관능적인 율동은 나를 전율케 했다. 더군다나 몸에 착 달라붙은 파격적인 의상은 나의 영혼을 뒤흔들었다. 공연이 무르익어 갈수록 함성과 노래가 어우러져 연병장은 절정을 향해 치달았다. 오직 국가에 대한 충성의 함성만이 하늘을 향해 울려 퍼졌다. 온갖 걱정과 근심이 자취를 감추었고 깊은 고뇌가 사라졌다. 그 순간만큼은 조국을 수호하고, 국민의 생명과 재산을 보호한다는 사명감으로 가득했다.

여가를 활용하는 방법은 다양하게 마련되어 있었다. 그러나 거의 단체라는 사슬에 묶여서 큰 호응을 얻지 못했다. 부대 대항 축구가 그랬고, 럭비도 마찬가지였다. 자기 혼자만 자유롭게 누릴 수 있는 여가 시간은 늘 아쉬운 부분이었다. 자기 계발은 꿈조차 꾸지 못했다. 기껏해야 군 P.X를 드나들거나 빨래하고 이발하는 것이 고작이었다. 군 생활 가운데에서 여가 활용의 소중함을 간과한 점은 두고두고 아쉬운 대목이었다. 군 복무 중의 긴장감을 풀어 주고 고단함을 달래 줄 여가는 그때까지도 요원해 보였다.

4. 물의 소중함을 깨닫다

이 지구상에 물은 흔하면서도 유별난 물질이기도 하다. 너무 흔해서 우리는 물을 소홀하게 다루기도 하지만, 실상은 물이 가진 특별한 성질 덕분에 인간을 비롯한 모든 생명체가 살아갈 수 있다. 이처럼 물이 만물의 근원이라는 가치의 불변함과 소중함을 모른 채로 우리는 살아간다. 우리 몸무게의 70%가 물인 만큼, 없어서는 한시도 살 수 없는 생명수인데, 그 존재가치를 잊고 지내 왔다. 물을 화학적으로 분석하면, 한 개의 물 분자는 수소 원자 두 개와 산소 원자 한 개로 이루어진 H_2O라는 단순 구조일 뿐이다. 하지만 물은 생명의 탄생과 유지·발전에 필수적인 요소다. 그뿐만 아니라 인간의 역사에 나타난 모든 문명이 탄생하고 발전하는 것과 깊은 관계를 맺고 있다. 물은 지구 탄생 역사에서 최초로 생긴 물질 중의 하나이며 지구에서 가장 풍부한 자원이라 할 수 있다.

물은 지구의 표면에 71%를 차지하고 있다. 지구의 물 중 97%는 바닷물이고 나머지 3%가 민물로 존재한다. 민물 중 69% 정도는 극지방의 얼음덩어리와 빙하 상태이며, 29%가 지하수다. 나머지 2%는 민물호수나 늪, 강, 하천 등의 지표수와 대기층에 존재하고 있다. 이 2%의 물 가운데 약 21%가 아시아주에, 26% 가량이 미국·캐나다 등의 북미주에, 28% 정도가 아프리카주에 있으며 25%의 물은 이 3대주를 제외한 다른 곳에 있다. 하천이나 강에 있는 물의 양은 지구 총 수자원의 0.0001%에 불과하므로 전체로 볼 때 매우 적은 양이다. 그러나 수자원 이용 측면에서는 이것이 가장 귀중하다. 물의 화학적 성질은 아연보다 비열이 33배 이상 크기 때문에 지구상의 기온을 적절하게 조절하는 천연 에어컨디셔너 역할을 한다. 아울러 고체인 얼음의 밀도가 액체인 물의 밀도보다 작아 추운 겨울에도 호수와 강이 표면만 얼어붙고 밑바닥까지는 꽁꽁 얼지 않아 수중생물을 죽지 않게 한다. 그리고 지구상에 존재하는 물질 중 상온, 상압하에서 고체, 액체, 기체의 모든 상태가 동시에 존재하는 유일한 물질이라는 것이다. 또한, 우리가 마시는 물에는 무기질과 산소, 탄산가스가 함유되어 있다. 무기질은 칼슘, 마그네슘, 나트륨, 칼륨, 철, 망간 등의 금속들을 말한다. 이것들은 많은 양은 필요 없지만, 인체 건강에 필수적인 성분들이다. 인체 내에서 물의 기능은 세포 간 용매로서 작용하고, 몸속 환경의 균형 유지, 몸속 전기에너지 발생, 영양분 흡수와 노폐물 배출, 신진대사를 촉진하는

역할을 하고 있다.[1]

이렇게 물이 소중하다는 것을 망각한 채 펑펑 쓰다가 군 복무를 하면서부터 깨닫기 시작했다. 물이 귀해서 목이 타들어 가는 고통을 겪으면서 그 가치를 알게 되었다. 마시는 물이 그 정도이면 몸을 씻는 건 두말할 나위도 없었다. 어쩌면 물이 돈보다 더 소중할 수 있겠다는 걸 군 복무 중에 절실하게 느꼈다. 물이 부족한 것은 훈련을 받을 때나 자대 생활 중에도 마찬가지였다. 훈련받을 때는 땀을 비 오듯 흘리기 때문에 물이 필수품이었지만, 턱없이 부족했다. 그렇다고 훈련의 결과물이 땀으로 배출되는 불가피한 생리현상을 억제할 방법도 없었다. 그때마다 목이 타는 갈증에 시달릴 수밖에 없었다. 훈련은 구보로부터 시작했다. 내무반에서 훈련장을 오가는 학과 출장과 하교는 구보 외에 다른 방법은 없었다. 어떠한 상황 가운데서도 구보는 제1의 이동 수단이었다. 인솔자의 "뛰어, 갓!" 구령 한 마디에 일제히 호흡을 가다듬고 뛰기 시작했다. 그 전에 수통에 물을 가득 담아 허리에 찼지만 금방 바닥이 드러났다. 하지만 구보 대열에서 이탈할 수도 없고 동료한테 도움을 요청하기도 난처했다. 누구에게나 물 한 모금이 아쉬운 순간이 시시각각으로 닥쳐오기 때문이었다. 수통에 남은 한 모금의 물은 내가 살기 위한 최후의 보루였다. 갈증을 버티다가 한계에 다다르면 벼가 자라고 있는 논으로 뛰어들기도 했다. 그리고 두 손을 모아

------

1) 출처: 『물의 과학과 문화』, 정동효, 윤백현 편저, 홍익재 펴냄.

연거푸 퍼마셨다. 시큼한 풀 냄새가 역겨웠지만, 아랑곳하지 않았다. 목이 타들어 가는 갈증과 현기증으로 고꾸라질 것 같은 고통보다는 훨씬 나았다.

훈련복 등 부분은 땀으로 얼룩졌다. 옷이 땀에 젖고 마르기를 반복하면서 생긴 하얀 소금층이 얼룩져 잔잔하게 물결쳤다. 훈장이나 다름없었다. 땀에 젖은 옷을 매일 빨 수도 없고, 빨아 입을 만한 물도 귀했다. 비릿한 땀 냄새가 뒤섞여 코를 자극했지만 그건 차후 문제였다. 그보다는 목이 타는 갈증을 견딜 재간이 없었다. 땀을 많이 흘리고 나면 위생용 소금을 섭취하도록 권장하기도 했다. 탈수 현상으로 위험에 처할 수 있다는 훈련 교관의 배려였다. 그러나 오히려 갈증을 부추기는 결과를 초래하지 않았을까 싶었다. 여름철에 훈련을 받게 된 원인도 있지만 물 부족 현상은 어느 계절에나 크게 다르지 않았던 듯싶다.

자대 생활을 할 때도 물 부족 현상은 여전했다. 가물어서 그런 것은 아닌듯한데 물 때문에 곤란한 일을 밥 먹듯이 겪었다. 식수조차 마음대로 마실 수 없었다. 부대 안에 우물이 하나 있기는 하지만 대부분 바닥이 드러나 있었다. 취사용 물은 전용 급수차로 운반해서 쓰고 있는 실정이었다. 물이 없으면 하는 수 없이 근처 논 귀퉁이에 파놓은 연못을 찾았다. 그곳에서 세수하고, 손발을 씻고, 양말을 빨았다. 물이 없어서 씻지 못하는 일도 가끔 있었다. 그럴 때는 특히 몸이 개운하지 않았다. 그런 불편함을 밖으로 드러내지 못하고 속으로 삭였다. 언젠가 누군가가 밥이 설익었다고 소원 수리를 썼다가 역풍을 맞은 기억 때문인지, 말하는 사람은 아무도 없었다. 그저 그러려니 하고 입을 닫았다. 그런 어려움을 감수하면서까지 버틴 시간들은 체념으로 바뀌었다. 어쩌면 부정적인 병영문화를 조장하는 결과를 낳는 것은 아닐까 싶었다.

여름철에는 단체로 시냇가에 나가 빨래하고 목욕하는 것이 의례적인 야외활동으로 자리 잡았다. 그곳은 노천 목욕탕이나 다름없다는 상상의 나래를 펼쳐보기도 했다. 우선은 병영의 울타리를 벗어난 것만으로도 마음이 홀가분했다. 잠시 긴장의 끈을 풀 수 있는 것은 물론이고 우리가 숨 쉬고 있는 공기마저 신선하고 상큼했다. 어떻든 여름 한철은 시냇가라도 찾아다닐 수 있어서 그런대로 견딜 만했다.

그러나 겨울철에는 참으로 난감했다. 물을 구하는 일이 특별 휴가 명령을 받는 것만큼이나 어려웠다. 조그만 세숫대야 하나에 이를 닦고, 세수하고, 손발을 씻고 나면 양말을 설렁설렁 빨았다. 머리를 감는 일은 건너뛸 때가 많았다.

목욕은 일주일에 한 차례, 단체로 공중목욕탕을 이용했다. 사단 내 예하 부대가 부지기수라 목욕하는 날은 부대별로 정해져 있었다. 목욕탕 중앙에 커다란 수조 하나가 있고, 그 안에는 뜨거운 물이 가득 들어 있었다. 누가 누구인지 알아볼 수 없을 정도로 목욕탕 안은 증기로 가득했다. 예약 시간에 맞춰서 목욕물을 미리 데워 놓은 것으로 목욕탕 특유의 비릿한 냄새가 물씬 풍겼다. 그러한 분위기도 잠시일 뿐, 순식간에 난장판이 벌어졌다. 바가지로 연거푸 물을 퍼서 몸에 끼얹는 것으로 열광했다. 그 물이 마구 허공을 갈랐다. 장난기가 발동한 고참 사병들의 "동작 그만!"이라는 명령은 천둥소리를 방불케 했지만, 그때뿐이었다. 목욕탕이 들썩들썩한들 모른 척 귀를 막고, 물에 한풀이라도 하듯 안하무인이었다. 그 안은 한 부대원만으로도 넘칠 만큼 빼곡했기 때문에 수조는 금방 바닥이 드러났다. 몸과 머리에 비누칠하고 문질러 씻기에는 물이 턱없이 부족했다. 그 시간이면 물은 이미 자취를 감추었다. 서로 먼저 씻으려고 물을 퍼붓는 탓에 낭비된 물이 대부분인 듯했다. 이 또한 물 부족 현상을 부채질했다. 그러나 그렇게라도 하지 않으면 몸에 물 한 방울 묻히기 어려울 만큼 난감했다. 목욕 시간 또한 10분 이상 허락하지 않았다. 물이 부족해서 10분 이상 씻을 수도 없지만, 시간을 재촉하는 것 또한 물 낭비를 부추겼다. 목욕탕 벽에는 샤워기가 버젓이 걸려 있었으나 무용지물이었다. 물이 나오지 않는 샤워기는 고개를 떨군 채로 침묵하고 있었다. 이처럼 자대 생활하는 내내 물 때문에 곤욕을 치렀다.

우리 부대는 물이 부족하다는 현실을 해소하려는 그 어떤 대책도 없는 듯했다. 급수차가 들락거리는 것으로 미루어보아 이 같은 사실을 짐작케 했다.

물의 소중함을 실감케 한 것은 군 복무 중에 얻은 가치 있는 일 가운데 하나였다. 옛날에 이런 말을 자주 듣고 살았던 적이 있다. "돈을 물 쓰듯 하지 말라."라는 경고성 발언이었다. 그러나 세월이 흘러 이 말이 뒤바뀌는 것은 아닐지 모르겠다. "물을 돈 쓰듯 하지 말라."라는 역설적인 이야기가 금방 회자될 것 같다는 생각이 스쳤다.

5. 앗! 사망사고, 그 아픈 상처

매년 국군의 날이 돌아오면 그날의 아픈 상처가 되살아난다. 실로 주체하기 힘들 정도의 아픔이 내 마음속에 회오리바람을 일으키며 할퀸다.

1975년 10월 1일. 국군의 날 행사의 일원으로 전차를 앞세우고 참가했다. 그 행사에 우리 부대가 차출된 것은 아마 전차가 대부분 신형이라는 점이 작용한 게 아닐까 싶었다. 신형이라고 해 봐야 미국으로부터 넘겨받은 것으로 볼 수밖에 없는 중고품이나 다름없었다. 확인할 수는 없었지만, 월남전에서 쓰던 전차를 종전이 되고 나서 받았다는 얘기가 나돌았다. 아마 우리 선배들의 핏값이라고 하면 맞는 말일지 모르겠다. 아무튼, 구형에 비하면 외형부터 확연하게 구분될 만큼 날렵하고 늠름한 전차의 위용이 돋보였다. 그런 만큼 전차부대의 용맹스러운 모습을 대한민국 강군의 상징으로 뽐낼 만도 했다. 국군의 날 행사에 참가 명령을 받고, 여의도 광장에 도착할 때까지 들뜬 기분은 가시지 않았다. 거의 한 달가량을 그랬다. 그 기간 동안 매일 전차를 닦고, 조이고, 기름을 쳤다. 시운전도 빼놓지 않았다. 시운전을 마치고 나면 닦고, 조이고, 기름치기를 반복했다. 그런 일상 속에서도 피곤한 줄도 모르고 오직 전차에만 매달렸다. 그럴 수밖에 없었다. 전차의 제원에 합당한 성능을 발휘해야 하는 막중한 책임을 한시도 잊을 수가 없기 때문이었다. 아울러 전차의 외모도 새롭게 단장했다. 맹호부대의 상징인, 포효하는 호랑이를 그려 넣었다. 새로 뽑은 전차나 다름없었다. 나도 전차와 한 몸이라는 연대감에 한껏 폼을 잡았다. 천하무적의 용감한 대한민국 국군이 된 것처럼 당당했다.

모든 준비를 마치고 도착한 곳은 서울 여의도 광장이었다. TV에서만 가끔 보았던 여의도 광장에 입성한 것만으로도 설렘이 가득했다. 드넓은 광장은 시커먼 아스팔트로 뒤덮여 있었다. 저만치에 웅장한 모습의 국회의사당이 광장을 내려다보며 졸고 있는 듯했다. 그 주변 일대는 한창 개발 중이었다. 군데군데 쌓여 있는 모래성 주위에는 잡목이나 잡초가 무성했다. 황량하기 그지없는 허허벌판이었다. 그곳에 흙을 고르고, 모래를 깐 다음 그 위에 텐트를 쳤다. 오롯이 그곳에서 자고 끼니를 해결했다. 밥은 임시 취사장한 곳에서 한꺼번에 지었다. 그리고 군용 트럭에 싣고 각 부대를 돌아다니며 배식을 했다. 특별한 음식은 아니지만, 야외에서 먹는 밥은 보기만 해도 입맛이 당겼다. 가끔 특식도 제공했다. 훈련 성과도 높이고 사기를 끌어 올리기 위해서는 필요한 수단이었다.

그날도 여느 때와 다름없이 오전 훈련을 무사히 마치고, 오후에도 오전 훈련과 마찬가지로 전차 사열 행진부터 시작했다. 점심밥을 먹고 난 뒤라 심신은 나른하고, 2㎞가량의 구보는 가쁜 숨을 몰아쉬게 했다. 전차 위로 쏟아진 햇빛의 열기가 아지랑이처럼 피어올랐다. 전차에서 뿜어져 나오는 굉음이 지축을 흔들었다. 맑은 정신을 붙들고 있기가 힘겨울 정도였다. 그렇게 매일 반복 훈련을 거듭하면서 그 성과를 조금씩 높여 가고 있었다.

그때 나는 하사 계급으로 전차장의 임무를 부여받고, 조종수와 탄약수를 거느리고 있었다. 또한, 전차 대대의 기수로서 그 역할이 막중했다. 그럼에도 불구하고 매일 반복되는 고된 훈련에 몸은 점점 지쳐 가고 군기가 무디어졌다. 비단 나 혼자만 그런 게 아니라 훈련에 참가한 모두가 같은 상황에 처해 있는 듯했다.

　전차는 4열 종대에 9열 횡대로 대형을 갖추었다. 따라서 전차는 모두 36대였다. 그 가운데 우리 전차는 8열에 위치했다. 전차들은 앞뒤 좌우 일정한 간격으로 정렬한 후 사열(査閱)을 받았다. 사열이 끝나자 분열(分列) 행진이 이어졌다. 사열 대형을 그대로 유지한 채로 분열대 앞을 지나갔다. 그 앞에서 대통령을 향해 "충성!" 하고 거수경례를 했다. 그리고 제자리로 돌아왔다. 그 행진은 국회의사당 앞에서 출발해 그 반대편에 마련된 분열대를 향했기 때문에 여의도 광장을 한 바퀴 도는 셈이었다. 그렇게 똑같은 훈련을 매일 반복하면서 행사의 완성도를 높여 가고 있었다. 훈련 기간인데도 불구하고 경계는 삼엄했다. 훈련이 막바지에 다다를 즈음에는 경호가 더욱 분주해지는 듯했다. 국군 최고 통수권자가 참석하는 행사라 충분히 그러고도 남겠다는 생각이 들었다. 누군가가 귀띔했다. 분열대 바로 밑은 지하 벙커로 이어져 유사시에 긴급 대피할 수 있는 구조로 요새화되어 있을 거라고. 분열대를 지날 때마다 그곳은 어떻게 생겼을까 하는 의구심이 일곤 했다.

　그날 오후도 전과 다름없는 반복 훈련이었다. 행사 순서에 따라 사열을 마친 뒤 각자 위치로 돌아갔다. 잠시 후에 출발신호가 떨어졌다. 그 신호와 함께 분열대를 향해 10여 미터쯤 나아갔을까, 한 그때 통제관으로부터 긴급 정지명령을 받았다. 그 즉시 뒤를 돌아보니 우리를 따라와야 할 전차가 그냥 제자리에 서 있었다. 시동이 걸리지 않은 것으로 짐작했다. 곧바로 우리 전차가 견인해야 하는 긴박한 상황임을 직감했다. 출발할 때나 행진 중에 내 뒤의 전차가 따라오지 않으면 견인하도록 약속되어 있었다. 그렇게 훈련을 받았다. 바로 그러한 긴급조치 상황에 직면했다. 모두가 당황해하는 눈빛이었다. 조종수는 통제관의 명령에 따라 전차를 후진한 후에 멈춰 세웠다. 행사 보조요원들이 전차 주위에서 일사불란하게 움직이는 듯했다. 그렇게 수십 초나 지났을까, 통제관으로부터 출발하라는 신호를 받고 전진했다. 나도 그 시간이면 충분히 견인 로프를 걸었을 것으로 짐작했다. 그 순간 비명과 함께 일순간에 주위가 아수라장으로 변했다. 한 보조요원이 견인 고리를 거는 도중에 우리 전차가 출발했던 것이다. 그때 미처 걸지 못한 견인 고리 하나가 튕겨 나갔다. 그 튕긴 견인 고리에 가슴을 얻어맞은 보조요원은 전차 궤도 앞에 쓰러졌다. 우리 뒤에 강제로 끌려오던 전차는 속수무책으로 그를 덮치고 말았다. 우리 전차에 끌려가던 뒷 전차의 조종수도 긴급 상황에 대처할 아무런 능력이 없다는 사실에 절망했을 것이다. 눈 깜짝할 사이에 벌어진 사망 사고였다.

견인 로프는 두 줄을 X자로 걸 수 있도록, 양 끝에는 각각의 견인 고리가 붙어 있었다. 견인 고리는 모두 네 개였다. 따라서 견인 로프는 네 사람이 한 조가 되어 동시에 걸도록 훈련되어 있었다.

우리 전차 조종수는 뒤쪽이 보이지 않기 때문에 통제관의 신호에 의존할 수밖에 없었다. 나 또한 전차장이라는 임무를 띠고 있었지만, 통제관의 명령에 따르도록 구속되어 있었다. 그럴 때는 전차장이 아니라 허수아비에 불과했다.

동고동락했던 동료가 한순간 운명을 달리하게 된 날벼락은 엄연한 현실이었다. 다리가 풀려서 뒤를 돌아볼 힘도, 의지도 없었다. 눈앞은 암흑천지로 변했고, 머릿속은 다른 세상을 헤매고 있는 듯했다. 멍하니 선 채로 안내하는 대로 따라 갈 수밖에 없었다. 전차는 어디론가 가고 있는데, 내 의지대로 할 수 있는 게 아무것도 없었다. 그렇게 국군의 날 행사 5일을 앞두고 중도하차하고 말았다. 국군의 날 행사가 끝나는 날까지 여의도 한쪽 구석으로 내몰려 쥐 죽은 듯이 지냈다.

국군의 날 행사는 웅장한 여의도 광장에서 군악대의 연주와 함께 화려하게 펼쳐졌다. 하지만 우리는 한없이 초라한 모습으로 먼 발치에서 멍하니 바라볼 따름이었다. 대통령을 향해 "충성!" 하고 외쳐야 할 경례마저도 물거품처럼 사라지고 말았다. 한 달 넘게 땀 흘린 훈련은 아무런 보상도 받지 못한 채 그렇게 끝이 났다. 나를 더욱 괴롭힌 것은 주위의 따가운 시선이었다. 사망사고를 일으킨 직접적인 책임은 없다고 하지만, 죄인이 된 마음을 억누를 수가 없었다. 한순간의 방심이 동료의 귀한 생명을 앗아가는 엄청난 결과를 초래했기 때문이었다. 흘러가는 세월과는 무관하게 그 아픈 상처는 오랫동안 잊히지 않고 있다.

제5장.

포철이라는 삶의 현장은 뜨거웠다

1. 낯설기만 한 포항에 정 붙이기

√ 입사 그리고 비상체제에 돌입하다

군 복무를 마치고 중소기업에 생애 첫 직장을 얻었다. 하지만 새로운 환경 적응에 어려움을 겪으며 1년을 채 버티지 못했다. 모교를 찾아가 취업 의사를 밝히고, 한 중소기업을 추천받아 취직한 회사였다. 선배 한 분과 필기시험을 치르고 면접을 본 후에 나 혼자 합격한 곳이기도 했다.

두 번째 공채를 거쳐 입사한 곳은, 내 삶을 송두리째 바친 포항종합제철주식회사(이하 포철)였다. 1977년 봄으로, 1기와 2기(1기는 원료로부터 제선, 제강, 압연 공정을 거쳐 제품으로 생산되기까지의 일관 공정이다)는 상업 생산 체제하에서 제품이 줄지어 이동하고, 3기는 한창 건설 중이었다. 황량한 모래벌판 위에는 생산과 건설이라는 서로 다른 분위기가 팽팽하게 맞섰다. 한쪽에서는 항타 소리가 가득하고, 각종 중장비가 모래바람을 일으키며 질주했다. 또 다른 한편에서는 굴뚝에 화염이 활활 타오르고, 두루마리 휴지 모양의 깔끔한 제품을 쏟아냈다. 회사 분위기는 대충 듣긴 들었지만, 실제로 접하고 보니 들었던 대로 군대 문화라는 이미지가 금방 떠올랐다. 봄인데도 불구하고 찬바람이 스치는 듯한 냉기류가 무겁게 짓누르고 있었다. 신입사원 도입 교육 때 배운 '우향우 정신'이라는 신조어가 떠올랐다. 포철이 성공하지 못하면 영일만에 몸을 던진다는 비장한 각오를 담은 두 단어였다. 목숨 걸고 주어진 사명을 완수

하겠다는 의미였다. 그러한 숭고한 뜻이 포철인만이 지닌 정신적 지주로 버티고 있는 듯했다. 생산이나 건설이나 할 것 없이 그야말로 밤낮으로 분투했다. 공장은 공장 나름대로 생산량을 최대한 늘리면서 품질을 높일 수 있도록 독려했다. 건설은 건설대로 공기 단축은 물론이고 공사품질을 준수하도록 사기를 북돋웠다. 이는 생산과 품질, 공기와 공사품질이라는 두 마리 토끼를 잡아야 하는 난제임은 틀림없었다. 이러한 정신은 최고 경영층에서부터 말단 사원에 이르기까지 사명감으로 버티게 하는 버팀목이었다. 너와 내가 따로 없었다. 낮과 밤이 구별되지 않는 나날 속에 포철은 쇳물처럼 꿈틀대고 있었다. 그렇게 일사불란한 환경 가운데 놓여 있던 포철을 나는 기꺼이 선택했다.

회사에서 제공한 독신료에 짐을 풀고 직장인으로 새 출발을 했다. 입사해서 1주일간의 도입 교육을 포철 연수원에서 받았다. 낯선 환경이었지만, 150명의 입사 동료들이 있었기에 가능했다. 포철이 생산과 건설로 인력충원이 시급한 시기라 보름 간격으로 150명씩 3차에 걸쳐서 입사했다. 공채로 한꺼번에 대거 450명을 선발해서 대기시켜 놓고 차수를 나눠서 차례차례 인사명령을 냈다. 그중에 나는 2차로 입사했다. 신입사원은 날로 늘어나는데, 회사에는 독신자를 수용할 만한 공간이 절대적으로 부족했다. 독신자 아파트를 계속 짓고 있었으나 수요를 따라가기에는 역부족이었다. 신입사원 중 일부만 독신료에 수용할 수밖에 없었다. 이처럼 수요와 공급의 불균형에 따른 불편함은 오롯이 신입사원의 몫으로 돌아왔다. 그것도 방 하나에 2층 침대 4개가 꽉 들어찬, 옹색하기 이를 데 없는 비좁은 공간이었다. 교대 근무자와 함께 쓰는 방은 그나마 좀 나았다. 하지만 수시로 들락거리는 통에 수면장애를 호소할 정도로 불편한 생활환경은 어쩔 수 없었다. 우리는 거리낌 없이 그곳을 '닭장'이라고 불렀다. 그럼에도 불구하고 독신료에 들어가기를 학수고대했던 건 회사와 가깝고, 생활비가 적게 든다는 장점 때문이었다. 또래 친구들이 많은 것 또한 독신료를 선호하게 된 이유였을 것이다. 이런 점 때문에 대부분의 동료가 독신료에 들어갈 수 있기를 갈망했다. 하지만 신입사원이 거처할 만한 생활공간은 턱없이 부족했다. 그런 형편에 따라 도입 교육 수료식을 마치자마자 바로 추첨을 통해서 50명을 선발했다. 각자 가슴에 달고 있던 이름표를 떼어 수집함에 넣었다. 동기회장이 수집함에 손을 넣고 잡히는 대로 이름을 불렀다. 이름을 부를 때마다 여기저기에서 환호와 탄식이 엇갈렸다. 당첨자는 거의 50명에 육박해 가는데, 내 이름은 없었다. 초조했다. 만약 당첨이 안 되면 이대로 집에 돌아가야겠다며 투덜대고 있었다. 바로 그 순간, "박형선!"이라고 하는데, 내 이름이 맞는가 할 정도로 귀를 의심했다. 내 이름은 49번째였다. 50명 중 49번째 당첨이라니! 기적이었다. 복권 1등 당첨 번호의 끝자리가 맞아떨어진 순간처럼 온몸에 전율이 흘렀다. 긴 한숨을 돌리며, 나를 붙잡아준 회사에 고맙다는 생각을 처음으로 했다. 그만큼 타향에서 먹고사는 것이 절실했던 나였다.

그러나 새 출발은 그다지 순탄치 않았다. 낯선 환경에 적응하기까지 애를 먹었다. 동사무소에서 전입 신고하는 날부터 꼬이기 시작했다. 전라도와 경상도 사투리가 뒤섞여 의사소통이 불가능했다. 상대는 여직원인데 말이 빠른 데다가 경상도 사투리가 심해서 그 뜻을 짐작하기조차 어려웠다. 억양 또한 소통을 방해하는 데 한몫했다. 서로 말이 통하지 않는 까닭에 애꿎은 한숨과 불만을 쏟아냈다. 하는 수 없이 종이에 글을 써 가며 의사전달을 할 수 있었다. 외국인이라도 이보다는 낫겠다 싶었다. 어렵사리 소통될 때쯤에는 경상도에 그만 정이 뚝 떨어졌다. "뭐라꼬 예."라고 시작해서 "쓰이소 예."라고 했다.

그만둘까 하는 생각을 하면서도 자고 나면 좀 더 나아지겠지 하는 기대로 짐을 쉽게 싸지 못했다. 눌러앉을 수밖에 없었다. 나를 오라고 하는 데가 없었던 것도 하나의 이유였다.

내가 입사하고 가장 먼저 장만한 것은 자전거였다. 첫 월급을 받자마자 자전거를 샀다. 첫 월급으로 얼마를 받았는지 가물가물하지만, 그때 자전거 한 대 값은 1만 5천 원이었다. 내 재산목록 1호인 셈이었다. 그것은 내가 가진 것 가운데 가장 값비싼 물건임과 동시에 출퇴근을 위한 필수적인 이동 수단이었다. 또한 그것은 정붙일 곳이 없던 나에게 잠시나마 위안거리가 되는 친구 같은 도구가 되기도 했다. 출퇴근할 때는 언제나 자전거를 타고 줄지어 형산강 다리를 건넜다. 영상으로 본 그때 그 장면은 언제 봐도 환한 미소를 짓게 했다.

영화가 시작되기 전 애국가와 함께 '대한뉴스'가 눈길을 끌었던 때가 있었다. 정부에서 만든 홍보물이지만, 볼 때마다 흐뭇했다. 황금색 물결이 굽이굽이 흘러 스치듯 지나가는 모습은 장관이었다. 무리를 지은 노란 병아리들이 물길을 따라 유유히 흘러가는 듯한 착각을 불러일으켰다.

자전거는 출퇴근하는 데 없어서는 안 될 이동 수단으로, 그날의 날씨와 무관했다. 비가 오는 날은 비옷을 걸치고, 안전화에는 비닐을 씌웠다. 거센 바람이 불거나 길이 얼어 미끄러우면 자전거를 끌고 살살 기었다. 그런 악천후라고 해서 대중교통을 이용할 수도 없었다. 다른 이동 수단은 불편할뿐더러 돈도 들고 출근 시간이 더 늘어졌다. 퇴근길에 가끔은 형산강 다리 위에 자전거를 세웠다. 포장마차가 있는 곳이었다. 그 앞에 엉거주춤 선 채로 소주 한 잔에 홍합 한 사발을 들이켰다. 단속이 있는 날은 포장마차를 따라 소주잔을 든 채 자전거를 끌었다. 단속 경찰관이 야속하다는 생각에 알아들을 수 없는 소리로 궁시렁궁시렁했다. 주말이면 가까운 경주나 보경사, 구룡포 등지에서 하이킹을 즐기는 친구가 되기도 했다. 이렇듯 자전거는 내 분신처럼 나를 따라다녔다. 포철에 몸을 담고 나서 생긴 풍속도였다.

내가 입사한 지 겨우 10일째 되는 1977년 4월 24일 새벽에 1제강공장 화재 사고가 발생했다. 바로 그 무렵 영일만에는 먼동의 기운이 어른거리고, 공장에서 쏟아지는 수많은 불빛은 졸음에 잠기듯 시나브로 희미해져 가는 시간대였다. 바로 그 찰나에 모든 불빛이 사위어갔다. 이로써 포철은 창사 이래 가장 큰 위기가 닥쳤다며 회사가 왈칵 뒤집혔다. 그 화재 사고는 쇳물 그릇을 운반하는 크레인 운전자의 실수로 쇳물을 공장 바닥에 쏟아 버린 어처구니없는 인재(人災)였다. 크레인 운전자의 졸음에서 비롯된 대가는 엄청난 재난으로 이어졌다. 쏟아진 쇳물로 공장에 화재가 발생하면서 지하에 매설된 케이블의 약 70%가 소실되었다. 총 142면의 운전조작실 계기 장치도 큰 피해를 당했다. 21면은 완전 소실, 81면은 부분적으로 소실되었다. 직접적인 재산피해만도 약 1억 6천만 원에 달한다고 했다. 마치 예견이라도 한 것처럼 사장은 그 해를 '안전조업'의 해로 운영 목표를 세우고, 유난히 강조하던 시기였다. 그런 때에 이러한 화재 사고가 일으킨 충격은 가히 상상을 초월했다. 일관제철소의 중추 신경이 끊어졌으니 심장과 사지가 마비되는 건 당연한 일인데, 이를 무슨 수로 감당할 수 있었겠는가?

전사와 국내 대기업 건설사는 물론 일본 제철소까지 비상이 걸렸다. 일본 제철소 측 전문가들이 예측하기로는 정상 복구하는 데 최소 3~4개월을 내다봤다. 그러나 포철은 그렇게 여유를 부릴 만큼 한가하지 않았다. 모든 가용 자원을 총동원해서 밤낮으로 분투한 끝에 화재 사고 발생 34일 만에 복구를 마쳤다. 전 세계 제철소의 전문가들조차 혀를 내두를 만큼 놀라운 속도로 위기를 극복했다. 임직원의 피나는 노력과 헌신이 포철을 다시 일으켜 세운 문화로 자리 잡았다. 『세계 최고의 철강인 박태준』이라는 책 가운데 한 꼭지인 '쇳물을 쏟다'에는 이런 내용이 수록되어 있다.

"앗! 한 사람의 외마디 비명소리와 함께 바다 밑의 어느 한 불빛이 빨갛게 익었을지도 모른다. '엎질러진 물'이란 말이 있지만, 엎질러진 쇳물이 바닥에 쏟아졌다. 엎질러진 물은 걸레로 닦아낼 수 있지만, 엎질러진 초고온의 쇳물은 닦을 수도 없고 식으면 쇳덩어리로 엉겨 붙는다."

이처럼 참담한 실상을 가감 없이 토로한 내용이 기록으로 남아 있었다. 쏟아진 쇳물이 화재로 이어지는 것은 불을 보듯 뻔한 사실이지만, 쇳물이 식어서 덩어리로 엉킨다면 그 대책은 시간과의 싸움뿐이었다. 한 마디로 복구 시간이 길어질 수밖에 없는 골칫덩어리였다.

입사한 지 10일째 되는 날 새벽이었으니 나는 무슨 영문인지 몰라서 어리둥절했다. 내가 설 자리마저 잃고 안절부절못했다. 그저 큰일이 난 것만은 분명했다. 그 공장에는 한 번도 가본 적이 없는 직원들인데도 불구하고 긴급 복구반으로 편성했다. 그리고 언제든지 동원할 수 있는 비상체제를 구축했다. 안전모에는 붉은 띠를 두르고 팔에는 '긴급 복구반'이라는 완장을 찼다. 전쟁터나 다름없었다.

쇳물 유출 사고의 후폭풍은 거셌다. 야간 근무자의 자세가 도마 위에 올랐다. 곧바로 부장이나 임원의 야간 순찰이 강화되었다. 야간에 근무 태만이나 조는 직원이 발각되면 다음 날 아침에 사달이 났다. 그 즉시 면직 처리했다. 출근하면 맨 먼저 소문을 뒤쫓고 그 상황을 파악하느라 촉각을 곤두세운 채 수군거렸다. 아침마다 살벌한 소문이 파다하고, 분위기는 극도로 위축되었다. 아예 꽁꽁 얼어붙은 듯했다. 임원과 직원 간, 쫓고 쫓기는 자의 불편한 공생 관계가 아닌가 싶었다. 졸음을 이겨내려고 안간힘을 써 봤지만, 밤이 깊어갈수록 한계를 드러냈다. 순찰자의 눈을 비껴가지 못하면 그걸로 끝이었다. 한 사람의 졸음운전이 얼마나 큰 대가를 치렀는지를 인적, 물적 피해를 경험하면서 깨닫게 했다.

그런 아픔을 겪고 난 후에는 한동안 근무 기강을 강화했다. 흐트러진 포철인의 정신을 재무장하면서 깊은 상처는 서서히 아물어 갔다. 운전자의 근무환경 또한 개선했다. 8시간 내내 하던 운전을 3시간만 하도록 교대 근무시간을 조정했다. 나머지 시간은 교육 또는 다른 일로 대체하는 근무 형태였다.

매년 그날이 돌아오면 그때의 교훈을 되새기며 안이해진 마음을 다잡았다. 인적, 물적으로 불합리하고 불안전한 요소들을 발굴해서 개선했다. 그러한 성장통을 겪으면서 포철만의 문화가 하나씩 자리를 잡아갔다. 사장의 탁월한 리더십과 직원들의 땀이 어우러져 포철은 한 치의 흔들림 없이 굳게 설 수 있었다. 그 가운데는 제철보국이라는 사명이 깊게 뿌리를 내리고 있었다.

√ 결혼과 동시에 전세살이의 설움을 겪다

나는 포철에 입사한 지 3년이 지난 후에 지금의 아내와 결혼했다. 아내를 처음 만난 곳은 아내의 집이자 내가 자취하던 곳이었다. 내가 광주에서 유학하던 첫해에 사글셋방을 얻어 자취했던 그 집의 막내딸이었다. 그때 막내는 초등학교 6학년생으로 앳된 소녀였다. 내가 고등학교를 졸업하고, 군 복무를 마친 뒤에 그 집에 찾아갔을 때는 19세의 나이로 어엿한 처녀티가 났다. 그다음 해에 첫 직장에 사직서를 내고 공부할 곳을 찾던 중에 우연히 그 집을 들렀다. 마침 방이 하나 비어 있었다. 장차 장모님으로 모실 어머님과 처형이 극진하게 대접했다. 아마 사윗감으로 낙점했던 것이 아닌가 싶을 정도였다. 그 집에서 방세도 내지 않고 3개월 남짓 공부하다가 포철 채용시험에 합격해 포항으로 떠났다. 포철에 입사한 이후로 광주와 포항을 오가며 더 사귀다가 나의 배필로 점찍었다. 마음을 굳히고 나서 부모님께 말씀드렸더니 이렇다저렇다 어떤 말씀도 하지 않고 승낙했다. '네가 좋아서 골랐으니 어련하겠냐?'는 눈치였다. 내 뜻을 받아주고 믿어준다는 확신을 갖고 나서 부모님께 감사했다. 그 무렵 동생의 권유로 한 차례 양가 부모님을 모시고 맞선을 본 적은 있으나 이미 내 마음은 기울어져 있었다. 아마 부모님도 그 점을 익히 알고 있었을 것으로 짐작했다.

　결혼 후 아내는 고흥 시댁에서 2개월간 주부수업을 받았다. 그 시절에는 결혼하고 나면 대부분 시댁에서 한동안 신고식을 치렀던 풍습이 이어져 왔던 터였다. 광주에서 나고 자란 아내는 시골 생활은 첫 경험이었다. 끼니때마다 재래식 부엌에서 땔감에 불을 지펴 밥을 짓고 상을 차렸다. 부엌에서 차린 크고 무거운 밥상을 들고 마루를 거쳐 큰방으로 옮겼다. 추운 겨울인 데다 노출된 공간에서 밥상을 옮기는 일이라 더욱더 불편했다. 아궁이에 불 지피는 것이 서툴러 연기에 휩싸일 때면 눈물깨나 흘렸다고 했다. 설거지나 집안 청소는 아내의 몫이었다. 심지어 아버지께서 소 사료를 제조할 때면 작두의 시퍼런 날 밑으로 볏짚이나 마른 풀을 밀어 넣는 일도 했다. 남편마저 없는 낯선 환경에서 시집살이를 톡톡히 했다. 그때 아내의 나이는 고작 23세였다.

　어렵사리 포항에 신혼 방 하나를 얻었다. 처음에는 전세방을 얻을 만한 돈이 턱없이 부족했다. 참으로 난감했다. 단칸방이 1백 4십만 원 정도인 데 반해 내가 가진 것은 고작 7십만 원뿐이었다.

집안 사정을 훤히 알고 있는 나는 부모님께 손을 벌릴 수가 없었다. 이유인즉슨, 결혼 전에 둘째 동생이 사고를 치고 나서 합의금이 필요하다고 했다. 어쩔 수 없이 부모님과 내가 각각 1백만 원씩을 부담한 터였다. 꼬깃꼬깃 모아온 그 큰돈이 한순간에 사라지고 나니 생활이 더욱 궁핍해진 때였다. 직장 동료한테 딱한 사정을 호소하고 구슬려서 부족한 전세금을 충당했다. 어렵게 전세금은 마련했는데, 전라도 사람이라는 이유만으로 방을 줄 수 없다고 문전박대했다. 케케묵은 지역감정에 애꿎은 나만 어처구니없는 일을 겪기도 했다. 발품을 팔아 단층 슬래브 집 단칸방을 얻어 신혼살림을 꾸렸다. 그리고 그해 11월 1일에 첫 아이가 태어났다. 그해 겨울에는 유난히 날씨가 추워서 온 식구가 덜덜 떨었다. 연탄 화력을 높여도 방바닥만 따뜻했을 뿐, 귀나 코끝이 시릴 만큼 방 안은 냉기로 가득했다. 때때로 아내는 "방에 웃풍이 심해요!"라고 울상을 짓기도 했다. 또 아궁이에 연탄을 갈고 나면 머리가 띵하다고 하소연했다. 어린아이는 이불로 두세 겹 싸고, 유리 창틀에는 비닐을 덧씌워 보온을 했다. 자고 일어나면 비닐에 증기가 서려 눈물처럼 흘러내렸다. 우리 세 식구가 어렵사리 살아가는 모습이 그 유리창에 비치는 듯했다.

　여름이면 슬래브 지붕에서 쏟아진 복사열로 밤잠을 설쳤다. 잠자리에 들기 전에 옥상에 찬물을 뿌려가며 열기와 싸웠다. 지붕에서 배수관을 타고 내리는 물에서 후끈한 김이 모락모락 피어올랐다. 무더운 여름에도 창문을 열어 놓고 잘 수가 없어서 비지땀을 쏟았다. 선풍기 하나에 의지해 보려 했지만, 그 바람이 더 뜨거웠다. 겨울에는 추위에 꽁꽁 얼었고, 여름에는 무더위에 땀을 뻘뻘 흘렸다.

해가 바뀌고 그 신혼 살림집에서 첫 아이의 돌잔치를 맞이했다. 부모님께서는 큰 손자 돌잔치라고 먼 길을 기꺼이 다녀가셨다. 고흥에서 포항까지는 하루가 꼬박 걸리던 시절이었다. 부모님을 따로 모실 형편이 안 돼서 조그만 방 하나에서 다섯 식구가 자고 먹었다.

2년 만에 다시 얻은 두 번째 전세방은 2칸짜리였다. 사는 형편이 좀 나아지면서 더 넓은 공간을 찾게 되면서부터였다. 방 한 칸의 여유만큼이나 운신의 폭이 넓어지는 듯 넉넉했다. 그 무렵 큰아이가 성장하면서 호기심이 발동하기 시작했다. 공교롭게도 그때를 맞춰서 집주인의 횡포 또한 날로 심해졌다. 화분에 꽃을 꺾었다며 몰아세우고, 장독 뚜껑을 깨뜨렸으니 변상하라며 큰소리를 쳤다. 청소도구나 연장 따위가 제자리에 없으면 짜증부터 냈다. 집안에 어린아이는 한 명뿐이니 뭐든 잘못되어 있으면 우리 탓으로 돌렸다. 아이나 우리나 2년을 그렇게 기가 죽어 살았다. 그 집에서 둘째 아이가 태어났다. 2년 계약이 끝나고 이사를 하는데, 벽지를 더럽혔다며 볼멘소리를 했다. "도배해놓고 나가든지, 말든지 해요!"라며 생떼를 쓰기도 했다. 전세살이의 설움을 뼈저리게 겪었다. 그 후로 두 차례 더 전세방을 얻어 이사를 다녔다. 아이들이 커가면서 큰 방을 찾아다니다 허름한 단독 빌라로 살림살이를 옮겼다. 그곳에서는 이웃 간에 왕래가 잦을 정도로 스스럼없이 지냈다. 아이들도 물 만난 고기처럼 잘 적응했다. 고달픈 전세살이를 잠시 잊고, 누구 눈치 보고 할 것 없이 내 집인 양 발 쭉 뻗고 잤다. 마지막으로 이사한 전세방에서는 계약기간을 다 채우지 못한 채 광양제철소로 전출 명령을 받고 광양으로 이사했다. 그렇게 전세살이로 떠돌고 있는 사이, 회사에서는 13평짜리 아파트를 지어서 직원들한테 분양하고 있었다. 그러나 그때마다 역시 돈이 문제였다. 그렇게 포항 이곳저곳을 떠돌다가 1986년 5월에 광양제철소로 전출했다. 포항제철소 4기 준공을 하고 5년이 지난 뒤였다. 내가 포항에 터를 잡은 지 10년 만이었다.

광양으로 이사하는 날은 왠지 아침부터 꼬이기 시작했다. 이른 아침에 트럭에다 이삿짐을 싣고 있는데 집 안에 세워둔 자전거가 보이지 않았다. 출퇴근 수단인 자전거가 하루아침에 사라져버린 것이었다. 안타까운 마음에 집 안 곳곳은 물론이고 집 밖까지 샅샅이 뒤졌지만, 끝내 자취를 감추고 말았다. 꺼림칙하긴 했지만, 포항을 떠나 새로운 곳으로 간다는 설렘에 곧 잊었다. 이삿짐은 2.5톤 트럭 한 대에 차곡차곡 실었다. 장롱이 두 개, 이불, 14인치 흑백 TV, 소형 냉장고, 옷가지, 밥솥 등으로 짐칸이 가득했다. 딸과 아내는 운전석 뒤의 좁은 공간에, 아들과 나는 조수석에 탔다. 불편하기 짝이 없었지만 다른 방법이 없었다. 고속도로를 타고 한참을 가는데 운전사가 꾸벅꾸벅 조는 것이 눈에 띄었다. 그 모습을 본 나는 마치 가시방석에 앉아 있는 것처럼 움찔움찔했다. 졸음을 물리칠 만한 뾰쪽한 방법이 없어서 헛기침만 연발했다. 곁눈질로 운전사를 감시하느라 긴장감이 팽팽했다. 나도 피로가 쌓일 대로 쌓여 잠이 쏟아졌지만, 그 순간만큼은 졸음이 싹 달아났다. 그렇게 한참을 달리던 중 조수석 안쪽에 너덜너덜 늘어져 있던 배선에 불이 붙었다. 한동안 소동이 벌어졌다. 운전사는 별일이 아니라는 듯이 갓길에 차를 세우고 응급조치를 했다. 기분이 언짢았지만 내색하지 않았다.

이전에 계약해 놓은 광양 읍내에 있는 전셋집으로 가는 길목에서 길을 잘못 들었다. 그만 광양제철소 인근까지 가고 말았다. 뒤늦게 알아차리고 급히 차를 되돌렸다. 트럭에서 빨리 탈출하고 싶은 마음이 앞선 나머지 착각을 일으킨 것이었다. 포항에서 오전 9시 반 경에 출발해서 도착 예정 시각보다 한참 늦은 오후 4시 반쯤 도착했다. 점심밥은 제때 챙겨 먹었는지 가물가물했지만, 딱히 배가 고프다는 생각은 없었다. 이삿짐을 옮길 직원들은 우리가 도착할 예정 시각보다 먼저 와서 기다리고 있었다. 늦은 이유에 대해서 의아해했지만, 시치미를 뚝 뗐다. 이삿짐을 다 옮기고 나서야 자장면으로 허겁지겁 허기를 달랬다. 설렘이 가득한 이사하는 날인 데도 불구하고, 기쁘기보다는 외려 고단한 하루가 되었다.

광양읍에서도 6개월 정도 전세살이를 더 할 수밖에 없었다. 하지만 회사가 주택단지를 조성해서 집을 짓고 있었기 때문에 개의치 않았다. 이미 내 집 마련을 위한 계약을 마치고 나서야 마음에 생긴 여유 때문이었다. 그렇게 광양제철소 전출과 함께 전세살이의 설움도 막을 내렸다.

√ 자녀 출생으로 무거워진 어깨

첫째와 둘째 아이 모두 포항에서 태어나고, 4년 남짓 더 살았다.

포항에 처음 발을 들여놓았을 때는 정을 붙이지 못했다. 낯설기는 해가 지나도 마찬가지였다. 하지만 아이들이 태어나면서부터 조금씩 달라지기 시작했다. 어깨가 무거워지는 책임감이 따랐다. 딸린 식구가 셋이나 되고 보니 모든 것이 조심스럽고 버겁기만 했다. 그런 생활환경 탓에 스스로 위축되기도 했다. 그만큼 절박한 상황인 것을 깨닫고 한시도 허투루 살 수 없었다. 내가 회사에 온전히 집중해야만 우리 식구가 먹고살 수 있다는 긴장감이 나를 옥죄고 있었다. 그런 이유로 삶의 태도가 날로 바뀌고 있다는 것을 감지할 수 있었다. 회사는 삶의 터전으로, 가정은 안식처로, 직원들과의 관계는 신뢰로, 그 어느 것 하나 소중하지 않은 게 없었다. 그러한 환경에 처한 현실은, 내가 흔들릴 때마다 단단히 붙잡아 주었다.

아이들을 돌보고 집안 살림은 전적으로 아내에게 맡겼다. 월급도 봉투째 아내에게 건네주고 용돈을 받아서 썼다. 돈하고는 얼마간의 거리를 두고 싶었다. 더러는 아예 신경 쓰기조차 싫었다. 자칫 돈을 앞세우다 지쳐 쓰러질까 두렵기도 했다. 오직 일에만 집중하는 것이 그나마 마음이 편했다. 혼자만 편하자고 아내한테 무거운 짐을 떠맡긴 것은 내가 못난 탓으로 돌렸다. 스스로 인정했다. 짐을 떠안은 아내는 돈 쓰는 것을 두려워할 만큼 아껴 썼다. 우선 저축부터 하고 나서 남은 돈으로 옹색하게 살림을 꾸렸다. 절약이 생활 전반에 그리고 집안 곳곳에 배어 있었다. 어렸을 적부터 가난이 무엇인가를 경험한 탓에 절약하는 습관이 몸에 녹아들어 있는 듯했다. 우리의 미래를 준비하는 것도 좋은 일이지만 한 푼이라도 아끼려는 마음이 지나칠 정도였다. 유행이라는 것을 몰랐다. 한 번 사들인 물건은 수명이 다할 때까지 썼다. 고쳐 쓰고 기워 쓰고 닦아서 썼다. 아이들 기저귀는 닳고 닳아 헤어질 때까지 버리지 못했다. 그렇다고 모은 돈을 어딘가에 재투자해서 불리려는 욕심은 추호도 없었다. 오로지 저축해서 한 푼, 두 푼 모으는 일만이 최고인 줄 알았다. 전 세살이를 떠돌아다니면서도 불평 한 번 안 했다. 그저 주어진 삶에 순응하며 미래를 바라보는 것으로 만족했다. 아마 내 어깨 위의 무거운 짐을 덜어주고 싶은 마음이 아니었을까 싶었다.

아내가 살림을 꾸리면서 힘들어했던 일 가운데 하나가 있었다. 바로 기름 묻은 작업복과 속옷을 세탁하는 일이었다. 작업복이나 속옷은 기름이 묻지 않은 것이 거의 없을 정도였다. 그런데도 집에는 세탁기를 들여놓을 만한 형편이 안 돼서 오로지 손빨래를 했다. 설령 세탁기가 있다고 한들 기름 묻은 옷은 빨 수가 없었을 것이다. 더군다나 세탁소에 맡긴다는 건 상상도 못 했다. 그런 말을 들어본 적이 없고, 눈으로 본 적도 없었다.

내가 독신으로 있을 때는 그 일을 스스로 해결했다. 젊은 날의 황금 같은 주말을 거의 빨래하는 날로 정했다. 기름 묻은 작업복을 샘터 바닥에 펼쳐놓고 하이타이를 잔뜩 뿌렸다. 그런 다음 거친 솔로 박박 문질렀다. 그래도 기름때가 빠지지 않고 흔적이 남아 있었다. 퀴퀴한 기름 냄새가 가시지 않았다. 속옷은 삶아도 누런 기름때의 흔적이 남아 있었다. 빨래를 다 하고 나면 팔뚝이 묵직하고 얼얼한 느낌이 오래도록 남아 있었다. 마음은 홀가분한데 몸은 파김치가 되었다. 겨울에는 더 난감했다. 물을 데워서 빨래하는 것도 한계가 있었다. 칼바람에 흐르는 콧물을 주체할 수가 없었다. 손발은 꽁꽁 얼어붙었다.

결혼하고 난 뒤로는 그 일을 아내가 떠맡았다. 아내는 기름 묻은 작업복 빨기가 힘들다고 하소연했다. "기름 좀 덜 묻힐 수 없어요?" 라고 투덜댔다. 나는 속도 모르는 아내가 야속했다. "작업환경이 그런데, 누가 기름을 묻히고 싶어서 묻히느냐."라고 하는 불만이 목구멍까지 치밀었지만, 꾹꾹 눌렀다. 그 사정을 내가 모르는 바가 아니기 때문이었다. 그럴 때면 기름 묻은 작업복을 구석진 곳에 슬그머니 내려놓고 귀를 막고 눈을 감았다.

기름은 설비를 점검하거나 정비할 때 예고 없이 스며들었다. 설비 안으로 들어가면 어깨 위로 기름이 두두둑 떨어졌다. 그런 날은 속옷까지 기름이 번졌다. 양말까지 젖었다. 주로 하얀 면양말을 신었는데 기름때가 흔적으로 남아 있었다. 퇴근할 때 샤워를 하고 나면 속옷은 다시 입을 수가 없었다. 기름 묻은 작업복과 속옷은 가방에 쑤셔 넣고 출퇴근복만 걸쳤다. 그런 날은 몸에서도 기름 냄새가 진동했다.

큰아이는 남자인데도 얌전하고 건강하게 잘 자랐다. 어려서부터 부모가 하는 말을 금방 알아듣고 따랐다. 싫다고 하는 것은 두 번 다시 하지 않는 아이였다. 하지만 둘째 딸아이가 무척 까탈스럽게 굴었다. 태어나서부터 유치원에 들어가기 전까지 그랬다. 제 엄마 등이 아니면 깊은 잠이 들지 않았다. 제 엄마가 눈에서 멀어지면 울었다. 부엌에서 일을 하거나 빨래를 해도 제 엄마 등만 찾았다. 밤이면 깊은 잠에 들지 못하고 보채고 울었다. 아이가 태어나면 밤과 낮이 바뀌는 경우가 더러 있다는 얘기는 들었지만, 딸은 예외였다. 회사에서 초주검이 되어 집에 돌아오면 딸아이의 칭얼대고 우는 소리에 신경이 날카로워졌다. 어느 한 날은 그 울음소리에 잠을 이룰 수가 없어서 양쪽 귀를 틀어막았다. 아침에 잠이 깨 눈을 떠보니 어지럽고 두통이 심해 기절할 뻔한 적도 있었다. 딸아이한테 나는 투명 인간이나 다름없었다. 오히려 귀찮은 존재로 취급받거나 따돌림을 당했다. 오직 제 엄마만 찾았다. 제 엄마와의 사정거리는 1m 이내였다. 딸아이는 오랫동안 제 엄마 젖을 물고 살았다. 큰아이는 자라면서 자연스럽게 젖을 떼고 우유를 먹었는데, 딸아이는 제 엄마 젖이 아니면 거들떠보지도 않았다. 막무가내로 떼를 쓰며 자지러질 듯이 울어 재꼈다. 지독하게 제 엄마 젖만 물고 늘어졌다. 아마 젖이 부족해서 늘 보채고 우는 것은 아닐까 하고 짐작은 했지만, 확인할 방법이 없었다. 그 속내를 알아보려는 궁리는 하지 않고 무지하게 윽박지르기만 했다. 오롯이 아내 혼자서 떠안았다. 그 버릇은 유치원을 들어가고 나서야 잠잠해졌다. 아이들이 한 해, 두 해 성장하면서 살림살이 또한 조금씩 나아졌다. 아이들과 아내 그리고 내가 함께 살아가기 위한 수단은 오롯이 내 어깨 위에 있었다. 포철이 아니었으면 가능한 일이었을까? 내가 짊어진 짐을 스스로 이겨내지 못했으면 또 어떤 상황과 맞닥뜨렸을까? 한 가정의 가장이란 무엇을 의미하는 것인가? 내가 걸어온 세월이, 살얼음판 위를 걷는 것처럼 위태롭고 섬뜩했다.

√ 직장인의 어려움과 사명감 사이에 낀 세대

한 가정의 가장으로 산다는 것은, 가족의 생계를 짊어진 채 직장인이라는 덫을 뒤집어쓴 꼴이었다. 마치 몸에 맞지 않은 옷처럼 거추장스럽고 거북했다. 더군다나 직장이란 먹고살기 위한 수단이기 이전에 일과 맞서 이겨내야 하는 의지를 절실하게 요구했다. 또 다른 한편으로는 이러한 삶이 가장의 역할이며 직장인의 모습이 아닐까 싶기도 했다. 외줄 타기 하는 광대처럼 집과 직장 위에 발을 딛고 위태위태한 걸음을 떼고 있는 듯했다.

내가 몸담고 있는 포철은 밤낮이 따로 없었다. 24시간 내내 쉴 새 없이 가동되는 제철 설비는 품질 좋은 제품을 많이 생산하는 것으로 그 능력을 평가받았다. 생산과 품질을, 복표하는 수준에 도달하기 위해서는 그만큼의 땀을 요구했다. 따라서 설비가 요구한 기술력을 충족시키기 위해 온몸으로 헌신했다. 밤에 잠을 자다가도 회사에서 나를 필요로 하면 한걸음에 달려갔다. 언제 어디서나 어떤 상황에 놓여 있든 회사가 우선이었다. 내가 그 일에 보탬이 된다면 어떤 일이든 마다하지 않았다. 이는 단시간에 선진 제철소의 기술력을 극복할 수 없기 때문에 나타난 현상이었다. 매 순간이 안타까웠다. 특히 돌발고장은 순식간에 긴장감을 불러일으키며 온몸을 얼어붙게 했다. 전화벨 소리가 그랬고, 첫 음성으로 직감할 수 있었다. 긴 설명을 들을 수가 없었다. 곧바로 출동해서 그 현장을 내 눈으로 직접 보고 싶은 마음이 앞섰다. 신속하고 적절한 판단을 내려야 발 빠른 초기 대응이 가능하고, 복구 시간을 단축할 수 있기 때문이었다. 한시도 긴장을 늦출 수가 없었다. 전화를 받고 현장에 도착하는 10여 분 남짓한 시간에 수많은 생각이 뒤엉키고 소란을 피웠다. 맨 먼저 떠오른 것은 책임감이었다. 제품 생산에 단 1초를 다투는 공장이 가동을 멈춘 채로 누군가의 손길을 기다리고 있다고 생각하면 그 압박감은 클 수밖에 없었다. 돌발적인 설비고장의 유형은 참으로 다양했다. 배관이 터져서 기름이 새고, 회전하던 축이 부러져서 설비가 멈춰 섰다. 기어 커플링이 마모되고, 베어링 파손으로 회전체가 꿈쩍도 하지 않았다. 기어 박스에 윤활유는 온데간데없고 물이 가득했다. 기어 이빨이 녹슬고 문드러졌다. 자동으로 열리고 닫혀야 할 밸브가 그 기능을 발휘하지 못해서 애가 탔다. 이루 말할 수 없는 온갖 유형의 고장이 끊임없이 일어났다. 그 원인 또한 다양했다. 끝내 풀지 못한 유형의 설비고장은 계속 반복되었고 그때마다 가슴은 새까맣게 타들어 갔다. 그러한 돌발고장을 복구하거나 재발 방지에 혼신의 힘을 기울이는 게 나의 주된 책무였다. 그렇게 하지 않으면 그 피해는 눈덩이처럼 커졌다. 그 현장은 총성이 난무하는 전쟁터나 다름없었다. 사명감이 아니면 도저히 버텨낼 재간이 없었다. 인간의 한계를 넘어선 듯한 극한 상황에 직면하기도 했다. 생산 공정 자체가 그랬다. 처음과 끝이 물 흐르듯이, 무결점을 추구했다. 그 과정은 고열의 쇳덩어리를 압연기로 몇 차례 눌러가며 얇은 철판으로 변형시킨 다음에 그 소재를 둥글게 마는 것으로 마지막 공정을 거쳤다. 그 과정 하나하나는 한 치의 오차를 허용하지 않았다.

뜨거운 물을 뒤집어쓰기도 하고 쏟아진 기름으로 온몸이 끈적거리기도 했다. 철판이 요란한 소리를 내며 머리 위를 지나갈 때도 그 밑에서 볼트를 조이고 용접을 했다. 생산 중에 응급조치를 위한 무모한 행동이었다. 안전은 뒷전이었다. 그때는 그랬다. 자신보다는 생산과 품질을 우선시하던 때였다.

한때는 불가항력이란 말도 나돌았지만, 인정하지 않았다. 우리의 사전에서 그 단어를 지웠다. 우리의 주변에는 책임감과 사명감이 아니면 이겨낼 수 없는 일들로 가득했다. 나 혼자만 그런 것은 아니었다. 모든 직원이 사선을 넘나드는 듯한 외롭고 처절한 싸움을 벌이고 있었다. 직장인의 삶이 모두 그런 것은 아닐진대, 유독 포철만은 달랐다. 그 이유는 너무나 명백했다. 철강의 불모지에서 그 제품을 만들어 낸다는 게 일찍이 경험하지 못한 생소한 일이기 때문이었다. 포철은 공장을 건설하고 제품을 생산하는 데 대부분 외국 설비와 기술을 들여왔다. 그런 것들이 우리 몸에 익숙해지기도 전에 그 역할을 떠맡은 결과가 여과 없이 드러났다. 당연히 시행착오를 겪을 수밖에 없었다. 아는 것은 미천한데, 열연공장의 설비는 그 이상을 요구하는 듯했다. 그렇게 대응할 수밖에 없는 환경을 우리는 이해하지 못했다. 책임감과 사명감이면 다 되는 줄로만 알았다. 우리의 무지함으로 당하고 또 당했다. 밑천이 다 드러나도록 지독스럽게 털렸다. 그렇게 그 설비가 요구하는 수준에 이르기까지는 상당한 시간이 흐르고 난 뒤였다. 선배들의 피와 땀이 이루어낸 결과물이었다. 경험을 통해서 얻어낸 값비싼 희생물이었다. 모든 것이 그랬다. 설비 매뉴얼이나 설계 사상을 바탕에 두지 않았다. 몸으로만 체득하려는 고집으로 상당한 시간을 허비했다. 오로지 사명감으로 부족한 부분을 메꿔나가는 직장인의 삶은 고단하기만 했다. 한편으로는 사명감마저 잃고 나면 우리가 할 수 있는 것은 아무것도 없다는 위기감 또한 팽팽했다. 회사 내에는 우리가 안고 있는 어려움과 사명감 사이에 미묘한 기류가 흐르고 있는 듯했다. 시시때때로 찾아오는 팽팽한 긴장 속에서 언뜻 그런 예감이 들었다. 유별나게도 포철만이 안고 있는 숙제가 아닌가 싶었다. 포철인으로서 겪을 수밖에 없는 수많은 난관을 사명감이라는 큰 기둥이 떠받치고 있는 것은 아닐까 싶었다. 무에서 유를 창조한다는 것이 말처럼 쉬운 게 아니라는 것을 새삼 깨달았다.

2. 고향이나 다름없는 광양에 둥지를 틀다

√ 내 집 마련의 기쁨을 누리다

전세살이로 떠돌다가 내 집을 마련했다. 광양제철소로 전입하고 나서 생긴 일이었다. 회사와 가까운 곳에 주택단지를 조성해서 한창 집을 짓고 있을 때 전입했다. 광양제철소 1기공사가 진행 중이던 시기였다. 이미 아파트가 들어선 곳도 있었다. 그곳에는 나보다 먼저 전입한 직원들이 입주해서 살림을 꾸리고 있었다. 마치 새로운 세상에 온 것처럼 모든 것이 경이롭고 활기찬 분위기라 사뭇 꿈에 부풀었다. 전입하자마자 우리 네 식구가 살 집을 계약하고, 6개월 정도 지나 새집으로 입주했다. 그 집에 들어가기 전까지 광양

읍내에서 전세살이를 한 차례 더 했다. 그렇게도 지긋지긋했던 떠돌이 전세살이에 종지부를 찍었다. 그동안 전세방을 전전하면서 감내했던 집 없는 설움을 한꺼번에 씻어내는 감격이었다. 부모님의 도움 없이 오직 우리 힘으로 이루어 낸 집이었다. 한동안은 내 집을 마련했다는 현실이 믿기지 않았다. 그러나 직장생활 10년 만에 내 집 마련의 꿈을 이룬 것은 분명했다.

먼저 부모님께 말씀드렸더니 엄청 흐뭇해하셨다. "느그들이 집을 사는디 우리가 보태준 것이 없어서…" 하시면서 말끝을 흐렸다. 부모한테 손 벌리지 않고 집을 마련했다는 것을 고맙게 생각했다. 집들이하는 날 부모님이 찾아오셔서 연신 싱글벙글했다. 큰아들 네 식구가 집 없이 사는 근심 걱정을 훌훌 털어내고 홀가분한 듯했다. 그런 부모님의 모습에 우리 스스로가 자랑스럽다는 생각이 들었다.

집들이를 축하하러 직원들이 몰려왔다. 화장지며 하이타이를 사들고 왔다. 모든 일이 술술 풀리고, 살림살이가 거품처럼 빨리 일어나라고 하는 의미로 해석했다. 저녁밥을 먹고 술을 마시면서 지신밟기를 했다. 숟가락으로 밥상을 두드리면서 장단에 맞춰 목청껏 노래를 불렀다. 누군가의 독창으로 시작했다가 어느새 합창으로 어우러졌다. 노래는 "타향살이 몇 해던가."로 시작해서 "구름 머무는 고향 땅에서 너와 함께 살리라."로 마무리했다. 아내도 숨겨놓았던 애창곡 〈시인의 노래〉를 불렀다. 밤이 깊어가도록 그 일대가 떠들썩했지만, 불평하는 사람은 아무도 없었다. 그 시기는 이사하는 직원들이 줄을 잇고 있었기 때문에 그때마다 이삿짐을 옮겨 주고, 지신을 밟아야 한다며 집들이를 하던 때였다. 음식은 집에서 손수 장만했다. 음식을 만들 때는 직원 부인들이 함께 거들었다. 집안 잔치나 다름없었다.

큰아이는 우리 집에서 광양제철 유치원에 입학하는 기쁨을 누렸다. 내 집을 마련하고 얻은 첫 번째 축복이었다. 새로운 환경이었지만, 이사 다닐 염려 없는 내 집이라는 데 금방 적응했다. 우리 집이라는 넉넉하고 포근한 환경이 그 역할을 다했다. 우리 집은 유치원은 물론 초, 중, 고등학교를 걸어서 10여 분 남짓한 거리로 최적의 조건이었다. 주위에 조그마한 동산이 둘러싸고 있는 그대로 아담한 분위기를 연출했다. 그곳에 집을 짓기 전에는 작은 섬을 끼고 있는 한낱 바닷가에 불과했을 터였다. 들은 바로는, 갯벌과 모래가 뒤섞여 있던 곳으로 갈대가 무성한 늪지대였다고 했다. 여태껏 한적한 어촌으로 남아 있는 보잘것없는 그곳에 주택단지를 조성하고, 붉은 벽돌로 그림 같은 빌라를 건축했다. 읍내로 나가려면 배를 타고 나와 버스로 갈아타야 하는 그런 곳이었다. 천지가 개벽하는 놀라운 변화가 눈앞에 펼쳐졌다. 어느 외국 사진에서나 봄 직한 전경이 펼쳐진 그곳에 우리 집이 있다.

우리 집은 3층 빌라로 21평형이지만 큰 방과 아이들 방이 따로따로 있었다. 네 식구가 생활하기에는 충분했다. 예전에 좁은 전세방을 옮겨 다니며 궁색하게 살았던 기억이 생생하기 때문인지 더 넓어 보였다. 이제 집 걱정할 일이 없어졌으니 직장생활도 활기를 찾아 갔다. 자전거로 10여 분이면 충분한 거리에 회사와 집이 있어서 출퇴근 시간을 걱정할 일도 사라졌다. 회사 주택단지라 물(냉, 온수)이나 난방, 가스를 포함한 관리비가 저렴했다. 주택단지 내 주변 환경까지도 회사에서 관리했다. 매년 봄에는 환경관리가 우수한 동을 선정해서 포상하기도 했다. 직원들만 사는 동네로 모든 것이 꿈동산 같았다. 다만 회사의 딱딱한 기류가 이곳까지 흐르고 있다는 것이 흠이라면 흠이었다.

주택단지를 끼고 있는 주변 환경은 이국적인 풍경을 연상케 했다. 광양만에 대규모의 토목사업을 마친 후에 드러난 크고 작은 섬들이 태곳적 그대로 보존되어 있었다. 도롯가에도, 공장 입구에도, 주택단지 주변 곳곳에도 있었다. 그 가운데 한 곳은 제철소 본부를, 또 한 곳은 백운대를 다소곳이 품고 있었다.

주택단지에는 곳곳에 잘 가꿔진 정원과 어린이 놀이터가 들어섰다. 곳곳에 테니스장이 정갈하게 펼쳐져 있고, 축구장과 족구장이 조화롭게 자리를 잡았다. 프로축구 전용구장이 웅장한 모습을 드러낸 채 관중을 기다리고 있었다. 특히 아파트와 빌라, 연립주택의 중심에 자리한 조각공원은 주민의 휴식공간으로 최상의 조건을 갖추고 있었다. 철을 이용한 조각 작품이 군데군데에서 그 자태를 한껏 뽐내고 있었다. 그 작품들은 〈바람과 별〉이라는 명제 외에 8점으로 1990년도에 세워졌으며, 그 크기는 조금씩 달랐다. 작품마다 명제가 붙어 있으나 그 의미를 도대체 이해할 수가 없었다. 작품 중에 〈무제〉라고 하는 명제는 더욱 알쏭달쏭했다. 다만 무겁고 딱딱한 철의 이미지를 벗고, 자연과 한데 어우러진 풍경이 사람들의 마음을 사로잡기에 충분했다. 이주민의 애환이 서려 있는 〈금호도 이주민의 탑〉은 삶의 터전을 등질 수밖에 없는 이들을 위로하는 듯 침묵하고 있었다. 그 맞은편에는 정자 한 채가 눈꺼풀을 내리깔고 한가로이 졸고 있는 듯했다. 좌식 자전거, 활차 머신 등 근력 강화와 관절을 유연하게 하는 여러 종류의 운동기구가 나란히 들어섰다. 토종나무와 조경수가 한데 어우러져 한가로운 기운이 감돌며 평온했다. 주로 소나무, 도토리나무, 배롱나무, 철쭉 등이 군락을 이룬 채 변함없이 자리를 지키고 있었다. 잠시 눈을 들어보면 건너편 동산 끝자락에 인공폭포가 물줄기를 뿜어내며 물안개를 피워냈다. 봄이면 화사하게 핀 벚꽃이, 마치 한겨울 나뭇가지에 소복이 쌓인 눈송이처럼 눈부셨다. 모든 이의 지친 마음을 휘어잡았다. 그때마다 벚꽃 축제가 열리고 이곳을 찾은 시민들로 온 동네가 술렁이기도 했다. 그곳은 9천여 평의 초원 위에 펼쳐진 꿈동산이었다.

주택단지 너머에는 초등학교, 중학교, 고등학교가 아담하게 터를 잡았다. 백운 그린 랜드에는 2만 3천여 평의 대지 위에 공원, 야외 음악당, 축구장, 농구장, 배구장, 족구장이 조화롭게 펼쳐져 있었다. 호안 도로를 따라 산책로를 조성하여 여가를 즐길 수 있도록 꾸몄다. 골프 연습장과 6홀의 골프장이 한층 그 품격을 높였다. 특히 울창한 토종 나무와 조경수가 조화롭게 어우러져 한 폭의 그림 같았다. 소나무, 벚나무, 은행나무, 느티나무, 히말라야시다 등이 주를 이루고 있었다. 직원이면 누구나 언제든지 이용할 수 있는 넓고 쾌적한 공간이었다. 회사에서 추진하는 야외 행사도 이곳에 자리를 폈다. 가족 같은 분위기를 연출하는 데는 그만한 곳이 없을 만큼 만족스러웠다.

많은 것이 생활 전반에 크고 작은 영향을 미치고 있었다. 하지만 지난 세월을 회상하면, 길지 않은 기간 동안에 엄청난 변화를 겪은 것만은 사실이었다. 광양제철소 전입을 계기로 한순간에 삶의 질이 향상되는 체험을 했다. 그 중심에는 내 집을 장만했다는 설렘이 자리하고 있었다. 아울러 내 집을 마련한 기쁨은 지난날의 집 없는 설움을 말끔히 씻어내 주었다.

√ 4반세기 대역사 종합준공식의 명과 암

광양제철소 4기 준공을 끝으로 포철 건설 역사에 종지부를 찍었다. 1992년 10월 2일 거행된 포철 4반세기 대역사 종합준공식이 한 획을 그었다. 그곳은 광양제철소 종합운동장 한편에 마련된 종합준공식장이었다. 대통령과 세계철강협회장, 국내외 귀빈, 직원과 가족, 건설사가 함께한 자리였다. 그날은 가을이 절정을 향해 달리던 맑고 화창한 날씨였다.

행사장은 종합준공식에 걸맞게 웅장하고 화려하게 꾸며졌다. 애드벌룬을 띄우고, 대형 현수막을 군데군데 내걸었다. 직원들은 쇳물을 상징한 황금색의 회사 유니폼을 갖춰 입었다. 그리고 같은 색깔의 안전모를 쓰고 안전화를 착용했다. 한편 건설사 직원들은 진청색 근무복에 하얀 안전모를 쓰고 남색 안전화를 신었다. 두 그룹이 단상 앞에 나란히 도열했다. 너나 할 것 없이 꿀 먹은 벙어리처럼 입이 굳게 닫혀 있었다. 그 자리에는 은은한 음악 소리만 귓가에 맴돌 뿐 면면은 숙연했다. 수많은 시선이 허공에서 엇갈리며, 단상 위에 있는 회장의 일거수일투족을 쫓았다. 대통령보다는 회장을 향한 눈길이 더 분주하게 움직이는 듯했다. 축제 분위기여야 할 종합준공식장에는 싸늘한 기운이 감돌았다. 그리고 알 수 없는 무거운 침묵으로 푹 가라앉아 있었다.

이날이 있기까지 포항과 광양 양대 제철소에 각각 4기를 성공적으로 준공하고, 연간 2천 1백만 톤 생산체제를 완성했다. 포철이 첫 준공을 시작으로 1기씩 늘어날 때마다 대통령이 참석해서 관계자들의 노고를 치하했다. 그리고 태양열에서 채화한 불씨로 고로에 불을 지폈다. 고로에 불을 붙이는 행사는, 앞으로 10년을 내다보고, 그 긴 세월을 단 하루도 쉬지 않고 쇳물을 토해내도록 생명력을 불어넣는 최초의 의식이었다. 포항제철소 1기 준공 때는, 고로에서 첫 쇳물이 쏟아지자 일제히 환호성을 터뜨렸다. 임직원 모두가 만세 삼창을 불렀다. 황금빛의 쇳물 앞에서 넋을 잃은 채로 감격의 눈물을 흘렸다. 난생처음 쇳물과 마주하는 그 순간은 평생 잊지 못할 신선한 충격이었다. 모든 이의 가슴을 뭉클하게 한 광경이었다. 그동안의 노고를 치하하며 사장과 임직원이 서로 부둥켜안았다. 그 장면이 포철 역사 속에 몇 장의 사진과 기록으로 남아 있었다. 『포항제철 20년 땀과 슬기와 정성』이라는 책 속에는 "드디어 해냈다. 1970년 4월 1일 제1기 설비가 종합 준공된 이후 1973년 6월 8일 마침내 고로가 화입(火入)되어 21시간 만인 6월 9일 오전 7시 30분 역사적인 첫 출선을 성공리에 해낸 것이다."라는 글과 함께 너나 할 것 없이 만세를 부르며 감격스러워 하는 표정의 포철인들의 자랑스러운 모습과 우리나라 중화학공업의 새 전기를 마련한 역사적인 종합준공식이 거행(1973년 7월 3일)되고 있는 장면이 게재

되어 있었다. 그 사진들 속에서 그때 그 함성이 들리는 듯했다.

『세계 최고의 철강인 박태준』의 책 가운데 '우향우의 기적'이라는 소제목의 글에는 그때 그 감격을 이렇게 표현하고 있다.

"펑!"

굉음이 터졌다. 출선구를 뚫고 나온 오렌지색 섬광이 사람 키보다 높이 치솟았다. 박태준은 자신도 모르게 주먹을 불끈 쥐었다. 천천히 불꽃이 스러졌다. 고로 안에 침묵이 가득 찼다. 그때였다. 숨을 죽이고 내려다보는 사람들의 발밑으로 꾸물꾸물 기어 나오는 물체가 있었다. 용암 같은 황금색 액체였다. 아침마다 본 영일만의 일출, 맑은 아침 수평선에 올라앉는 찰나의 태양이 내는 빛깔이었다. 쇳물이었다.

"나왔다! 나왔다!"

순식간에 고로 내부는 환호의 도가니로 바뀌었다. 포철의 Z형 상징 마크 같은 도랑을 따라 흘러가는 황금색 쇳물. 그 역사적 현장을 지켜보는 사내들의 눈에서 왈칵왈칵 눈물이 흘러내렸다.

"만세! 만세!"

사람들의 두 팔이 머리 위로 힘차게 올라갔다. 박태준은 자신도 모르게 두 팔을 올렸다. 힘차가 "만세!"도 외쳤다.[2]

그 감격의 현장을 내 눈으로 훤히 보고 있는 것처럼 묘사한 내용

---

2)   출처: 『세계 최고의 철강인 박태준』, 이대환 지음, 현암사 펴냄.

이 실려 있었다. 또 감동적이며 애틋한 사장의 마음을 담은 속내가 마지막을 장식했다. "영일만 제1고로의 폭포 같은 첫 출선은 한국 경제사의 새 지평을 힘차게 열었다. 드디어 그날 저녁, 박태준은 술맛을 보았다. 1968년 11월 박정희의 쓸쓸한 독백을 듣고 결의를 다지며 금주했다가, 처음으로 다시 잡은 술잔, 그 속에 남모르는 눈물을 담았다."라는 가슴 찡한 감동의 드라마를 본 것 같은 기록과 사진을 접하고 나서 한없이 숙연해졌다.

돌아보면, 철강 불모지에 일관 제철소를 건설하겠다는 일념으로 첫 삽을 뜬 사업은 1971년 4월 1일에 착공되었다. 1973년 8월 1일 준공을 목표로 힘차게 신호탄을 쏘아 올린 후 1, 2차에 걸친 공기 단축 계획을 완수했다. 당초 계획보다 무려 54일을 단축한 1973년 6월 8일 준공(고로 화입)하고 그다음 날 첫 출선을 했다. 그동안 34만여 명이 동원되어 불철주야 혼신의 힘을 쏟아 일궈낸 성과는 제철보국의 기틀을 마련하는 데 주춧돌이 되었다. 이 순간을 맞이하기까지 가슴 뭉클한 감동이 차고도 넘쳤다. 그 가운데 으뜸은, 우리 민족의 대명절인 설과 추석을 반납하고 합동 차례를 지내는 것으로 조상께 예를 갖추는 의식이었다. 마치 이북 실향민들의 아픔을 달래기 위한 합동 차례를 연상케 하는 정도의 격식에 따라 엄숙하게 진행되었다. 이렇듯 수많은 역경을 헤치고, 쉼 없이 달리며 땀 흘린 끝에 마주한 황금 빛깔의 쇳물을 보고 어찌 감격하지 않을 수 있으랴?

종합준공식에 앞서서 우리는 손님맞이 환경정리로 분주했다. 온몸에 먼지를 뒤집어썼고, 작업복은 페인트로 뒤범벅이 되었다. 덧칠한 페인트가 쌓이고 쌓여서 그 두께가 날로 두꺼워졌다. 새 공장이나 다름없을 정도로 환경정리에 온 정성을 쏟았다. 모든 일과를 환경정리로 시작해서 환경정리로 마무리할 만큼 분주했다.

종합준공식을 하는 날은 제복을 깔끔하게 차려입었다. 머리부터 발끝까지 새것으로 치장했다. 다만 안전모는 페인트로 도색한 후에 다시 썼다. 안전모를 한군데에 모아놓고 겉에만 스프레이건으로 페인트를 뿌렸다. 새것처럼 윤기가 나지 않으면 페인트를 벗겨내고 다시 뿌렸다. 안전모는 가장 먼저 눈에 띌뿐더러 위관(位冠)이나 다름없다고 해서 정성을 들였다. 페인트가 마른 후에 회사와 부서, 안전 로고를 붙이고 나면 신품이나 다름없었다. 마지막에는 두 사람이 마주 보고 상대방의 용모를 점검하는 것으로 준비를 마쳤다.

최대한의 예의를 갖추고 행사장 입구에 도열해서 대통령의 방문을 환영했다. 4·5·6공화국을 거치면서 준공식 때마다 대통령은 경축사를 낭독하고 격려했다. 그때마다 힘들다는 생각보다는 자긍심이 앞섰다. 포철이 우리나라 산업발전에 미치는 영향이 막대하기 때문에 대통령께서 직접 챙기는 국책사업 중 하나가 아닐까 싶었다.

이러한 포철 준공 역사를 최종적으로 아우르는, 4반세기 대역사 종합준공식은 그 어느 때보다 의미가 클 수밖에 없었다. 그것은 광양제철소 4기 준공을 끝으로, 양대 제철소 건설을 마무리한다는 걸 대내외적으로 선포하는 자리나 다름없었다.

먼저 대통령의 경축사가 있었다. "어려운 여건 속에서도 4반세기만에 연간 2천 100만 톤 생산체제의 세계 3위 철강회사로 성장한 포철의 위업은 길이 빛날 금자탑이 될 것."이라고 치하했다.

다음은 회장이 나설 차례였다. 마이크 앞에 선 회장은 감당하기 어려운 감회에 젖은 듯했다. 그러나 그분의 목소리는 여느 때와 다르지 않았다.

> "오랜 대역사 속에서 민족경제의 초석을 다진다는 일념으로 몸바쳐 일하다가 유명을 달리하신 동지들의 혼령이 오늘 이 자리를 지켜보고 계실 것을 생각하니 실로 만감이 교차합니다. 제철보국의 정신 아래 '민족기업, 인간존중, 세계지향'의 기업이념을 더욱 착실히 펼쳐나가는 한편, 21세기를 지향하는 새로운 기업상을 정립할 것입니다. 그리고 국민 여러분의 끊임없는 사랑을 바탕으로 어떤 어려움이라도 헤쳐나가면서 기필코 세기의 번영과 다음 세대의 행복을 창조하는 국민기업의 지평을 열어갈 것입니다."[3]

포철 창업 역사와 함께했던 대통령은 그 어디에서도 찾을 수 없었다. "나는 임자를 알아. 이건 아무나 할 수 있는 일이 아니야. 어떤 고통을 당해도 국가와 민족을 위해 자기 한 몸 희생할 수 있는 인물만이 이 일을 할 수 있어. 아무 소리 말고 맡아."라고 말씀하셨던 대통령은 그 자리에 없었다. 아마 회장의 눈길은 그분을 찾아 헤매고 있었는지도 모를 일이었다. 그분의 내면에는 애환으로 가득 찬 듯했다. 착잡한 심경을 드러내지 못한 채 심적 고통에 짓눌

---

3) 출처: 『세계 최고의 철강인 박태준』, 이대환 지음, 현암사 펴냄.

린 표정이었다. 억장이 무너져 내리는 아픔을 달래며 속울음을 삼키느라 애깨나 태웠을 것은 분명해 보였다.

　나도 모르게 흐르는 눈물로 회장의 모습이 흐릿했다. 그 무렵 국내 정치적 상황이 요동치면서 회장이 자리에서 물러난다는 소문에 시끌시끌했다. 직원 가족이 나서서 온몸으로 막아서려 했지만 헛수고였다. 그분의 마음을 되돌릴 수 있는 그 어떤 장치도 우리에게는 없었다. 그날따라 우리 앞에 놓인 암담한 현실에 온몸에서 기운이 빠져나간 듯했다. 마음이 한없이 착잡하고 무기력해졌다. 내가 포철에 몸담고 15년 남짓한 세월을 동고동락하면서 일구어낸 포철 신화의 주인공이 아니던가. 그런 분이 홀연히 우리 곁을 떠난다고 생각한 그 순간부터 망연자실 충격에 휩싸였다. 우리만 덩그러니 남겨진 듯한 공허함에 허기가 졌다. 머리가 지끈거렸다. 사공 잃은 배처럼 거센 풍랑 속에서 좌초 위기에 처한 형국이었다. 온갖 회유와 시기, 모함과 권력 앞에 굴하지 않고 온몸으로 버텨온 큰 산이 무너져 내리는 아픔을 고스란히 떠안았다. 포철이 처한 현실 앞에 가슴이 새까맣게 타들어 갔다. 국가 기간산업인 포철이 정치적인 이유로 흔들리는 모습을 볼 때마다 힘이 빠지고 화가 치밀었다. 종합준공식은 그런 날이었다.

　그럼에도 불구하고 나한테는 꽤 의미 있는 날이었다. 4반세기 대역사 종합준공의 공로를 인정받은 나는 회장 표창과 포상으로 기념 메달을 받았다. 만감이 교차한 날이었다. 그 수상을 기념하여 포상으로 받은 메달을 목에 걸고 가족사진을 찍었다. 회장으로부터 받은 처음이자 마지막이 될지 모를 표창이었다. 그 뜻깊은 자리에서 내 생애에 포철인으로서의 가장 영광스러운 업적 하나를 남겼다. 가문의 영광이었다.

종합준공식을 마친 회장은 그다음 날 서울 국립현충원에 영면한 대통령 묘역 앞에 섰다. 유족이 함께한 자리였다. 가슴에 품고 있던 종합 준공 임무 완수 보고서를 꺼내 담담하게 읽어 내려갔다. 그 모습은 TV 뉴스로 접했고, 한 장의 사진과 글이 포철 역사 속에 남아 있었다.

> "각하! 불초 박태준, 각하의 명령을 받은 지 25년 만에 포항제철 건설의 대역사를 성공적으로 완수하고 삼가 각하의 영전에 보고를 드립니다. (중략) '나는 임자를 알아. 이건 아무나 할 수 있는 일이 아니야. 어떤 고통을 당해도 국가와 민족을 위해 자기 한 몸 희생할 수 있는 인물만이 이 일을 할 수 있어. 아무 소리 말고 맡아.'
>
> 1967년 어느 날, 영국 출장 도중 각하의 부르심을 받고 달려간 제게 특명을 내리시던 그 카랑카랑한 음성이 지금도 귓전에 생생합니다. (중략)
>
> 각하! 일찍이 각하께서 분부하셨고, 또 다짐 드린 대로 저는 이제 대임을 성공적으로 마쳤습니다. 그러나 이 나라가 진정한 경제의 선진화를 이룩하기에는 아직 해야 할 일들이 산적해 있습니다. 혼령이라도 계신다면, 불초 박태준이 결코 나태하거나 흔들리지 않고 25년 전의 그 마음으로 돌아가 잘사는 나라 건설을 위해 매진할 수 있도록 붙들어주시옵소서.

불민의 탓으로, 각하 계신 곳을 자주 찾지 못한 허물을 용서
해주시기를 엎드려 바라오며, 삼가 각하의 명복을 빕니다. 부디
안면하소서!"[4]

4반세기 대역사 종합준공식장에서 대통령을 향해 임무 완수 보
고를 드리지 못한 애절함이 북받치는 듯했다. 대통령을 향한 사무
치는 그리움을 애써 억누르려는 모습이 얼핏 스쳤다. 대통령 영전
에 바치는 종합준공 임무 완수 보고를 하는 것으로 무거운 멍에를
내려놓은 듯했다. 보고서는 둥근 두루마리로, 읽어내려 감에 따라
꼬리를 길게 늘어뜨리며 바람에 나부꼈다. 그 구구절절한 사연이
가슴을 쥐어짜는 것처럼 아련한 고통을 불러왔다.

√ 5분 대기조나 다름없는 고달픈 삶의 연속

열연공장의 설비관리 업무는 결코 쉬운 일이 아니었다. 어느 공
장이나 그 공장을 정비하고 관리하는 데는 기계, 전기, 계장 부문
의 설비관리 파트와 운전부서가 함께했다. 그 가운데서도 나는 기
계 부문의 설비관리 업무를 맡고 있었다. 입사해서 쭉 그 일만 해
왔는데도 어렵고 힘들기는 그 정도를 분간할 수 없었다. 열연공장
의 설비는 대부분 일본에서 들여온 것으로, 그들의 설계 사상을
이해하고 관리하기 위한 지식은 걸음마 수준이었다. 기계의 특성

---

4)　출처: 『세계 최고의 철강인 박태준』, 이대환 지음, 현암사 펴냄.

이나 관리 포인트를 몰라서 당하는 일이 비일비재했다. 특히 돌발 고장에 대한 대처가 미숙했다. 돌발고장은 예기치 못한 것으로 당황하기는 늘 마찬가지였다. 수만 종류의 부품 하나하나가 서로 조합을 이루어 가동되는 단위 설비로, 그 부품 가운데 하나만 어긋나도 공장이 멈춰 섰다. 즉, 그 부품 하나하나의 속성을 훤히 알고 있어야 발 빠른 대응이 가능했다. 그것을 속속들이 알지 못하고 예측하지 못하면 속수무책으로 당했다. 당하고 나면 해머로 뒤통수를 얻어맞은 것 같이 한동안 정신이 멍했다. 그 후유증은 오랫동안 우리를 괴롭혔다. 반복적으로 드러나는 고장은 자존심에 치명타를 가했다. 회전체의 베어링 파손이 그랬다. 배관이 파열되는 것도 마찬가지였다. 그 외에도 회전축이 부러지고, 기어 커플링이 헛돌고, 자동 밸브가 꿈쩍하지 않을 때는 식은땀이 흐르고, 머릿속이 하얘졌다. 무심코 흐르는 시간 속에 가슴은 새까맣게 타들어 갔다. 얼굴이 화끈거려 몸 둘 바를 몰랐다. 이러한 긴장의 나날은 직장이나 가정생활에 좋지 않은 영향을 미치고 있었다. 집으로 걸려온 전화벨 소리에 일순간 온몸이 굳었다. 회사에서 걸려오는 전화벨 소리는 직감적으로 알 수 있었다. 한때 '삐삐'라고 하는 무선호출기를 허리에 차고 다니던 시절이 있었다. 온몸으로 보채는 삐삐로, 하루에도 몇 번씩 머리털이 쭈뼛쭈뼛 치솟는 듯했다. 언제 어디서나 늘 신경이 쓰이던 그것은 가히 공포의 대상이었다. 더군다나 일과 이후인 야간이나 국공휴일에는 더욱 난처했다. 모든 상황이 전쟁을 치르는 듯이 허겁지겁했다.

나에게는 웃지 못할 일화 하나가 생생하게 따라다니고 있다. 내가 집에 없는 어느 날, 아들이 전화를 받았다. 상대방은 누군지 확인도 하지 않고 돌발고장 상황을 장황하게 늘어놓았다. 상대방의 말을 끊을 만한 틈도 없이 일방적으로 열변을 토했다. 그 사람도 나름대로 현 상황을 상세하게 전달하고 싶은 마음이 앞선 듯 조급했다. 그렇게 한참을 지껄이다가 당사자가 아니라는 걸 알아차리고는 허탈해하더라는 아들의 얘기를 듣고 "아이고, 내 팔자야!" 하고 장탄식을 했다. 또 하나의 일화도 기억이 뚜렷하다. 제품 두께의 자동 제어장치 중에는 서보 밸브(Servo Valve)라고 하는 정밀제어용 밸브가 있었다. 그 밸브에서 수시로 고장이 일어났는데, 돌발고장 또한 많은 부분을 차지하고 있었다. 내가 집을 비운 사이 전화가 와서 아내가 받으면, '서보 밸브의 고장'이라고 전해달라며 전화를 끊었다. 내가 집에 들어서자마자 "여보, 서보 밸브가 고장 났다고 회사에서 연락이 왔어요."라고 전했다. 아내까지도 공장 상황과 전문 용어를 알고 있다고 해서 수당을 줘야 하는 것 아니냐며 농담을 하곤 했다.

이렇듯 예기치 못한 돌발고장이 나면 우선 관련자를 비상 동원했다. 집집마다 전화벨 소리가 요란했다. 현장에 도착하면 고장복구를 위한 자재를 준비하고, 거기에 필요한 공기구를 챙겼다. 관련자끼리 협의해서 고장복구대책을 세웠다. 보고계통에 따라 연락을 취하는 한편 안전하게 작업할 수 있도록 만반의 준비를 했다. 최단시간에 복구하는 것이 그나마 우리가 할 수 있는 일이었다. 그 가운데 가장 두려운 것은 다음 날 부서장한테 보고할 고장보고서를 쓰는 일이었다. 고장 원인을 명확하게 밝히고 재발 방지를 위한 대책을 세웠다. 그러한 내용을 쉽게 납득할 수 있는 보고서를 쓰기 위해 온 신경을 곤두세웠다. 더군다나 반복적으로 일어난 고장은 보고할 내용이 마땅치 않기에 더욱 쩔쩔맸다. 이실직고하고 "죄송합니다. 앞으로 잘하겠습니다."라는 말 밖에 달리 할 말이 없었다. 돌발고장을 복구하는 것보다 보고하는 일에 곤욕을 치렀다. 밤새 쓴 고장보고서를 옆구리에 끼고, 이른 아침에 부서장실 앞에서 기다렸다. 공교롭게도 그곳을 지나가는 사람들마다 한 마디씩 건넸다. "또 한 건 했어요?"라며 비꼬기도 하고 "밤을 샌 건가요? 수고했네요."라며 위로하기도 했다. 그들을 만나는 것조차도 쑥스럽고 창피했다.

부서장이 출근하면 꾸뻑하고 머리부터 숙였다. 그리고 눈치를 살폈다. 그날의 컨디션에 따라서 상황이 달라지기 때문이었다. 모든 것이 관리 부재에서 오는 결과인데 무슨 말로 보고를 하겠는가? 늘 가시방석에 앉아 있는 꼴이었다. 하루 이틀에 끝날 일이 아니라는 데 더 기가 죽었다.

이러한 돌발고장을 사전에 방지하기 위한 활동이 우리의 주목적인데, 그 활동 가운데는 점검이 최우선이었다. 점검 활동은 운전 또는 휴지 중에 하는 것으로 업무 중에서도 제일 중요시했다. 운전 중에는 소음이나 진동으로 그리고 눈으로 볼 수 있는 동작상태 등을 점검했다. 그리고 휴지 때는 기기의 마모 정도를 측정하거나 기계장치의 상태를 가까이에서 확인했다. 만져보고, 두드려보고, 열화 정도를 매의 눈으로 살폈다.

그 점검 활동의 결과를 바탕으로 정기수리나 주기적인 롤(Roll)

교체 일정을 십분 활용하여 돌발고장 예방 차원의 정비와 조정을 했다. 이를 위해 계획된 시간 동안 공장 가동을 멈춘 채 기기 성능을 원상 복구하거나 개선했다. 압연기 롤의 주기적인 교체 일정을 포함해 주 1회는 생산을 중단했다. 그리고 1년 중 한 차례는 대수리를 했다. 1주일 정도의 일정으로 정기수리(16시간) 때 할 수 없을 만큼 긴 시간이 소요되는 설비나 장치에 대한 정비를 했다. 사전에 연간 계획을 세우고, 그 계획에 따라 준비하고 실행했다. 정비인력 규모와 사용할 자재를 확인하고, 안전사항을 검토했다. 그날 투입된 정비인력에 따라 차이는 있으나 공장 안은 4백~5백 명가량의 사람들로 북새통을 이루었다. 타워 크레인(Tower Crane) 등의 장비나 정비용 자재 또한 발 디딜 틈이 없을 만큼 즐비했다. 작업자들은 해당 정비작업에 따라 주어진 목표 시간을 지키기 위해 일사불란하게 움직였다. 서두르거나 불안전한 행동 또한 서슴지 않았다. 정비시간이 곧 생산량과 직결되기 때문이었다. 그만큼 작업자의 희생이 따를 수밖에 없는 상황이었다. 그 가운데서도 철야 작업은 우리를 더욱 지치게 했다. 고스란히 밤을 지새워야 하는 고된 일이었다. 하룻밤도 부족해서 3~4일을 계속하는 경우도 있었다. 특히 대수리보다 기간이 짧은 중수리(3~4일)가 그랬다. 그리고 슬래브(slab, 압연 소재)를 재가열하는 가열로 설비는 노동 강도가 더욱더 심했다. 15일간의 일정이지만, 가열로에 지피던 불을 끄고 그 열기를 식히는 것이 급선무였다. 사람이 가열로 안으로 들어가서 작업할 수 있을 때까지 대기했다. 그리고 정비가 끝나면 가열로에 불을 붙이고 재가열하는 시간이 필요했다. 그 준비 시간을 합치면 공장을 세워놓고 대기하는 기간이 무려 5~6일이었다. 그 기간을 단축하기 위해서 온갖 방법을 동원했다. 가열로를 빨리 식히기 위해 대형 환풍기를 가동하고, 드라이아이스를 산더미처럼 밀어 넣었다. 또 정비작업이 끝나면 재가열 시간을 단축하기 위해 서둘러 온도를 올렸다. 대기하는 일정만큼 실제 정비할 수 있는 시간은 40%가량이 줄어들었다. 나머지 몫은 작업자의 노력 여하에 따라 희비가 갈렸다. 그러나 그 일보다 더 견디기 힘겨운 건 뜨거운 열기와 맞서는 것이었다. 그 내부의 분위기 온도는 건식 사우나를 방불케할 만큼 열기가 활활 타올랐다. 당연히 그곳에서 일하는 사람들은 온몸이 땀으로 흠뻑 젖었다. 한 시간 정도를 채 버티지 못하고 쉴 새 없이 들락거렸다. 땀이 젖고 마르기를 되풀이하면서 작업복 등에는 하얀 소금 무늬가 물결처럼 겹겹이 쌓였다. 곳곳에서 한 폭의 서양화를 감상하는 듯했다. 밤을 새워 가며 일하는 작업자는 12시간씩 교대로 했다. 그러나 관리자는 밤낮없이 혼자 감당해야 하는 어려움이 따랐다. 누군가 대신해 줄 수 없는 일의 특성을 모르는 바가 아니라는 데 더욱 지쳤다. 전체 공정을 관리해야 하는 업무의 연속성 때문에 오롯이 혼자서 무거운 짐을 짊어져야만 했다.

내 몸뚱어리를 몽땅 바쳐도 도달할 수 없는 먼 나라 이야기처럼 난감한 날들이 끊이질 않았다. 24시간 내내 쉴 틈 없이 가동하고 있는 설비를 관리한다는 것은 말처럼 그렇게 쉽지 않았다. 내 한계가 어디까지인가를 시험하는 것 같았다.

그때는 그랬다. 철강 제품이 없어서 못 팔던 시절이었다. 수요가가 줄을 서서 대기하고 있었다. 판매부서는 가만히 앉아서 배짱 좋게 영업을 했다. 날아가는 새도 떨어뜨릴 만큼 그 권위가 막강하다고 들었다. 주문한 제품은 한 달 이상을 기다려야 하는 때도 있었다. 품질이 좋고 나쁨을 따지지 않았다. 그만큼 철강 제품이 날개 돋친 듯 팔릴 정도로 우리나라 경제가 호황을 누리던 시절이었다.

그때와 맞물려 제품 생산에 단 1초가 아쉬운 날들이 계속되었다. 모든 게 생산과정에서 일어난 일들이라 기꺼이 나설 수밖에 없는 현실이었다. 내가 아니면 누군가는 해야 할 일이었다. 무슨 이유에선지는 알 수 없으나, 그 일을 숙명처럼 받아들였다. 아마 책임감과 사명감이 나를 견디게 하는 그 무엇이라고 위로했다. 아내의 내조가 분에 넘쳤고, 아이들이 건강하고 착하게 자라는 기쁨이 있었기에 가능한 일이라고 짐작했다.

5분 대기조 같은 고달픈 삶의 연속이었지만, 살아남기 위한 강인한 의지와 확고한 목적이 있었기에 이겨낼 수 있었다.

√ 자원은 유한 창의는 무한

포철 신화는 "자원은 유한 창의는 무한"이라는 슬로건으로부터 시작되었다고 해도 무리가 없을 것이다. 곧 자주관리라고 하는 제도가 이를 뒷받침하는 하나의 도구 역할을 했다. 자주관리를 통해 일하는 보람을 찾고, 자아실현을 추구하는 창의적인 인간상을 꿈꾸었다. 이러한 이념이 포철 성공 신화의 초석이 되지 않았을까 싶었다. 그 밑바탕에는 사장의 강인한 신념이 깔려 있었다. 사장은 신입사원 도입 교육에서 자주관리에 대한 이념을 직접 설파할 정도로 중요시했다. 사장은 이해하기 쉽도록 칠판에 직접 쓰고 도형을 그려가며 열정을 불어넣었다. 그 모습이 포스코 역사 속에 한 장의 사진으로 남아 있다. 신입사원을 향한 강렬한 눈빛이 그 속에서 되살아나는 듯했다.

> "본인은 자주관리에 대해서 신앙적 확신을 갖고 있습니다. 규제와 타율에 의해서만 움직이는 인간상을, 일을 통하여 자아성장과 자아실현을 추구해나가는 탐구적 인간상으로 승화시키자는 것이 바로 본인의 자주관리에 대한 이념입니다. 여러분, 우리 모두 자주관리의 성공을 통해 주체적 인간으로서의 자각을 기르고, 일하는 보람을 찾으며, 인간의 능력을 발휘하여 무한한 가능성에 도전하는 기쁨을 함께 성취해나갑시다."[5]

방대한 규모의 장치산업을 누군가의 지시에 따라 움직인다고 생각하면 끔찍한 일이었을 것이다. 아울러 직원 한 사람, 한 사람이 책임감을 갖고 자율적으로 행동하지 않으면 성공할 수 없다는 절박함도 담겨 있었을 것이다. 한마디로 말하자면 시키는 일만 하지 말고 스스로 일을 찾아서 행동하는 창의적인 인간상을 추구했다.

그때부터 소그룹으로 자주관리와 제안 활동이 서서히 불붙기 시작했다. 자주관리 활동의 경우 소그룹은 5~7명을 한 분임조로 편성했다. 대부분 한 분야에서 같은 일을 하는 직원들끼리 묶었다.

---

5) 출처: 『세계 최고의 철강인 박태준』, 이대환 지음, 현암사 펴냄.

설비의 문제점을 서로 공감하고 가장 효과적인 해결책을 찾을 수 있기 때문이었다. 내가 입사한 시기에도 자주관리와 제안 발표대회가 부서별로 분기에 한 차례씩 열렸다. 발표자와 심사위원이 따로 자리하고, 이를 참관하는 직원이 다수였다. 전지 차트에 해당 설비의 현상과 문제점, 그리고 개선 대책을 글로 쓰고 발표했다. 이해하기 쉽게 그림을 그리거나 도면을 덧붙여서 설명하기도 했다. 발표 마지막에는 산출한 효과 금액을 바탕으로 그 가치를 증명했다. 발표자의 설명을 듣고 나면 질문하고 평가했다. 그 평가 결과에 따라 상장과 포상금을 받았다. 그중에서 제일 뛰어난 개선 활동은 전사 자주관리 발표대회에 출전하는 자격을 부여했다. 그 시점부터 본선 무대를 향한 본격적인 준비에 돌입했다. 언변이 좋은 발표자를 선정하는 것에서부터 발표 자료를 만들고 리허설하는 과정을 그 발표대회 전까지 1개월 남짓 계속했다. 그 발표대회는 규모는 물론이고 그 열기가 어마어마했다. 지시 일변도의 업무 형태에서 벗어나, 직원들의 자발적이고 창의적인 활동 결과를 마음껏 발산하는 축제나 다름없었다. 내로라하는 분임조가 자기들이 노력한 결과를 인정받기 위해 치열한 경쟁의 장을 펼쳤다. 그 자리에는 회사 임원들이 참석하여 평가하고 격려했다. 그만큼 임직원의 관심이 높았으며, 그 성과 또한 괄목할 만큼 두드러졌다. 발표 결과 대상을 거머쥔 분임조 한 팀은 상장과 두둑한 포상금을 받았다. 더욱더 놀라운 사실은 1호봉 특진이라는 특혜까지 누렸다는 점이다. 또한 회사가 매월 발행하는 『쇳물지』에 대서특필되어, 시너지효과를 톡톡히 누렸다. 이러한 고무적인 분위기는 포철만의 상징적인 자주관리 활동으로 자리 잡았다.

　나는 몇 차례 부서 자주관리 발표대회에 참가했지만, 번번이 밀려났다. 사실 자발적인 활동이라기보다는 누구나 의무적으로 해야 하는 일로 등한시했다. 따라서 제도의 형식적인 틀에 얽매어 그 범주를 벗어나지 못했다. 때가 되면 귀찮을 정도로 끌려다니다시피 했다. 자주관리 활동의 중요성을 깨닫지 못했기 때문에 남의 집 불구경하듯, 한낮 보잘것없는 들러리에 불과했다.

　내가 본격적으로 자주관리와 제안 활동에 관심을 갖게 된 것은 광양제철소 전입 이후였다. 공장을 건설하고 시운전을 마친 후인 상업 생산 시점부터였다. 설비관리 업무도 그 시기를 같이했기 때문이었다. 내가 맡고 있는 설비의 문제가 무엇인지를 알고 있기에 이를 개선하는 것은 당연한 책무였다. 우선적으로 해결해야 할 과제 중의 하나였다. 설비에 문제가 발생하면 이를 해결하기 위해 서로 협의하고 개선 대책을 세웠다. 일련의 이러한 활동들을 제도에 맞게 분류해서 자주관리나 제안 활동으로 연계했다. 개선 대책안이 중대하다고 판단되면 자주관리 활동을 펼쳤다. 같은 분야에 종사하는 직원 다수의 참여와 3~6개월 정도의 활동기간을 수립해서 추진했다. 그리고 간단한 아이디어로 한두 번에 걸쳐 개선이 가능하면 제안 활동으로 해결했다. 이러한 자주적인 활동을 통해서 드러난 문제점에 대한 대책을 마련하고 개선했다. 그리고 그 성과가 인정되면 포상을 받고 신뢰를 쌓았다. 일하는 보람과 즐거움이 있었다. 포철에서 자아실현의 꿈을 하나씩 이루어 갔다. 이를 두고 일석삼조라고 했던가. 누이 좋고 매부 좋다고 했던가. 모든 것이

덤인 셈이었다.

　무엇보다도 함께 일하면서 소중한 가치를 발견할 수 있었다. 그 것은 소그룹 조직이 활동적으로 변화하고, 개선할 수 있는 일에 열 정을 쏟는다는 점이었다. 직원들이 스스로 계획하고 자발적으로 움직이는 모습이 믿음직스러웠다. 그동안에는 우수제안 3등급이라 고 하면 남의 일이거니 했는데, 언젠가부터 현실로 드러나기 시작 했다. 그것이 기폭제가 되어 너도, 나도 자신감을 갖게 되었고, 의 욕으로 불탔다. 우수제안 3등급은 포상금이 무려 70만 원이었다. 그 가치를 증명하고 인정을 받아야지만 가능한 것으로, 누구나 할 수 있는 일 또한 아니었다. 그런데 내가 속한 소그룹에서는 우수제 안 3등급이라는 실체가 우리 주위에 있다는 걸 알고 눈에 불을 켰 다. 그 덕분에 우수제안 3등급이 2건이나 채택되는 쾌거를 이루었 다. 그 외에도 우수제안은 무더기로 쏟아졌다. 우수제안이라고 하 면 5등급부터 1등급까지인데 4, 5등급은 수시로 채택되었다. 우수 제안이 무엇인가를 알고 나서부터 생긴 일이었다. 우리 힘으로 설 비를 개선하여 회사 경쟁력을 높이고, 그 노력의 대가로 포상금까 지 챙길 수 있는 일을 어찌 마다하겠는가? 뜻이 있는 곳에 길이 있 다고 하지 않았던가. 이는 우리 소그룹을 두고 하는 말이 아닌가 싶었다. 나는 이것을 핑계 삼아 직원들을 느슨하게 풀어놓지 않았 다. 설비에 문제가 있으면 "지금 당장 개선할 수 있도록 서두르세 요."라며 닦달했다. 아이디어만 있으면 가능했다. 개선에 따른 비 용은 별도의 예산에 반영했기 때문에 연간 예산에는 하등 문제가 되지 않았다. 제안서 쓰기가 어려우면 내가 나서서 조언하거나 첨

삭지도를 했다. 우수제안감인지를 판단하고 확신이 서면 어떻게 잘 표현해서 평가자를 설득할 수 있을까를 고민했다. 개선내용에 따라 잘 정리한 제안서는 거의 우수제안으로 채택되었다. 어김없이 매월 말에는 부서 단위로 제안 활동비가 지급되었다. 그때마다 특별 상여금을 받은 것인 양 술렁거렸다. 그 활동비의 일부는 '결손 가정 돕기'에 기부하기도 하고 단체 회식도 했다. 아내나 자녀들에게 선물하기도 했다. 그 쏠쏠이가 쏠쏠했다.

그 반면에, 자주관리 활동의 기본 취지에 어긋나는 사례들이 나타나기도 했다. 자주적인 개선 활동이 아닌 강제성을 띠면서부터였다. 인당 월 몇 건을 제출하도록 강제하고, 그 실적을 개인별, 부서별로 관리했다. 그 역효과가 독버섯처럼 번져나갔다. 부서 간의 과열 경쟁이 불러온 반목과 불신으로 가슴에 멍이 들었다. 직원의 자발적인 참여에 찬물을 끼얹었다. 그 부작용이 곳곳에서 드러나며 불신이 싹트는 단초가 되었다. 반복 제안, 유사 제안, 단순 제안 등이 속출했다. 제안 검색 시스템을 도입했지만 무용지물이었다. 이런 농담도 오갔다. "천정 크레인이 하루는 땅으로 내려왔다, 하루는 다시 천정으로 올라간다."라고 비꼬는 말이었다. 그만큼 반복과 유사 제안에 골치를 앓을 정도로 자주관리 활동이 변질되었다. 직원의 자발적인 참여가 왜곡되고 실적 위주의 관리는 불신의 골이 깊어지는 결과를 낳았다.

이러한 자주관리 활동에 반하는 악영향은 나한테는 통하지 않았다. 내가 속한 소그룹의 자주관리 활동에 관한 한 투명하고 공정하게 관리했다.

그 결과 의미 있고 뜻깊은 일들이 줄을 이었다. 그 가운데 하나는, 매년 말이면 광양제철소 제안왕 3명을 선발하는데, 우리 소그룹에서 2명이나 뽑힌 일이었다. 또 하나는 광양제철소 연말 자주관리 발표대회에서 대상을 거머쥔 쾌거를 이룬 것이었다. 소속 부서에서 최초의 일이었다. 이러한 개선 활동을 발판삼아 일약 광양제철소 우수그룹으로 선정되었다. 사내 뉴스 채널인 TV 방송 인터뷰이로 조명을 받고, 매스컴을 탔다. 이처럼 꿈같은 일들로, 많은 직원으로부터 부러운 시선을 한 몸에 받았다. 이렇게 두드러진 성과는 부서의 이미지를 높이는 한편 부서장으로부터 인정받는 계기도 되었다. 괄목할 만한 성과가 그해 말 근무성적에 반영되었다. 부서 내 66개의 소그룹 단위 가운데에서 1등을 차지했다. 근무성적은 이전에도 매년 상위 수준을 맴돌았고, 전년도는 8위에 이름을 올렸다. 이 모든 성과가 한데 어우러져 이듬해에 총괄직으로 승진하는 기쁨을 누렸다. 우리 부서의 승진자는 단 한 사람뿐이었다. 이때가 바로, 내가 포스코에서 누린 최고의 전성기라고 가히 자부할 만했다.

나는 이런 평가를 받았다. 설비개선 실적이 좋고 사물을 보고 판단하는 안목이 넓다고 했다. 이를 근거로 광양제철소 자주관리, 제안 심사위원으로 발탁되었다. 그때부터 제철소 구석구석을 누비고 다니면서 더 폭넓은 제철 지식을 얻게 되었다. 비록 포스코의 설비는 외국 기술을 받아들였지만, 포철인이 관리하면서 우리의 체질에 맞게 하나씩 개선해 나갔다. 그 중심에는 자주관리 활동이 있었다. 이러한 피나는 노력이 있었기에 포철의 성공 신화를 쓸 수 있는 한 축이 되었다. "자원은 유한 창의는 무한"이라는 슬로건은 포철과 잘 어울리는 명언 명구라고 생각한다.

√ 아들이 준 소중한 선물, S대학교 입학

아들은 우리 가족 모두가 바라던 S대학교에 합격했다. 큰 꿈을 이루었다. 그 꿈을 이루기까지 절망과 희망이 뒤엉키다 서로 엇갈렸다. 아들은 포항에서 태어났지만, 내가 광양제철소로 전입해 온 이듬해에 제철 유치원에 들어갔다. 유치원을 시작으로 광양제철고등학교를 졸업하기까지 10여 년을 제철 주택단지에서 함께 생활했다. 아들은 심성이 착하고 부모 말씀 잘 듣는 건강한 아이로 자랐다. 유치원과 초등학교 3학년까지는 주변 아이들과 별반 다르지 않았지만, 4학년 때부터 두각을 나타내기 시작했다. 초등학교 교과 과정이 저학년과 구별할 수 있을 만큼 수준이 높아지면서 점점 우열이 드러났다. 아들은 그때부터 줄곧 반에서 1~2등을 오르내렸다. 학력고사를 치르거나 기말고사를 보고 나면 우수상을 받아왔다. 한 번도 놓친 적이 없었다. 모든 상은 으레 받아오는 것으로 알았다. 집에서는 공부를 열심히 하는 것 같지 않은데 성적은 늘 최고였다. 중학교 때도 마찬가지였다. 한 번 받은 우등상은 결코 놓치는 일 없이 독차지했다. 담임선생님으로부터 칭찬을 자주 들을 만큼 학업 성적이 우수했다. 또래 친구들도 인정했다. 고등학교 입학시험은 2백 점 만점에 1백 98점을 받았다. 만점자도 있었지만, 아들이 대단하다는 생각에 어깨가 으쓱했다. 고등학교에 들어가서도 상장은 모조리 쓸어왔다. 그때 받은 모든 상장은 편철을 만들어서 보관할 정도였다. 그 숫자가 늘어날 때마다 벌어진 입이 닫히지 않았다. 가까운 친구들 모두 다 실력이 뛰어난 애들이었다. 친구들한테서 받은 영향 또한 무시할 수 없는 것 중의 하나였을 것이다. 과외라고 해 봐야 일반 가정에서 그룹으로 하는 한두 과목이 전부였다. 지역 교육지원청에서 주관하는 영재학원에 다니긴 했어도 별 도움이 안 된다고 했다. 그렇다고 집에서 공부를 열심히 하는 편은 아니었다. 그러나 성적은 늘 최상위 그룹을 선점하고 있었다. 우수한 성적에 만족한 담임선생님도 은근히 서울 명문대를 기대하고 있었다. 친구들 사이에서도 그 실력을 인정했다. 누구, 누구는 서울 명문대를 갈 수 있을 거라는 소문이 나돌았다. 고등학교 선배들이 서울 명문대에 상당수 들어갔기 때문에 기대치가 더욱더 높았다.

수능시험을 치르기 전날 밤, 나는 잠을 이루지 못했다. 아들보다 내가 더 초조하고 긴장한 탓이었다. 수능시험 당일 이른 아침에 시험장소인 순천 모 고등학교에 아들을 데려다 주었다. 그 시간 이후로 나는 온종일 아무 일도 할 수 없었다. 자꾸만 신경이 쓰여서 손에 일이 잡히지 않았다. 시험이 끝나갈 무렵에 그 학교 근처에서 한참을 서성거렸다. 그때 마침 시험을 치르고 나온 아들을 본 순간 뭔가가 가슴을 찌르듯이 뜨끔했다. 고개를 푹 숙이고 걸어오는 모습에서 순간 불길한 예감이 스쳤다. 조심스레 눈치를 살폈더니 실망의 눈초리가 예사롭지 않았다. 집으로 돌아오는 내내 침묵했다. 집에 와서 가채점을 해 보더니, 언어영역에서 망쳤다고 했다.

문득 아침에 일어났던 사건에 생각이 멈췄다.

이른 아침, 승용차에 아들을 태우고 시험장으로 향하고 있었다. 한참을 운전해 가던 중에 자동차 속도를 나타내는 계기판 침이 밑으로 툭 떨어졌다. 80을 오르내리던 바늘이 0을 가리킨 채 반응하지 않았다. 순간 당황하기도 했지만, 왠지 기분이 꺼림직했다. 하지만 아들한테는 내색하지 않았다. 아들을 시험장에 데려다주고 돌아오는 길에 자동차 정비소에 들러 속도계를 교체했다. 그들도 고개를 갸웃거리며 의아해했다. 흔치 않은 일이 하필이면 수능시험을 치르는 날 아침에 일어났을까 하는 잡생각이 꼬리에 꼬리를 물었다. 목에 가시가 걸린 것처럼 내내 신경이 곤두섰다. 이 일이 자꾸만 마음에 걸리더니, 결국 수능시험 결과로 나타난 게 아닌가 싶었다. 아무 물정도 모르는 자동차 속도계만 원망했다.

아들한테 무어라 건넬 만한 말을 찾지 못한 채 애를 태웠다. 나혼자 끙끙 앓았다. 속에서 울컥울컥했다. 아들은 나보다 훨씬 더 속이 상할 텐데 무슨 말을 더 하랴 싶어서 말을 삼켰다. 코가 쑥 빠져 있는 아들을 위로할 만한 말을 찾지 못했다. 그저 침묵으로 일관했다. 다행히 시간이 좀 지나자 아들은 현실을 인정하고 쉽게 받아들였다. 의연하게 평상심으로 돌아가 앞으로 할 수 있는 길을 찾았다. 담임선생님도 일시적인 충격에서 벗어나 아들을 위로하고 차선책을 찾고 있었던 듯싶었다. 짐작건대 학교에서는 대학 합격률에 신경을 곤두세우고 있는 것이 분명했다. 당시 수능점수 382점을 마지노선으로, S대 공학과에 합격할 수 있는 최소한의 점수라고 예측했다. 이에 반해 아들은 374점으로 거기에 한참 못 미쳤다. 내신 성적을 믿고 혹시나 하고 지원했지만, 역시나 거기까지였다. 기대가 크면 실망 또한 크다고 하는 것이 나를 두고 하는 말인 듯했다. 아들이 대학을 갈 수 없다는 생각에 진한 한숨만 깊어갔다. 제 친구들은 좋은 소식이 속속 들려오는데 아들만 외톨이가 되어 가고 있었다. 나는 차마 위로의 말을 건네지 못하고 편지로 대신했다.

사랑하는 나에 아들 ○○이에게

짧다면 짧고 길다고 하면 긴 날을 불평 한마디 없이 오로지 자신과의 싸움을 인내와 슬기로 잘 극복해 준 너에 대한 믿음이 아버지에겐 크나큰 행복이었으며 삶에 대한 즐거움으로 나날이 아버지의 마음을 설레게 했단다. (중략) 아버지는 너의 총명하고 영특한 재능을 잘 알고 있기 때문에 어떠한 희생을 치르더라도 꼭 훌륭한 아들로 성장시키고 싶은 마음뿐이고 네가 하고 싶은 일은 부족함이 없이 최선을 다하고자 마음을 굳게 다졌으며 그렇게 약속을 지키기 위해서 남보다 더 큰 노력과 인내로 험난한 장애물을 하나하나 헤쳐나가면서도 좌절이라는 걸 아직 한 번도 느껴보지 못하고 인생을 살아왔다고 자부하고 싶구나. 그리고 너 또한 그동안 너무나도 잘해왔기 때문에 아버지는 아직 한 번도 좌절이나 실망, 그리고 용기와 꿈을 접었던 그런 일은 더더욱 없었어. 사랑하는 나에 아들 ○○아! 아버지보다는 네가 마음이 더 아프고 꿈이 무너져 내리는 것 같은 아픔이 더 크겠지만 아버지 마음 또한 네 마음 못지않게 허망하고 아쉬움이란 이루 말로 다 표현할 수 없는 아픔이 있구나. (중략) 사람이 살아가면서 여러 번의 좌절과 실패를 거듭하는 가운데 환희와 성공을 이룩한다고 하는 옛 성현들의 말을 귀담아듣고 다시 한번 재도전해 보기로 마음을 굳게 다짐하고 새 출발 선상에 서서 "나는 할 수 있다!"라고 한번 큰소리로 외쳐보렴. 조금은 마음이 후련해질 거야. (중략) 사람이 살아가는 세상인데 자기가 하고자 하는 일에 최선을 다한다면 못 이룰 일이 얼마나 있겠니. 사랑하는 내 아들, 힘내거라. 그리고 또 다른 목표를 향해 함께 뛰자. (중략) 아무튼, 그동안 오직 하나만의 목표를 향해 혼신의 노력을 아끼지 않은 너에게 고맙다는 말과 격려와 위로의 뜻을 보낸다. (중략) 사랑하는 우리 ○○의 앞날은 틀림없이 찬란한 빛과 같은 영광의 날이 너를 맞이할 준비를 하고 있을 테니까 그날을 위해 준비하자. ○○이, 파이팅!

– ○○이를 사랑하는 아버지가

1999년 11월 18일 밤에

사랑하는 나에 아들 ●●이에게.

짧다면 짧고 길다면 긴 날을 불평 한마디 없이 오로지 자신과의 싸움을 인내와 슬기로 잘 극복해준 너에 대한 믿음이 아버지에겐 크나큰 행복이었으며 삶에 대한 즐거움으로 나날이 아버지의 마음을 설레게 했단다.

그런데 결과는 한마디로 당혹감을 감출 수가 없었으며 이렇게 큰 좌절을 맛보게 할 줄은 상상 조차 해보지 않았으니 그저 두려움과 한숨만이 온통 나를 그렇게도 힘들게 하는구나.

그래도 아버지는 우리집의 가장이니까 결과에 순응하고 앞날을 어떻게 대처해 나갈 것인가를 더 깊이 생각을 해야겠지만 너무 너무 마음이 아프고 답답해서 어쩔도리가 없구나. 아버지가 지현이 한테만 모든 일을 맡기고 태만했거나 방관 했지는 않았는가 하는 후회와 좀더 냉철하게 세상을 꿰뚫어 보고 현명한 길을 안내해 주지 못한 자괴감이 한없이 부끄럽기도 하고 어리석게도 느껴짐은 부인 할 수 없는 진심이지만 이제 와서 하소연해 본들 이미 엎질러진 물이 되어버렸으니 안타깝고 애타는 마음 달랠길이 없구나.

아버지는 너의 총명하고 영특한 재능을 잘 알고 있기 때문에 어떠한 희생을 치러서라도 꼭 훌륭한 아들로 성장시키고 싶은 마음뿐이고 네가 하고 싶은 일은 부족함이 없이 최선을 다하고자 마음을 굳게 다쳤으며 그렇게 약속을 지키기 위해서 남보다 더 많은 노력과 인내로 험난한 장애물을 하나 하나 헤쳐나가면서도 좌절이라는걸 아직 한번도 느껴보지 못하고 인생을 살아왔다고 자부하고 싶구나. 그리고 너 또한 그동안 너무나도 잘해왔기 때문에 아버지는 아직 한번도 좌절이나, 실망, 그리고 용기와 꿈을 접었던 그런 일은 더더욱 없었어.

사랑하는 나에 아들 ●●아!

아버지 보다는 네가 마음이 더 아프고 꿈이 무너져 내리는 것같은 아픔이 더 크겠지만 아버지 마음 또한 네 마음 못지 않게 허망하고 아쉬움이란 이루 말로 다 표현할 수 없는 아픔이 있구나.

그렇다고 네가 노력을 안했다거나 공부를 소홀히 했다는 말은 아니고 왠지 모르게 억울하고, 아쉽고, 허망하고 허탈함이 이렇게 클줄은 미처 몰랐다는 것은 너에 대한 기대가 그 만큼 컷던 것은 아니었는지 모르겠구나.

사람이 살아 가면서 여러번의 좌절과 실패를 거듭하는 가운데 환희와 성공을 이룩한다고 하는 옛 성현들의 말을 귀담아 듣고 다시 한번 재도전해 보기로 마음을 굳게 다짐하고 새출발의 선상에 서서 "나는 할 수 있다" 라고 한번 큰 소리로 외쳐 보렴. 조금은 마음이 후련해 질거야.

이번 결과를 가지고 우리가 선택했던 대학이나 학과가 아니더라도 차선책으로 또 다른 희망 대학이나 학과를 찾아 응시해 보고 여의치 않으면 이번 기회를 재충전의 기회로 삼아 재도전을 위한 준비를 하기로 하면 어떨런지 모르겠구나. 사람이 살아가는 세상인데 자기가 하고자 하는 일에 최선을 다한다면 못 이룰 일이 얼마나 있겠니.

사랑하는 나에 아들 ●●아! 힘내거라.

그리고 또 다른 목표를 향해 함께 뛰자.

시험장 담벼락에 붙은 현수막에 새겨 놓은 "선배님 힘내세요"라는 글귀가 세상 생각나는구나.

아무튼 그 동안 오직 하나만의 목표를 향해 혼신의 노력을 아끼지 않은 너에게 고맙다는 말과 함께 격려와 위로의 뜻을 보낸다.

이제는 강인한 의지와 꼭 이루고야 말겠다는 신념이 무엇보다도 중요하고 내가 바라는 목표를 향해서 꾸준하게 매진하는 밝디 밝은 너에 아름다운 모습을 다시 한번 보고 싶구나.

부담감 같은 것일랑 다벗어 던져 버리고 진정한 실력을 쌓는 그리고 보다 폭넓은 지식을 습득해서 활용할 수 있는 그런 노력이 필요하기 때문에 공부를 위한 공부 가 아니고 양서를 많이 읽어 사고력을 높여가는 방법도 강구해야 할것 같구나.

과거에는 어느 한 지역에서 아니면 우리나라의 조그만 테두리안에서 잘하면 됐지만 이제는 세계를 하나의 지구촌으로 생각하기 때문에 보다 넓은 시야와 안목과 식견이 절대적으로 요구되는 시대에 살고 있다는 냉엄한 현실을 직시하여 대응하지 못하면 살아갈 수 없는 시대가 오고 있다는 사실을 알아야 된다.

겁먹지 말고 당당하게 도전하고 개척해 나가는 불굴의 의지를 길러 어떠한 난관 에도 굴하지 않고 극복해 내는 그런 노력도 함께 길러야 되는 거야.

한꺼번에 너무 많은 것을 바라는 것 같아서 미안하지만 이것이 바로 지현이가 슬기롭게 세상을 살아갈 수 있는 지혜야.

사랑하는 우리 지현이의 앞날은 틀림없이 찬란한 빛과 같은 영광의 날이 너를 맞을 준비를 하고 있을테니까 그날을 위해 준비하자. ●●이 화이팅!

●●이를 사랑하는 아버지가. '99.11.18일 밤에.

그때 문과를 선택한 여학생 한 명은 전남에서 수석을 차지할 만큼 수능 점수가 높았다. 그리고 S대 법학과에 당당히 합격했다. 그 외에도 같은 학교 치의학과 1명, 공학과 2명, 문리학과에 1명이 합격했다. 학교에서는 "경사 났네, 경사 났어!"라며 떠들썩했다. 동문회에서는 축하 현수막을 곳곳에 내걸었다. 이러한 현실 앞에 더욱 비참해졌다. 그냥 그대로 버틸 수가 없었다. 조금 낮춰서라도 대학을 보내는 것이 그나마 위로가 되지 않을까 싶었다. 심사숙고 끝에 현실에 맞는 대학에 지원했다. 그 결과, Y대 공학과에 3차로 합격했다. 그해 신입생 모집 마지막 차수였다. 그 합격을 위로 삼아 가족이 제주도로 여행을 떠났다. 폭설과 강풍이 한라산을 집어삼킬 듯 휘몰아쳤지만, 이에 굴하지 않고 기어이 정상에 올라 백록담을 바라보며 쌓인 눈 위에 발자국을 남겼다.

그런 가운데 아들의 고등학교 졸업식이 다가왔다. 내 마음은 썩 내키지 않았지만, 기꺼이 참석했다. 졸업성적이 차석이라며 제철소장상을 수상하게 되었다는 소식 때문이었다. 마음껏 축하해야 할 자리인데도 불구하고 내 마음은 한없이 울적했다. 전체 수석은 당연히 S대 법학과에 합격한 여학생으로 제철학원 이사장상을 받았다. 그 외에도 서울 명문대에 줄줄이 합격해서 축제 분위기였는데, 우리만 외톨이 신세가 된 것 같았다. 어떤 위로의 말도 귀에 들어오지 않았다. 나는 행사장 맨 뒤쪽에 우두커니 서 있었다. 나도 모르게 흐르는 눈물을 남몰래 훔치느라 정작 졸업식장은 눈에서 아른아른했다.

신학기가 돌아오자 덤덤한 마음으로 Y대 입학식에 참석했다. 입학식은 추운 봄날에 야외에서 학위 수여식까지 겸하고 있었다. 그 입학식이 다소나마 위로가 될 줄 알았는데 도통 마음이 흡족하지 않았다.

우여곡절 끝에 아들의 대학 생활이 시작되었다. 학과 반장까지 맡았다고 했다. 그러나 1학기가 시작되고 얼마 지나지 않아 휴학하고 싶다고 했다. 작업복을 입고 공부하는 것이 적성에 맞지 않는다면서 다시 한번 도전해 보겠다고 했다. 나는 망설이지 않고 바로 결단을 내렸다. 그동안 쌓아온 실력이 아깝고 아쉬워서 그냥 물러선다는 것을 쉽게 납득할 수가 없었다. 아들은 1학기를 마치자마자 휴학계를 냈다. 그리고 사설 학원에 등록하고 학원 근처에 하숙방을 얻었다. 반지하 방이었다. 책상 하나에 침대 하나가 전부였다. 나는 바쁘다는 핑계로, 아들한테 다 맡기고 그 과정만 전해 들었다.

늦여름에 아내랑 한 차례 아들을 위로 방문했다. 아들이 학원에서 공부를 마치고 돌아오는 길에 마주쳤다. 고개를 푹 숙인 채 걷는 모습에 지친 기색이 역력했다. 원래 마른 체격인데, 얼굴이 더 핼쑥해졌다. 성격이 밝고 말을 곧잘 하던 아들이 말수가 줄어들었다. 엄청난 압박감을 혼자서 감내하는 듯했다. 그 모습을 본 순간 철벽같은 줄만 알았던 내 마음이 한없이 무너져 내렸다. 하마터면 그 자리에 망연자실 주저앉을 뻔한 순간을 가까스로 버텼다. 가슴 아래쪽이 파르르 떨리며 위로 치밀었지만, 애써 태연한 척했다. 우리가 곁에 있다는 것만으로도 무언의 위로가 되지 않을까 싶어서 침묵으로 일관했다. 학원에서 매월 시험을 치르고 나서 평가한 성적은 상위 수준에서 들쑥날쑥했다. 그래도 우리가 선택한 결과에 흔들리지 않고 아들을 믿었다.

그해 11월에 치른 수능시험에서 대박을 터뜨렸다. 작년에 비해서 올해는 모든 것이 달랐다. 수능 시험장으로 가는 길도, 수능을 치르고 나오는 모습도 180도 달랐다.

수능시험 전날 저녁에 친구 세 명이 예고도 없이 우리 집을 불쑥 찾아왔다. 현관문 앞에 서서 흰 봉투 하나를 내밀었다. 얼떨결에 받아든 봉투를 물끄러미 바라보자 "수능 만점을 기원하네!" 하며 환하게 웃었다. 그 봉투 속에는 1만 원권 지폐 한 장이 들어 있었다. 초조했던 마음이 사라지고, 큰 위로가 되었다.

수능시험을 치르고 난 아들은 흥분하고 들떠 있었다. 나도 덩달아 감격한 나머지 어찌할 바를 몰랐다. 얼른 집으로 돌아가서 가채점 결과를 보고 싶었다. 집에 들어온 지 10분이 채 안 되었는데 떨리는 목소리로 "대박!"이라고 했다. 작년 같으면 전남 수석에 해당하는 점수였다. 396.2점. 만점이 부럽지 않았다. 네 식구가 서로를 부둥켜안고 껑충껑충 뛰었다. 방 안을 빙글빙글 돌면서 고래고래 소리를 질렀다. "대박! 대박!"이라고 목청껏 소리를 높였다. 남을 의식할 정황도 없이 환호성을 질렀다. 그동안에 쌓인 고통과 스트레스가 온데간데없이 사라졌다. 눈물, 콧물이 마구 쏟아져 주체할 수가 없었다.

S대 의과대학에 정시로 합격했다. 그해 수능시험 만점자는 무려 수십 명에 달했다. 아들 수능 성적은 전체 응시자 가운데 130위권을 형성하고 있었다. 그러나 내신 성적에서 1등급을 받았기 때문에 당당히 합격하는 기쁨을 누렸다. S대 의과대학에 입학한 것은

가문의 최대 영광이었다.

√ 봉사활동의 또 다른 즐거움을 만끽하다

봉사는 다른 누구보다도 나 자신이 먼저 뿌듯한 기쁨을 맛볼 수 있었다. 그 시작은 회사로부터였다. 봉사라는 미끼를 던졌고, 나는 그것을 덜컥 물었다.

광양제철소의 공장 부지가 확정되고 지반공사에 들어가면서부터 지역 주민과 갈등의 골이 깊어갔다. 연일 제철소 건설을 반대하는 주민들의 시위가 이어졌고, 업무방해와 폭력은 도를 넘었다. 주민들은 막무가내로 직원들의 출근길을 막고 인분을 뿌려댔다. 회사 인근에 거주하는 일부 직원들이긴 하지만, 이런 횡포는 업무에 차질을 빚을 수밖에 없었다. 그 길이 막히자 궁여지책으로 바다에 배를 띄웠다. 그 뱃길을 따라 여수에서 묘도를 거쳐 제품 부두 사이를 오가야 하는 불편을 겪기도 했다. 급기야 제철소 본부로 쳐들어와서 기물을 부수고 폭력을 휘둘렀다. 그 과정에서 직원이 무차별적으로 폭행을 당해 헬기로 후송되는 불상사도 있었다. 주민의 무절제한 비방과 폭력에 직원들도 수수방관하지 않고 맞섰다. 한 손에 쇠파이프를 든 채 방어선을 구축하고 겁박을 했다. 불법이 난무하는 현장에 무장 경찰병력이 동원되었으나 출입문에 방어벽만 쳤을 뿐, 그저 지켜보고 있었다. 답답하고 조급한 마음에 경찰들에게 화풀이하고 싶은 충동이 일었다.

갈등 해결의 실마리는 눈곱만큼도 보이지 않는 양상을 띠면서 앞뒤가 꽉 막혔다. 더 답답한 건 이러한 대치 상황이 언제까지 지속될지 예측할 수 없다는 것이었다. 물론 삶의 터전을 잃은 주민들의 처지를 이해하지 못하는 건 아니었다. 금호도는 태곳적부터 청정해역으로 해산물이 풍부하고, 김 양식으로 호황을 누리는 부촌으로 알려져 있었다. 우스갯소리로 하는 말이 "길가에 현금이 떨어져 있다고 한들 지나가는 개도 거들떠보지 않는다."라고 할 만큼 돈이 많은 곳이라고 했다. 그곳 주민들을 가리켜 "고춧가루 서 말을 먹고 뻘 속 30리를 긴다."라는 농담이 공공연하게 나돌 정도로 생활력 또한 강한 사람들이었다. 그러한 민심에 한껏 움츠러들었지만, 폭력 앞에서는 맞대응할 수밖에 없었다. 아무리 그렇다 하더라도 법 위에 폭력이 군림할 수는 없는 일 아닌가. 그러한 극한 대치 상황 속에서도 지역 주민대표와의 대화는 이어가고 있었다. 오랜 협상 끝에 서로 간의 갈등의 골을 메우고 깊은 상처를 싸맸다. 이를 계기로 회사 차원의 대대적인 지역 봉사활동이 시작되었다. 회사에서 정책적으로 지원하는 사업 외에도 직원들의 힘을 모아야 할 수 있는 일을 중심으로 했다. 먼저 부서 단위로 인근지역 마을과 자매결연을 했다. 그것은 지역 주민의 상대적 박탈감이나 소외감을 달래기 위한 일방적이며 불가피한 수단이었다.

봉사활동은 농번기 일손 돕기가 대표적인 사례였다. 모내기, 벼베기, 타작하기, 밤 줍기, 매실 따기, 대문 페인트칠하기, 마을 휴식 공간 만들기, 농기계 수리 등 농촌에 쌓인 일이라면 마다하지 않았다. 특히 섬진강에서 재첩을 채취하던 체험은 두고두고 자랑할 만한 소재거리였다. 옷을 입은 채로 물속에 뛰어들어 거랭이로 강바닥을 긁었다. 거랭이를 강바닥에서 들어 올리면 재첩과 재첩 크기만 한 자갈이 한꺼번에 따라왔다. 눈을 번뜩이며 자갈을 하나하나 골라내고 나면 통통하고 매끈매끈한 재첩이 모습을 드러냈다. 보기만 해도 입 안 가득 침이 고였다. 조갯살이 부드럽고, 속 시원한 국물이 먼저 입맛을 다시게 했다.

매월 셋째 주 토요일을 지역 봉사활동의 날로 정했다. 봉사활동을 나가기 전에 지원자를 모집하는 한편, 자매 마을 이장과 봉사활동 전반에 걸쳐서 사전 협의를 했다. 지원자가 적을 때는 강제로 동원하기도 했다. 회사에서는 개인별, 부서별로 봉사활동 실적을 관리했다. 그 실적에 따라 회사로부터 봉사활동 인증서를 받았다. 1백 시간, 3백 시간, 5백 시간, 1천 시간 등의 봉사활동 실적을 시간 단위로 구분하고 그 격을 달리했다. 그 무렵 나도 소속 부서의 지역 봉사활동 담당자로 임명받았다. 연간 봉사활동 계획을 수립하고 그 계획에 따라 꼼꼼하게 챙겼다. 봉사활동은 물론이고 마을 주민과 소통하는 시간을 자주 가졌다. '마을 이장'이라는 기분 좋은 별명을 들어가며 그에 걸맞은 활동을 했다. 먼저 마을 주민을 회사로 초대해서 소개하고 공장을 견학했다. 교통 편의를 위해 회사 버스를 지원하고 점심도 제공했다. 마을 청년들을 초청해서 축구 경기를 했다. 또 마을로 찾아가 초등학교 운동에서도 공을 찼다. 그렇게 회사와 마을을 오가며 1년에 한 차례씩 친선경기를 했다. 자매 마을에는 주로 비닐하우스에서 사시사철 농작물을 재배하는 부촌으로 귀농한 젊은이들이 꽤 많았다. 프로축구 경기가 있는 날은 축구 전용구장으로 초청해서 함께 응원하며 서로를 격려했다. 회사의 백운아트홀에서 영화 상영이 있는 날에는 함께 영화를 감상했다. 또 마을에 행사가 있을 때는 직원 대부분이 그곳을 방문했다. 때로는 직원 부부가 함께하는 일도 있었다. 낮에는 줄다리기, 제기차기, 닭싸움 등의 놀이로 온 마을이 떠들썩했다. 날이 어두워지면 술 한 잔에 서로 어깨동무하고 노래하며 덩실덩실 춤을 췄다. 무엇보다도 신뢰를 쌓는 일이 급선무였다. 주민들의 마음을 얻고 감동할 수 있도록 섬겨야 하는 일이 먼저였다. 그것은 마을 주민이 원하는 대로 협력하고 배려하는 마음이었다. 바로 술 취하는 일이 그 첫 번째 섬김(?)이었다. 내가 먼저 속내를 낱낱이 까발려야 어색한 관계를 털어낼 수 있다는 생각에 대책 없이 술을 마시곤 했다. '마을의 날 행사'가 그랬고, 정월 대보름의 '볏짚 태우기'도 마찬가지였다. 그런 날은 온 마을이 축제 분위기였다. 자매결연 첫 번째 사업으로 마을 회관에 TV와 노래방 기기를 선물했다. 마을 회관 증축공사가 끝나고 대형 냉장고를 들였다. 그곳에 들어간 공사비 일부도 지원했다. 그때 회자되던 말이 "우리가 남이가?"였다. 마을에 애경사도 챙겼다. 자연스럽게 신뢰하는 분위기가 무르익어 가며 서로를 알게 되었다. 마을 주민들과 사적으로도 친분을 쌓고 서로 오갔다. 스스럼없이 회사와 자매 마을이 하나의 공동체로 발전해 나갔다. 나는 이러한 공로를 인정받아 광양제철소 '지역 봉사상'을 수상했다. 상을 받는 모습이 사내 TV 방송을 타면서 내 이름이 뜨는 것으로 어깨가 으쓱해졌다.

지역 사회의 봉사를 위해 9년 남짓 활동하다가 퇴직할 무렵에 그 일을 후임자한테 넘겼다. '마을 이장'이라는 닉네임이 오랫동안 나를 따라다니며 미소 짓게 했다.

내가 소속된 소그룹 단위에서 '결손가정 자녀 돕기' 사업을 발족했다. 그 동기는 간단했다. 무미건조한 직장생활을, 보다 더 훈훈한 분위기로 바꾸고 싶었다. 그것은 우리(나) 중심적 사고에 머물러 있지 않고, 밖으로 눈을 돌리는 일이었다. 그만큼 우리(내) 안에 갇혀 남을 돌아보지 않는, 쇠만큼이나 딱딱해진 근무환경에서 탈피하고 싶었다. 회사 업무가 바쁘다는 핑계로 우리의 불우한 이웃까지 외면하는 것은 무책임하다는 생각이 발동했다. 혹자는 우리를 가리켜 "평생 쇠와 씨름하다 쇠대가리 된다."라고 일침을 가하기도 했다. 바로 불우한 이웃과 함께할 수 있는 길을 찾아 나섰다. 불우 이웃 돕기야말로 소그룹 조직에 활력소가 될 것이라는 기대감에 부풀었다. 이러한 뜻을 굳히고 나서 그룹원들을 설득했다. 그리고 대상자를 수소문했다. 그 이웃은 바로 우리 곁에 있었다. 2002년 말에 인근 초등학교 1학년과 5학년에 재학 중인 두 자매를 지인의 소개로 만났다. 아울러 초등학교 담임선생님으로부터 추천을 받았다. 그 자매의 가정 형편을 듣고 나서 그룹원들과 토론한 후에 의견을 하나로 모았다. 모두가 한마음으로 그 자매를 돕는 것으로 합의했다. 그들 부모는 어린 자매를 내팽개치고 이혼했다고 들었다. 갈 곳을 잃은 자매는 그들의 이모가 챙겼다. 이모도 혼자 사는 분인데 건강이 좋지 않을뿐더러 집이 없어서 전세방을 떠돌고 있었다. 누군가는 그 아이들을 돌봐야 하는데 마땅한 사람이 없어서 궁여지책으로 떠맡은 듯했다. 그럼에도 불구하고, 이모는 그 자매를 자기 자식처럼 지극정성으로 돌보며 학교까지 보내고 있었다.

이들을 운명처럼 만난 것 같다는 생각에 나는 더욱 관심을 쏟았다. 먼저 회사로 초청해서 공장을 견학하고 그룹원들과 소통하는 시간을 가졌다. 우리가 어떤 일을 하는 사람들인가를 보여주고 우리의 진심을 받아주기를 바라는 마음에서였다. 소그룹 단위의 식사 모임이 있으면 그들과 사전에 연락해서 자리를 함께했다. 자매들이 학교를 입학하고 졸업할 때마다 참석해서 축하하고 격려했다. 큰 자매는 대학 수능시험장까지 바래다주고 만점을 기원했다. 어느 해 추석 명절에는 우리 집으로 초대해서 아이들을 소개했다. 소통의 시간을 자주 갖게 되면서 자연스레 우리 가족처럼 다가왔다. 아이들은 착하고 공부도 제법 했다.

소그룹 봉사활동은, 장학금으로 매 분기 30만 원을 전달했다. 명절 때는 가정을 방문하고 위로했다. 이들에게는 물질도 중요하지만, 마음의 안식처가 더 소중한 것 같았다. 둘째 아이가 발목을 수술하는 데 필요한 치료비를 대신 지불했다. 또 이모가 어깨에 앓고 있던 지병을 치료하는 데 들어간 수술비를 지원했다.

2014년까지 12년 동안 자매와 가족을 섬기며 총 2천여만 원에 달하는 물질로 이들의 생계를 지원했다. 더불어 우리 모두가 한마음으로 어린 자매와 함께한 세월이었다.

장학금 조성은 15명의 직원이 월 5천 원씩 적립했다. 그리고 제안이나 자주관리 활동으로 받은 상금 일부를 내놓았다. 또 각종 표창을 받고 나면 그에 따른 포상금은 재량껏 기부했다. 좋은 일이 생기면 십시일반으로 장학금을 마련하는 데 흔쾌히 동참했다. 따라서 장학금 통장에는 언제나 잔고가 두둑하게 쌓여 있었다. 분기마다 결산하고 보면 장학금이 줄기는커녕 불어나 있었다. 더 많은 장학금을 주고 싶었지만, 그룹원들의 눈치만 살피다가 뜻을 접었다. 이 사업은 내가 주도했기 때문에 퇴직하고 난 이후에도 끝날 때까지 참여했다. 내가 뿌린 씨라고 생각하고 결실을 거둘 때까지 동참했다.

그 자매와 운명적으로 만나고 나서 한때는 마냥 행복했지만, 또 다른 때에는 슬픔에 휩싸이는 고통을 겪었다. 행복했던 때는 그들의 이모가 재혼하는 축복이었다. 오랜 세월을 홀로 지내다가 짝을 찾아 새살림을 꾸렸다. 남편은 초혼에 연하라고 했다. 그 또한 가족을 등진 채 타향에서 외롭게 생활한다고 했다. 어찌 됐든 이모가 재혼한다는 것은 가정에 경제적인 도움이 되는 것은 분명했다.

결혼식장은 이모의 지인이 운영하는 식당의 조그만 방이었다. 직원과 지인 10여 명이 지켜보는 가운데 조촐한 결혼식을 올렸다. 사회자가 주례를 모시고 혼례의 격식에 맞게 진행했다. 결혼식 규모만 작을 뿐, 모든 진행 과정이 만족스러웠다. 결혼식에 빠질 수 없는 축가는 사회자가 불렀다. 모두가 축하하는 자리에서 결혼식 올리는 걸 바라보는 것만으로도 흐뭇했다. 이모나 주위에서는 나더러 주례사를 하라고 권했지만, 사양했다. 그럴 만한 자격이 없다고 생각해서 손사래를 쳤다. 처음이자 마지막이 될지 모를 주례를 놓친 건 아쉽지만, 그 순간만큼은 행복했다. 대신 그 지역의 방범 대장을 초청해서 주례로 세웠다. 내 여동생을 시집보내는 것처럼 마음이 설렜다.

우리가 감당할 수 없는 슬픔과 고통은 불현듯 찾아왔다. 이모가 재혼하고 나서 아마 2년 남짓 되었을까 하는 때였다. 어느 날 큰 자매로부터 걸려온 전화를 받았다. "이모부가 일하다가 사고로 사경을 헤매고 있다."라고 했다. 가슴이 철렁했다. 이모가 재혼한 이후로 한 차례인가 만난 적이 있었는데, 그분의 모습이 얼른 떠오르지 않았다. 병원을 찾았을 때는 차마 눈 뜨고 볼 수 없을 정도로 처참했다. 3층 건물 외벽에서 간판을 교체하던 중에 고압선에 감전되어 추락했다고 했다. 감전과 추락이 겹친 중대 재해를 당한 꼴이었다. 이모부는 끝내 의식을 회복하지 못한 채 그렇게 홀연히 우리 곁을 떠났다. 나는 장례를 다 치를 때까지 자리를 지켰다. 이모부가 일하던 회사 측과 합의하는 데 나섰지만, 자격이 없다는 이유로 배척당했다. 그 억울함을 어디에도 호소할 만한 곳이 없었다. 그냥 그렇게 멍하니 서 있을 수밖에 없었다. 주변의 지인들에게 도움을 요청했지만, 아무도 관심이 없었다. 경찰 조사에서조차 모든 것을 이모부의 부주의로 돌렸다. 일용직인 데다가 신원조차 불분명한 상태여서 모든 것이 불리했다. 그나마 회사 측과 합의할 수 있는 여지가 남아 있다는 것만으로도 다행이었다. 여러 차례 회사 관계자를 만나 딱한 처지를 호소했지만, 어떻게 합의에 이르렀는지는 알 수 없었다. 이모는 화장을 끝낸 유골함을 끌어안고 수목장을 하겠다며 눈물지었다. 깊은 한숨이 절로 쏟아졌다. 내가 설 자리를 그만 잃고 말았다.

큰 자매는 간호전문대를 졸업하고 나서 간호사로 일하다가 이른 결혼을 했다. 그 결혼식까지 챙겼다. 부모가 없는 자매라 우리 부부가 참석하는 게 도리라고 생각했다. 결혼식장 분위기는 여느 결혼식과 별반 다르지 않았다. 다만 혼주석에 홀로 앉아 있는 이모의 뒷모습이 투명 인간처럼 느껴졌다. 이모는 무슨 생각을 하는 것일까 무척 궁금했다. 뒤늦게 나를 보자마자 눈물을 글썽이며 울먹였다. 코끝이 대책 없이 시큰거렸다. 자매의 이모가 재혼을 하고, 이모부가 불의의 사고로 세상을 떠났던 그때가 주마등처럼 스쳐 갔다. 둘째 아이는 실업계 고등학교를 졸업하고 직장인으로 자기 삶을 개척해 나가고 있다. 그 자매가 성장해서 자립의 길로 들어서면서부터 '결손가정 자녀 돕기' 사업도 막을 내렸다. 내 인생에서 누군가를 도울 수 있었다는 게 참으로 행복했다.

2008년 초에는 태안 기름 유출 사고 현장에서 이틀간의 봉사활동을 펼쳤다. 회사에서 희망자를 모집해서 단체로 나선 봉사활동이었다. 먼저 온 자원봉사자들이 일회용 작업복이나 비닐 옷을 걸치고 분주하게 오갔다. 입고 있는 겉옷이 온통 기름투성인 채였다. 그들은 오염된 기름띠를 제거하느라 바닷가에서 사투를 벌이고 있었다. 그 주변에는 역겨운 기름 냄새가 진동했다. 군데군데 산더미처럼 쌓인 기름걸레가 오염 정도를 가늠케 했다. 그것을 어디론가 실어 나르는 청소차들이 쉴새 없이 드나들고 있었다. 쉬는 시간에는 자원봉사자들이 무리 지어 마을과 바닷가를 오갔다. 점심 식사는 바닷가 근처 논에 옹색한 자리를 펴고 허기진 배를 채웠다. 그런 사람들의 생각과 행동 하나하나에는 온통 기름 제거에 쏠려 있었지만, 기름이 유출된 바닷가는 처참한 모습 그대로였다. 모두가 침묵했다. 우리는 그 사고가 일어나고 나서 한참 후에 현장을 찾았는데, 피해지역은 사고 초기 때보다 크게 나아진 게 없었다. 그만큼 피해가 심각하다는 것을 미루어 짐작할 수 있었다. 어디서부터 손을 써야 할지 감을 잡을 수가 없었다. 우선 내가 딛고 서 있는 발아래부터 기름을 닦아내기 시작했다. 끝이 없었다. 바닷가에 무수하게 깔린 돌멩이를 일일이 닦았다. 모래를 퍼내고 깊숙이 고인 기름을 퍼냈다. 멀리 바라보면 탄식과 한숨이 쏟아져 눈을 내리깔았다. 앞만 보고 걸었다. 누구를 원망하거나 책임을 묻고 싶은 생각은 추호도 없었다. 그저 내가 할 수 있는 일에만 집중했다. 봉사활동의 참뜻을 깨달아가는 과정 중 하나일 뿐이라고 곱씹었다. 봉사활동은 봉사 그 자체로 그뿐이라고 생각했다. 누군가에게 도움을 줄 수 있다는 사실만으로 행복했다.

직장을 그만둔 이후로 매년 계획하고 있는 봉사활동, 지역 봉사단체의 일원으로 활동을 이어가려 했지만 여의치가 않았다. 그러나 봉사는 나의 사명임을 분명하게 알고 있기 때문에 주변 여건이 허락한다면 당장에 발 벗고 나설 것이다. 나의 장기 계획인 '10년 안에 이루고 싶은 일' 가운데 하나인 봉사활동은 '70세 이후에는 삶의 중심을 봉사활동으로 전환'하겠다는 의지가 담겨 있다.

√ 신앙생활 입문으로 변화된 삶을 소망하다

2005년 1월 첫 주일 낮 예배(1월 2일)를 광양읍교회에서 드렸다. 그날은 내가 그리스도 예수를 영접하게 된 매우 뜻깊은 날이다. 예배를 마치고 담임 목사님께서 나를 단상 앞으로 불러냈다. 축복 기도를 드리면서 자연스럽게 성도들한테 소개하는 자리가 되었다.

그 기도는 아마 이 정도의 뜻이 아니었을까 싶다.

"예수 그리스도를 나의 구주, 나의 하나님으로 삼고 하나님의 뜻에 따라 살아가는 믿음의 사람이 되게 하옵소서. 오늘 이 예배의 자리로 인도해 주신 하나님께 감사하오며 예수 그리스도의 이름으로 기도합니다. 아멘!"

그리스도 예수를 영접하기까지 참으로 먼 길을 돌아왔다. 첫 대면은 어릴 적 시골 마을 도천교회였다. 교회에 다니던 친구한테 이끌려 한 해 여름 성경학교에 나갔다. 여교사들이 살뜰하게 챙겨주는 것도 좋았지만, 특히 성경 암송대회가 재미있었다. 성경책에 기록된 말씀 그대로 암기해서 또박또박 토해내는 목소리가 꼭 예수님의 음성 같아서 듣기 좋았다. 암송을 잘해서 칭찬받으면 더욱 신이 났다. 하지만 여름 성경학교가 끝난 이후로는 시들해졌다. 띄엄띄엄 나가다가 그만 멀어졌다.

그 후로 군에 입대해서 훈련 기간 동안 잠시 교회를 다녔다. 훈련소에서 일요일에는 종교 활동을 장려하기 때문이었다. 각자의 신앙에 따라 교회로, 성당으로, 절로 떼 지어 다녔다. 내무반에 있으면 편하게 쉴 수 없는 이유로 바깥바람이나 쐴 겸 해서 교회를 찾았다. 단체로 이동하기 때문에 자유롭게 행동할 수는 없었지만, 그래도 내무반에 있는 것보다 훨씬 마음이 홀가분했다. 그리고 한동안 신앙에 대한 관심이 까마득히 사라졌다.

포항에서 직장에 다니던 미혼 때는 하숙집 아주머니의 집요한 권유가 있긴 했지만, 함께 생활하던 후배가 교회에 다니고 있어서 한참 그를 따라다녔다. 교회 청년회에 소속되어 친선 배구대회에 참가하는 등 성도 간의 교제에 활기를 불어넣었다. 난생처음으로 후배를 따라서 새벽기도회에 나가기도 했다.

언젠가 한 번은 친구들과 어울려 새벽까지 술을 마셨다. 술자리가 끝나고 바로 새벽기도회에 나갔다. 집에 들어가면 기도회에 나갈 수 없는 시간대이기 때문이었다. 마룻바닥에 방석을 깔고 앉아 기도하는데 술에 취하고 졸음이 쏟아져 도저히 버틸 수가 없었다. 그 자리에 앉은 채로 고개를 처박고 깜빡 잠이 들었다. 얼마나 지났을까, 주위가 소란스러워 눈을 떠보니 함께 술 마셨던 친구가 눈에 번쩍 띄었다. 술에 취해 얼굴은 홍당무처럼 빨간 데다가 회사 제복을 풀어 헤친 채였다. 신발을 벗어야 할 마룻바닥인데 안전화를 신고 있었다. 무슨 말인지 알아들을 수 없는 소리를 중얼거리며 성도들 사이를 휘젓고 다녔다. 교회에 다니지 않는 친구였다. 그날 밤에 함께 술을 마시고 술자리가 끝나서 각자 집으로 돌아가기로 했던 친구 중의 한 사람이었다. 친구들과 헤어진 후 우리는 곧바로 새벽기도회에 참석했는데, 한참이 지난 후에 그 친구가 왜 교회로 들어 온 것인지 도무지 이해할 수 없었다. 같은 회사 제복을 입고 있었기 때문에 일행인 것은 누구나 아는 사실이었다. 더군다나 후배가 그 친구를 밖으로 끌고 나간 것으로 동료인 것을 확인시켜 준 셈이었다. 개망신을 당한 것은 물론이거니와 그동안에 쌓아 온 성도 간의 신뢰가 한꺼번에 무너져 내렸다. 그 이후로 교회에 나갈 면목이 없어서 그만 접었다.

결혼 후에도 신앙생활에는 거리가 한참 멀었다. 아내는 미혼 때 교회를 다녔지만, 결혼한 후로는 신앙생활을 이어가지 못했다. 낮

선 곳이기도 하지만 애들 키우고 남편의 뒷바라지하느라 교회 나
갈 엄두를 내지 못했을 것이다. 그때 토요일은 오후 1시까지 근무
하는 근로조건 때문에 주말이 늘 아쉬웠다. 오후에 퇴근하면 회사
동료들과 어울려 다니기에 바빴다. 그런 날은 어김없이 밤늦게까지
술자리로 이어지는 일이 비일비재했다. 또 한 달에 토요일 한 주는
대기 근무를 하고 밀린 일을 처리하느라 분주했다. 그러니 일요일
만 되면 만사 제쳐놓고 부족한 잠을 보충하거나 쉬고 싶은 마음이
앞섰다. 광양으로 이사를 하고 나서도 그 마음은 변치 않았다. 아
내는 한창 자라는 아이들을 데리고 교회에 나가기 시작했다. 그러
나 나는 열외였다. 황금 같은 휴일을 교회에서 보낸다는 것이 끔찍
하게 싫었다. 세상 온갖 유혹과 일시적인 달콤함에 빠져서 교회는
안중에도 없었다. 교회보다는 테니스를 치거나 등산하는 것이 생
활에 유일한 낙(樂)이었다. 스트레스를 해소하는 데 그만한 특효약
이 없었다. 아내가 아무리 좋은 말을 늘어놓아도 귀에 들어오지
않았다. 한쪽 귀로 듣고 한쪽 귀로 흘렸다. 마이동풍 격이었다. 그
러나 아내는 서두르거나 강요하지 않았다. 스스로 깨닫고 하나님
을 영접하는 날을 기다리는 듯한 눈치였다.

　내 나이 50이 넘어서고 퇴직이 가까워지면서 신앙에 대한 갈급함
을 느끼기 시작했다. 어제와 똑같은 삶에 지쳐가고 있는 건 아닐까
하는 의구심이 불현듯 스쳤다. 술 때문에 몸과 정신이 피폐해져 가
는 자신의 모습을 보고 소스라치게 놀라기도 했다. 나는 결심했다.
더 이상 머뭇거리거나 미룰 수 없다는 결론에 이르렀다. 그리스도
예수를 영접하고 변화된 삶을 갈망하고 있었기 때문이었다.

때는 2005년 새해 첫 주일을 목표로 세웠다. 바로 그날 광양읍 교회의 성도로 등록했다. 주일 낮 예배에 참석하기에 앞서 아내의 뒤를 따라 전도부 권사님의 상담을 받았다. 같은 직장 동료의 부인이라 익히 알고 있는 분이었다. 인사가 끝나고 나서 받은 첫 질문으로 "하나님은 어디에 계시지요?"라고 물었다. 나는 순간 마음에 동요를 일으켰지만, 평상심으로 이렇게 대답했다. "제 마음속에 계십니다."라고 했더니 "그렇지요." 하면서 "하나님은 천국에도 계셔서 우리의 믿음을 보시고 그 믿음대로 은혜를 베푸시는 분이십니다."라고 말했다. 아마 이 답변을 듣고 싶어서 물었는데 엉뚱한 대답을 한 것이 아닌가 해서 종일 마음이 쓰였다.

변화의 중심에는 그리스도 예수를 나의 구주로 영접하는 신실한 믿음 생활이 절실했다. 이제는 옛것을 몽땅 불살라 버리고, 그리스도인으로서의 새로운 삶을 소망하고 있었다. 그것은 바로 신앙생활에 입문하는 길이었다. 그것만으로 나는 이미 변화된 사람이라고 단순하게 생각했다. 그러나 그리스도인으로 변화된 삶을 살겠다고 입으로만 떠벌렸을 뿐, 행동이 따르지 않았다. 겉 무늬만 그럴싸한 그리스도인의 모습으로 텅 빈 허공을 딛고 서 있는 듯했다. 그때까지도 술을 끊지 못하고 오히려 노예가 되어 끌려다니는 꼴이었다. 토요일 밤늦게까지 술을 마시고 주일 낮 예배에 참석하는 주일도 있었다. 그런 날은 술 냄새가 풍길까 봐 전전긍긍하며 곁눈질만 하다 예배가 끝났다. 주일 낮 예배만 드리고 나면 일주일은 신앙생활과 무관하게 하루하루가 토막 났다. 교회 봉사나 성도 간의 교제는 마음이 내키지 않았다. 예배가 끝나자마자 곧장 집으로 돌아왔다. 주일 오후 예배, 수요 밤 예배, 금요 기도회, 새벽 기도회 등은 관심조차 없었다. 주일 낮 예배만 드리고 나면 그리스도인이 다 되는 줄 착각했다. 전도는 하나님께서 우리에게 말씀하신 준엄한 명령인데도 불구하고 뒤로 숨었다.

언젠가 주일 낮 예배 시간에 담임목사님께서 이런 기도를 드렸다. "한 사람도 그저 왔다가 그냥 돌아가는 일이 없도록 성령 하나님께서 주장하여 주시옵소서. 예수 그리스도의 이름으로 기도하옵나이다. 아멘!" 머리가 확 깼다. 나를 두고 기도한 것이 아닌가 해서 주위를 힐끗힐끗 쳐다보았다. 그동안에는 목사님의 설교나 기도가 귀에 들어오지 않았다. 머릿속에 남아 있는 게 하나도 없었다. 주일 예배 한 번 드리고 나면 일주일을 세상 속에 묻혀서 내 뜻대로 살아가는 주제에 무슨 성경 말씀이 남아있었겠는가. 남이 장에 가니까 따라가는 줏대 없는 신앙생활을 3년 동안이나 계속했다. 그나마 다행인 것은 목사님의 설교 말씀을 요약해서 수첩에 기록하고 그날 일기에 다시 옮겨 적는 습관을 들이고 있었다는 점이다. 그런 습관 들이기는 하나님께서 우리에게 주신 말씀을 깨닫고 신실한 그리스도인이 되기를 소원하는 행동 중의 하나였다.

2005년 2월 13일 주일 낮 예배 시간에 담임목사님께서 우리에게 전하신 하나님의 말씀이 내 수첩 첫 장에 이렇게 기록되어 있다. 그 내용을 편집했다. 성경 말씀은 요한복음 6:60~71절로, '너희도 가려느냐?'는 주제로 하신 말씀을 요약한 것이었다. "이 세상 것들, 육신에 속한 것들은 다 무익하다. 그 속에는 살리는 역사가 존재하지 않는다. 육이 전부인 양 살아가는 인생은 그 끝이 죽음이라 결국 무익하게 끝난다. 오직 영으로만 살 수 있다. 예수님의 말씀이 영이요, 생명이다. 따라서 성경에서 예수님이 하신 말씀을 묵상하는 것은 영적인 활동에 속한다.

예수님은 누가 당신을 팔 자인지 처음부터 아시고 제자 중에 믿지 아니하는 자가 있다고 하신다. 그는, 하나님 아버지께서 예수님께 주신 자가 아니다. 누가 버림받은 자인지, 죽을 때까지 알 수 없겠지만 가장 가까운 제자 중에도 있을 수 있다는 사실이 두렵다. 따라서 예수님께서 하신 이 말씀을 듣고 이해하기 어려운 자들은 다시는 예수님과 함께 다니지 않았다.

그래서 예수님은 열두 제자에게 '너희도 가려느냐?'라고 물으신다. 창조주 하나님께서 인간에게 이런 질문을 하신다는 것을 우리 인간으로서는 감당할 수가 없다. 베드로는 '영생의 말씀을 두고 어디로 갈 수 있느냐?'라고 반문한다. 설령 나를 버리시더라도 내가 먼저 떠나지 않겠다는 굳은 결의를 보여준다. 하지만 예수님은 열두 제자들에게 말씀하시기를 당신께서 택하셨지만 하나는 마귀다. 그자가 나를 팔 것이라고 말씀하셨다."라는 내용이었다.

2008년 1월 1일부터 매일 아침 집에서 혼자 예배드리기 시작했다. 교회에서 발행한 주보의 첫 줄에 기록되어 있듯이 "우리 삶의 최우선 순위는 언제나 하나님, 그리고 예배여야 합니다."라는 말씀을 실천하려 힘썼다. 성경책을 들고 기도한 후에 하나님의 말씀을 묵상하고 나면 이어서 간절한 기도를 드렸다. 성경 읽기는 1년에 2회 완독을 목표로 정하고, 하루에 10페이지 이상을 묵상했다. 성경책은 약 1,800페이지에 이르는 거룩하신 하나님의 말씀이 기록되어 있는 성서였다. 따라서 전후반기로 나눠서 약 180일에 걸쳐 하루에 10페이지가량을 묵상하면 목표에 도달할 수 있는 분량이었다. 아침 시간은 바쁜데도 불구하고, 그때가 아니면 불가능했다. 일어나자마자 기도하고, 하나님 말씀을 묵상하고 나면 기도를 끝으로 예배를 마쳤다. 그 시간은 약 40분가량으로 거의 일정했다. 그렇게 아침에 예배드리는 것을 목표로 스스로 다짐하고 실천했다. 화장실에서도 성경책은 손에 들려 있었다. 신성한 성경책을 화장실에서 읽는다는 것이 죄인 된 마음이었지만, 어쩔 수 없었다. 하루라도 건너뛰면 읽어야 할 페이지가 배로 늘어나기 때문에 매일 읽는 것이 중요했다. 어디를 가든지 성경책은 몸에 지니고 다녔다. 장소를 불문하고 아침에 일어나면 성경책부터 펼쳐 들었다. 피치 못할 일이 있으면 단 한 페이지라도 읽고, 1분이라도 기도했다. 하나님께서 우리에게 주신 소중한 선물이 성경 말씀이기 때문이었다. 아버지께서 소천하고 장례를 치른 기간에도 성경 말씀을 묵상하고 기도는 빠뜨리지 않았다. 단체로 여행을 가게 되면 내 승용차 안에서 혼자 예배를 드렸다. 그래서 언제나 성경책은 내 눈에 잘 띄는 곳이나 행동반경 안에 두었다. 그렇지 않으면 세상사에 매몰되어 멀어지거나 잊어버리기 때문이었다. 그렇게 매년 두 차례씩 성경책을 읽다 보니 지금까지 모두 24회에 걸쳐 완독했다. 24회의 완독은 적은 횟수가 아닌데도 불구하고 부족하고 무지하기는 예나 지금이나 크게 달라진 게 없었다. 언젠가는 믿음이 바로 서는 날을 기다리며 아침 예배는 빼놓지 않고 있다. 아쉬운 점이 있다면 하나님의 몸 된 교회에 온전히 봉사하지 못하고 있다는 점이었다.

성도 간의 교제 또한 부족한 점이 못내 아쉬울 뿐이었다. 새벽기도를 외면하고 있는 것은 물론이고 주일 오후 예배를 섬기지 못하고 있다는 갈증을 느끼고 있다. 이는 바른 신앙생활을 제대로 실천하지 못하고 있다는 방증이었다. 아내의 병간호가 가장 큰 이유였다. 하나님께서 아내의 건강을 회복시켜 주셔서 병원에 들락거리지 않는다면, 그 시간을 오직 하나님의 편에 서서 하나님만 바라보는 믿음의 자녀가 되기를 다짐하며 기도하고 있다.

2009년 3월 15일 주일 낮 예배 시간에 담임목사님께서 우리에게 전하신 하나님의 말씀이 내 수첩과 일기장에 이렇게 기록되어 있다. 요약된 내용을 편집했다. 성경 말씀은 고린도후서 3:1~11절로, '새 언약의 일꾼'이라는 주제로 우리에게 전하신 하나님의 말씀이었다.

"하나님께서는 사도 바울과 함께 동역하는 그들에게 새 언약의 일꾼이라는 자격을 주셨다. 이 새 언약은 율법의 조문이 아니라 오직 영으로 주신 것이라고 한다. 율법 조문은 죽이는 것이나 영은 살리는 것이다. 율법과 새 언약인 복음은 대비되는 것으로 율법은 죽이는 것이고 복음은 살리는 것이다. 율법은 인간을 죄인으로 단정하는 것이지만, 복음은 그 죄를 용서하고 구원을 얻게 하는 것이다. 돌에 써서 죽게 하는 율법 조문의 직분도 영광이 있다. 그것을 받아 오던 모세의 얼굴에 광채가 났지만, 이 광채도 곧 없어질 광채다. 하지만 이스라엘 백성들은 모세의 얼굴을 잘 바라보지 못했다. 죽게 하는 율법의 직분도 이처럼 영광이 있었다면 하물며 영의 직분에는 더욱 영광이 있지 않겠느냐는 것이다.

죄를 선고하는 정죄의 직분도 영광이 있었은즉, 살리는 복음을 전하는 의의 직분의 영광은 더욱 넘칠 것이라고 한다. 예수 그리스도가 오기 전에는 이스라엘 백성들에게는 모세가 전해준 율법이 있었다. 그러나 인간은 결코 율법을 지킬 수가 없다. 율법으로 말미암아 모든 사람이 죄인으로 정죄 받고 죽음으로 지옥에 가야 한다. 하지만 예수 그리스도가 오셔서 그를 믿으면 그 죄가 다 사라지고 죄인이 아니라 의인이 되어 생명과 천국에 가게 된다. 이 복음을 전하는 일이 율법을 전해 준 모세의 직분보다 더 영광스럽다는 사도 바울의 믿음과 긍지다. 이처럼 율법과 복음에 대해 두 가지의 시각으로 볼 수 있다. 언약은 행위의 언약으로 구약을, 은혜의 언약으로 신약을 각각 다르게 바라보았다."라는 내용이었다.

내가 가장 좋아하는 성경 말씀 중의 하나인 하나님의 명령은 내 책상 앞에 붙여 놓고 늘 묵상하고 있다.

"너는 마음을 다하고 뜻을 다하고 힘을 다하여 네 하나님 여호와를 사랑하라. 오늘 내가 네게 명하는 이 말씀을 너는 마음에 새기고 네 자녀에게 부지런히 가르치며 집에 앉아 있을 때이든지, 길에 갈 때에든지, 누워 있을 때에든지, 일어날 때에든지 이 말씀을 강론할 것이며 너는 또 그것을 네 손목에 매어 기호로 삼으며 네 미간에 붙여 표로 삼고 또 네 집 문설주와 바깥문에 기록할지니라." (신명기 6:5~9)

내가 암송하고 있는 성경 가운데 또 하나는, 어렵고 힘들 때마다 위로와 새 힘을 주시는 말씀으로 마음 판에 새기고 있다.

"항상 기뻐하라 쉬지 말고 기도하라 범사에 감사하라 이것이 그리스도 예수 안에서 너희를 향하신 하나님의 뜻이니라." (데살로니가전서 5:16~18)

이처럼 고귀하신 하나님의 명령은 오직 성경에만 기록된 진리의 말씀으로, 흠 많고 연약하기 그지없는 나의 삶 전반에 걸쳐서 큰 영향을 미치고 있다.

우리 가족의 신앙생활 변천사를 되돌아보면, 그 과정 하나하나가 하나님의 놀라운 섭리 가운데 있었다. 우리 집은 내가 그리스도 예수를 영접하기 오래전부터 아내와 자녀들이 주일을 거르지 않고 교회에 나가 예배를 드렸다. 아들은 고2 때 광양읍교회에서 세례를 받았다. 집을 떠나 대학을 다니고, 군 복무를 마치고, 결혼해서 지금까지 신앙생활을 이어가고 있다. 개원을 앞두고는 40일 새벽기도를 하루도 거르지 않을 만큼 믿음으로 충만했다. 하지만 딸은 고등학교 때부터 데면데면했다. 대학교를 졸업하고 직장에 다니면서도 신앙생활에 충실하지 못했다. 하지만 결혼하고 난 뒤로는 안양일심교회에서 세례받고 신앙생활을 계속하고 있다.

놀랍게도 아버지께서는 당신 살아생전에 교회에 나갔다. 그렇다고 내가 적극적으로 나서서 전도한 일은 결코 없었다. 하지만 당신 아들의 믿음을 보고 교회에 나가지 않았나 싶었다. 하나님을 영접하고 나서 도천교회의 세례교인이 되었다. 아버지는 두툼한 성경책을 늘 머리맡에 두고 계셨다. 주일만 돌아오면 깨끗한 옷을 차려입고 용모를 단장했다. 그리고 어김없이 성경책을 옆구리에 끼었다. 아버지께서는 80세쯤에 이르러서야 하나님을 영접하지 않았을까 싶다.

더욱 놀라운 기적이 일어났다. 아버지가 소천하신 이듬해에 어머니께서 교회에 나갔다. 어머니 연세 또한 80이 넘어서였다. 세상 모든 사람이 교회에 다닌다고 하더라도 어머니는 절대 나가지 않을 거라고 넘겨짚었다. 아예 기대조차 하지 않았다. 왜냐하면, 아버지 살아생전에 교회에 다니시던 그때도 거들떠보지도 않았던 어머니였다. 우리가 아무리 전도에 열을 올려도 귀를 닫았던 분이었다. 그런데 어느 날, 뜻밖에도 신앙인의 길로 들어섰다. 아버지의 뒤를 이어서 도천교회의 세례교인이 되었다. 하나님의 은혜가 얼마나 높고 깊은지를 다시 한번 깨달았다. 하나님 앞에 무릎을 꿇고 두 손을 모았다. 다만 아쉬운 점이 있다면 아버지 살아생전에 두 분이 손을 잡고 함께 교회에 나가는 모습을 볼 수 없었다는 것이다.

어머니는 아직도 한글을 깨우치지 못하고 계시지만, 교회에 나가 하나님의 말씀을 듣고 위로받고 있다고 했다.

이처럼 우리 온 가족은 그리스도 예수를 영접하고, 하나님께서 주신 많은 은혜를 받아 누리며 기적 같은 날들을 살아가고 있다. 이 세상 모든 것이 하나님의 섭리 가운데 있다는 것을 조금씩 깨달아 가고 있다.

나는 날마다 아침 예배를 시작으로 하나님의 말씀을 묵상하며 하나님의 영광을 위해 기도드리고 있다. 목적 있는 삶을 소망하며 밝은 눈으로 성경 말씀을 묵상할 수 있을 그때까지, 아니 내 삶이 다하는 그 순간까지.

제6장.

정년퇴직으로 새로운 삶이 시작되다

1. 눈물을 쏟다

정년퇴임식 사회자의 소개를 받고, 조금 떨리긴 하지만 덤덤한 마음으로 연단 앞에 섰다. 준비한 원고의 첫 마디인 "정년퇴임사"의 "정년…" 하는데, 그만 목이 메었다. 코끝이 연신 시큰거렸다. 주체할 수 없는 눈물이 주르르 흘렀다. '퇴임사'라는 말을 잇지 못해서 어찌할 바를 모르고 허둥댔다. 턱 밑까지 치밀어 오른 목소리는 안 나오고 울컥울컥했다. 한참을 울먹이다 겨우 "정년퇴임사…"라고 목멘 소리를 내뱉었다. 정년퇴임사를 내가 쓰고 내가 읽는데 도대체 무슨 말을 하고 있는 건지 알 수 없었다. 그저 빨리 끝나기만을 바라며 떠듬떠듬 읽어 내려갔다.

퇴직 행사에 담당 임원이 참석한다고 했다. 부서장이 줄줄이 따를 것은 분명했다. 직원들은 물론 협력사, 사회 지인들까지 축하하러 온다고 했다. 축하라니? 정년퇴임을 하는 자리가 축하하는 자리인지, 위로하는 자리인지 도무지 분간할 수가 없었다. 한 사람이 물러날 때가 돼서 퇴직할 뿐인데 이 난리인가 싶었다. 아마 퇴직 행사 날짜를 정하고 장소를 물색하느라 몇 주일 전부터 누군가는 수고했을 거라고 생각하니 쑥스러웠다.

정년퇴임식을 앞두고 같이 근무했던 후배들이 행사 프로그램을 짜고 동영상을 만들었다. 나는 정년퇴임사 원고를 작성하고 다듬기를 여러 차례 반복했다. 3분 분량의 원고를 손에 들고 거울 앞에 섰다. 수많은 생각이 얽히고설켰지만, 정년퇴임사에 집중했다. 행사 직전까지 연습에 연습을 거듭했다. 표정 관리에서부터 자세, 말의 속도, 억양, 시선 처리까지 꼼꼼히 살폈다. 아내한테 관전평을 듣고 어색한 부분은 바로잡았다. 퇴직 행사에 앞서 예행연습까지 마쳤다. 그 과정의 하나하나는 내 마음에 어떠한 감정이나 아쉬움 같은 건 느낄 수 없었다. 그저 덤덤했다.

　퇴임 행사는 광양 커뮤니티센터 2층 홀에서, 금요일 저녁 7시경에 시작했다. 담당 임원과 실장이 귀빈석에 앉고 난 뒤였다. 그때 두 분은 포항 본사에서 근무하고 있었는데도 불구하고 그 행사에 참석했다. 퇴직 행사에 온다는 얘기는 들었지만 뜻밖이었다. 그래서 이 행사가 더 관심을 끌었던 게 아닌가 싶었다. 광양은 전 소속 부서의 부장과 직원들이 함께했다. 지인과 친지를 포함해 2백여 명으로, 빈자리가 없을 만큼 꽉 들어찼다. 마음을 짓누르는 부담은 물론 행사 분위기에 그만 압도되고 말았다.

　행사 순서에 따라 가족을 소개한 후에 먼저 아들이 보내온 동영상을, 준비한 화면에 띄웠다. 그리고 축하와 위로의 영상 편지를 내보냈다. 그때는 아들이 S대학병원에서 전공의 과정을 밟고 있던 중이라 자리를 비울 수가 없었다. 아들은 하얀 가운을 입고 목에 청진기를 걸친 채 "아빠! 그동안 수고 많이 하셨습니다."라는 말을 이어가면서 한순간 울컥하는 모습이 영상에 잡혔다. 행사장이 숙연해졌다.

　딸은 직장에 휴가를 내고 내려왔다. 딸은 손수 써온 감사의 글을 또박또박 읽어 내려갔다.

세상에서 가장 따뜻한 이름 아빠께

아빠~! 퇴임을 축하드립니다. 아빠가 벌써 POSCO(포철을 POSCO로 사명 변경)에서 근무한 지 30년이란 세월이 흘렀네요. 그동안 저도 이만큼 자라고 아빠 또한 지금의 자리만큼 와 계시네요. 30년의 세월 동안 저를 위해 힘들게 일하신 아빠께 진심으로 감사하는 마음을 전하고 싶습니다. (중략) 항상 공부하시고, 책도 많이 읽으시며, 한 자리에 머물러있지 않는 아빠의 모습이 정말 자랑스러웠답니다. 어려운 이들을 위해 발 벗고 나서서 나보다 어려운 사람을 생각하며 살 수 있게 모범을 보여주신 아빠의 모습에서 저는 살아가는 데 필요한 지혜들을 배웠습니다. 저 또한 아빠처럼 살아가길 바라는 아빠의 마음, 가슴 속 깊이 기억하며 살게요. 아빠는 제가, 또 우리 가족이 살아있는 이유에요. 항상 함께하지 않더라도, 매일 식탁에 둘러앉지 않아도, 항상 아빠의 사랑을 기억하며 함께 있다고 느끼며 살겠습니다. 바다보다도 넓고 하늘보다도 높으며, 아름드리나무처럼 항상 두 팔 벌려 안아주시는 사랑하는 우리 아빠. 이제는 저희를 위해서가 아니라 아빠 자신을 위해서 힘차게 제2의 인생을 살아가시길 바랄게요. 아빠의 앞날에 축복을 빕니다. 아빠, 사랑합니다.

세상에서 가장 따뜻한 이름 아빠께..

아빠~ 퇴임을 축하드립니다. 아빠가 벌써 posco에 근무하신지도 30년이란 세월이 흘렀네요. 그동안 저도 이만큼 자라고 아빠 또한 지금의 자리만큼 와 계시네요. 30년의 세월동안 저를 위해 힘들게 일하신 아빠께 진심으로 감사하는 마음을 전하고 싶습니다.

제가 어렸을 때 아빠는 제게 너무나도 따뜻한 울타리였어요. 그런데 저는 아빠가 저를 사랑하는 마음도 모르고 참 고집쟁이고 제 마음대로만 하려는 딸이었던 것 같아요. 아빠의 말씀은 들으려 하지도 않고 고집만 부리던 딸 때문에 속도 참 많이 썩으셨죠. 아빠의 흰 머리 하나하나, 작아진 뒷모습이 모두 저 때문인 것 같아 마음이 많이 아픕니다. 어린 마음에 아빠의 넓은 어깨에 마냥 기대고만 싶었던 것 같아요. 아빠는 이런 딸의 고집도 다 받아주시고 항상 저를 믿어주셨죠.

제가 혼자 살 수 있을 만큼 컸을 때, 아빠는 표현도 못하는 딸 대신에 사랑한다는 말도 먼저 해주시고, 따뜻한 문자도, 전화도 자주 해주셨죠. 전화 자주 하라는 말에도 매번 대답만 하는 무심한 딸이었네요. 제가 첫 제자들을 졸업시킬 때 아빠가 졸업식 날을 잊지 않고 보내주신 졸업 축하하며 1년동안 수고했다는 문자 하나가 저에겐 얼마나 감동이었는지 몰라요. 아빠의 문자 덕분에 제가 하는 일이 더 뜻 깊게 느껴졌고 그날 하루를 더 소중하게 보낼 수 있었어요. 이렇게 먼저 전화며 문자며 해주시는 아빠의 모습을 보면서 감사하기도 했지만, 아빠가 나이가 들어가시며 약해지시는 것 같다는 생각에 한편으로는 마음이 아팠어요. 조금씩 아빠의 마음을 느끼는 걸 보면 저는 이제야 철이 들어가나 봅니다.

지금까지 한번도 말한적은 없지만 항상 아빠를 존경하며 살았어요. 항상 공부하시고, 책도 많이 읽으시며, 한 자리에 머물러있지 않는 아빠의 모습이 정말 자랑스러웠답니다. 어려운 이들을 위해 발 벗고 나서서 나보다 어려운 사람을 생각하며 살 수 있게 모범을 보여주신 아빠의 모습에서 저는 살아가는 데 필요한 지혜들을 배웠습니다. 저 또한 아빠처럼 살아가길 바라는 아빠의 마음 가슴 속 깊이 기억하며 살게요.

아빠는 제가, 또 우리 가족이 살아있는 이유에요. 항상 함께가 아니라도, 매일 식탁에 둘러 앉지 않아도, 항상 아빠의 사랑을 기억하며 함께 있다고 느끼며 살겠습니다. 바다보다도 넓고 하늘보다도 높으며, 아름드리 나무처럼 항상 두팔 벌려 안아주시는 사랑하는 우리 아빠 이제는 저희를 위해서가 아니라 아빠 자신을 위해서 힘차게 제 2의 인생을 살아가시길 바랄게요. 아빠의 앞날에 축복을 빕니다. 아빠 사랑합니다.

아내는 손수 쓴 편지를 고이 접어 건네주었다.

　사랑하는 당신께

　(중략) 포스코와 인연을 맺은 당신을 만나서 단란한 가정을 이루며 함께한 날들이 벌써 30년이란 세월이 훌쩍 지나 퇴임의 날을 맞게 되었군요. 우의 삶의 여정 속에 사랑의 보금자리 둥지를 틀게 해 준 든든한 회사와 직원들과 함께 자신의 자리에서 성실하게 최선을 다한 당신께 감사의 마음을 전합니다. (중략) 그동안 쑥스러워 자주 표현은 못 했지만, 여보, 사랑해요. 우리 가족을 위해 수고한 당신께 정년퇴임을 맞아 힘찬 격려와 박수를 보냅니다. 여보, 조금은 여유를 가지고 또 하나의 소중한 삶을 찾아서 오늘보다 좋은 날이 있어도 나는 오늘이 있어 감사하고 당신과 아이들 덕분에 행복합니다.

　　　　　　　　　　　_ 당신을 사랑하는 아내 드림

사랑 하는 당신께

따스한 봄기운과 함께 꽃망울을 활짝 피으려 백음해 꽃과 매화꽃이
잠시 방긋음을 불잡아 작은 머므로 받기이다

주님의 섭리 가운데 우리 가정을 세우시고 지금까지 사랑과 은혜로 함께
하시며 지켜 주시니 감사와 찬양과 영광을 돌려 드립니다

표고와 연인을 맺은 당신을 만나 단란한 가정을 이루며 함께한 날들이
벌써 30여년이란 세월이 훌쩍 지나 퇴임의 날을 맞게 되었군요

우리의 삶의 여정 속에 사랑의 보금자리 둥지를 틀게 해준 든든한 회사와
직원들과 함께 자신의 자리에서 성실하게 최선을 다한 당신께
감사의 마음을 전합니다

가정 보다 회사가 우선 순위였던 당신을 바라보며 가끔은 섭섭한 마음도
있었지만 회사는 아끼는 당신의 연차과 수고가 있었기에 우리 가정이
편안 하고 행복 했습니다

가끔 등본 이라도 받아하며 섬이 관리로 정상으로 가동시키기 위해
동료들과 함께 방송을 실시며 철야로 피곤에 지쳐 있을때 가정 으로써
당신 어깨에 졸려진 무게가 얼마나 무거 웠는지요

곁에서 지켜 볼때 마음이 안스러웠지만 당신을 믿고 사랑하는 가족들이
있기에 힘을 얻고 연차의 명예를 맡음에서 표고매의 자부사과 긍지를 느끼고
자기 개발을 위해 노력 하는 당신이 버타나 멋지고 자동라고 사랑스러웠습니다

이제 당신과나 사랑한다는 말보다 서로 바라보기만 해도 편안 하고
따뜻한 사랑의 마음을 느낍니다

그동안 말스러워 자주 표현은 못했지만 여보 사랑 해요

우리 가족을 위해 수고한 당신께 정년퇴임을 맞아 최고의 격려와 축하의
박수를 보냅니다

여보 지금은 마음의 여유를 가지고 또다나의 소중한 삶을 찾아
인생의 좋은반이 있어도 나는 오늘이 있어 감사하고 당신과 아이들
때문에 행복 합니다

당신을 사랑하는 아내 드림

이제 내가 나설 차례였다. 그런데 그만 말을 잇지 못하고 울먹였다. 좀처럼 진정할 수가 없었다. 정년이라는 말에 목울대가 먼저 반응했는지, 이해할 수 없었다. 수백 번 말했고, 들었고, 보았는데 왜 그때 하필이면 그런 감정이 북받쳤는지 더욱 알 수 없었다. 운동선수들이 은퇴식할 때의 흔한 모습이 떠올랐다. 팬들을 향해 울먹이거나 눈물을 훔치던 모습이 순간 뇌리를 스쳐갔다.

담당 임원과 여러분의 부서장 그리고 소중한 분들을 모시는 자리라 예행연습까지 한 퇴임 행사가 뒤숭숭했다. 어떻게 정년퇴임사를 마무리했는지, 아무것도 생각나지 않았다. 아마 이런 내용이 아니었을까 싶다. "31년을 함께한 포스코를 떠나는 것이 아쉽습니다." (중략) '제트기 조종사는 뒤를 돌아보지 않는다.'라는 말을 인용하면서 "이제 저는 포스코를 뒤로하고 제2의 인생을 향해서 힘차게 새 출발할 것입니다. 포스코의 무궁한 발전과 여러분의 건승을 빕니다." 정도가 아니었을까 싶다.

한참을 지나 감정이 진정된 후에야 "죄송합니다. 건배하겠습니다. 포스코의 영원한 발전과 우리 모두의 건강을 위하여!"라고 외쳤다.

정년퇴임 방명록에는 이런 축하 메시지를 남겨 놓았다. 그 가운데 일부만 이 장으로 옮겼다.

"삼림이라도 개척하라." - 광양읍교회 ○○○ 담임목사
"영광스러운 정년을 축하드리며 건강하시기를 기원합니다."
　　- ○○○ 상무

"항상 하나님의 가호가 박 과장님의 앞날에 충만하시기를 기원합니다." - ○○○ 실장

"제2의 멋진 새로운 인생의 출발을 진심으로 축하드립니다."

- ○○○ 부장

"정년퇴임을 진심으로 축하드리며 앞날에 건강과 행운이 함께 하시길 기원합니다." - ○○○ 친구

"형선아! 잘 먹고 잘 살아라." - ○○○ 친구

정년퇴임이라는 단어 하나가 나에게 준 충격은 심히 컸다. 나 홀로 덩그러니 서 있는 나 자신을 발견하고 한없는 허탈감에 빠져들었다. 당연한 것을 받아들이지 못한 나 자신이 안타까웠다. 착각 속에서 헤어 나오지 못한 내 불찰이었다. 언제까지나 회사가 나를 보호해 줄 것처럼 믿고, 앞만 보고 달린 업보였다. 정년퇴직하는 순간까지도 의식하지 못했다. 말로는 "뒤를 돌아보지 않겠노라."고 해 놓고 내려놓지 못해서 애를 태웠다. 미래를 미리미리 준비하지 못한 결과에 눈물을 쏟았다.

2. 재취업의 현실에 맞서다

정년퇴직과 마주친 나는 막다른 골목에 갇힌 듯한 두려움에 몸살을 앓았다. 당연한 현실을 받아들이기에는 아직 준비가 덜 된 채로 나뒹굴었다. 나한테는 일하던 시간을 대체할 만한 아무런 장

치가 마련되어 있지 않았다. 한창 일을 하다가 한순간에 일손을 멈추기에는 모든 것이 어설펐다. 동력선이 동력과 방향을 잃은 채 바다 한가운데에 표류된 것처럼 황망한 꼴이었다. 내가 해 왔던 일을 계속할 수 있는 길은 재취업밖에 다른 재주는 없었다.

열연공장 설비관리 업무를 맡고 있던 나는 정년퇴직 8개월을 남겨 두고 설비투자 그룹으로 자리를 옮겼다. 그때 1열연공장 신예화 사업이 확정되면서 그 업무에 적임자를 찾던 중에 경험이 많은 나를 지목했다. 팀 리더가 면담을 요청한 그 자리에서 바로 결정했다. 정년퇴직이 코앞으로 다가왔는데, 신예화 사업은 준비 기간을 포함해서 2년 이상의 기간을 예상하고 있었다. 당연히 재취업 1년은 보장된 셈이었다. 잠시 한숨을 돌릴 수 있었다. 설비투자 그룹으로 자리를 옮기면서 광양제철소에서 본사로 소속이 바뀌었다. 소속은 본사인데 광양제철소에 파견을 나온 근무 형태가 되었다. 따라서 제철소 차원의 정년퇴임식에는 초대받지 못했다.

퇴직할 무렵에 재취업 희망자에 대한 건강검진을 받았다. 재취업을 꼭 해야겠다는 긴장감이 최고조에 달해 있었다. 또 그만큼 절실했다. 그것이 외려 혈압에 좋지 않은 영향을 미쳐서 건강검진 내내 어지간히 속을 태웠다. 마음을 안정시킨 후에 측정을 해도 최고혈압이 150 이하로 떨어지지 않았다. 몇 번을 측정해도 결과는 재취업 결격 사유가 되었다. 어쩔 수 없이 오후에 다시 한번 측정하기로 하고 곧바로 병원을 찾아갔다. 자초지종을 얘기하고 진료를 받은 후에 혈압을 측정했더니 마찬가지였다. 하는 수 없이 일시적으로 혈압을 낮춘다는 알약 하나를 혀 밑에 넣었다. 오후에 다시 보건관리실로 찾아가서 재측정을 했더니 겨우 140 이하로 떨어졌다. 그렇게 재취업의 첫 관문을 어렵사리 통과했다. 그날은 건강검진을 일찍 마치면 부모님을 모시고 여행 갈 생각에 들떠있었다. 그리고 건강검진에 대한 부담감, 긴장감이 뒤섞여서 흥분 상태가 오래 지속된 것이 아닌가 싶었다. 재취업 심사 결과를 기다리며 며칠 동안 가슴을 조였다. 초조하고 답답해서 아내랑 동해안으로 여행을 떠났다. 마음은 콩밭에 가 있는데 여행이 즐거울 리가 없었다. 하지만 경북 강구에 들러서 대게를 배불리 먹고 강원도로 이동하던 중에 전화를 받았다. 인사부서로부터 "재취업 심사 결과, 탈락이 확정되었다."라는 통보를 받았다고 했다. 그만 할 말을 잃고 동해의 망망대해를 멍하니 바라보았다.

우리 부서에서도 난리가 났다고 했다. 현재 신예화 프로젝트를 수행하고 있는데, 재취업이 안 되면 그 사업에 차질을 빚을 수밖에 없었다. 담당 실장이 그 사실을 익히 알고 있던 터라 인사부서에 으름장을 놓았다고 했다. 말이 먹히지 않자 재취업 결격 사유가 무엇이냐고 따졌다고 했다. 인사부서에서 한 말에 따르면, 종합 평가 점수가 85점 이상부터 재취업이 가능한데 나는 거기에 미치지 못하는 84.5점이라고 했단다. 실장은 하도 어이가 없어서 헛웃음을 쳤다고 했다. 그러면서 재취업을 꼭 보장할 테니 기다려 보라고 했다. 아마 재취업을 놓고 인사부서와 한참을 옥신각신했던 것 같았다. 결국 2분기 재취업 명령은 받지 못한 채로 시간이 지나갔다. 1분기 말에 퇴직하고 재취업할 경우 2분기 초부터 근무하게 되는데, 그게 물 건너간 것이었다. 그 사이에 포스코 계열사에서 스카우트

제의가 들어왔다. 해당 프로젝트의 설계와 시공을 맡은 회사였다. 망설일 이유가 없었다. 바로 응답했다. 그다음 날 계열사에서는 5월 17일부로 재취업 명령을 냈다. 정년퇴직한 날을 감안하면 1개월 17일 만이었다. 일할 자리까지 이미 마련해 놓고 기다리고 있었다. 그런 와중에 담당 실장으로부터 언질을 받았다. 7월 1일부로 인사 명령을 내기로 확답을 받았으니 좀 더 기다려 보라는 것이었다. 어쩔 수 없이 포스코 계열사를 포기하고 하던 일을 계속할 수밖에 없었다. 계열사에는 그간의 자초지종을 얘기하고 양해를 구했다. 비록 3개월이라는 공백 기간이 있었지만, 7월 1일부터 1년간 재취업을 했다. 1열연 신예화 사업은 1987년 준공된 이래 처음 있는 일로, 많은 사람의 이목을 끌었다. 이 사업은 설비 성능이 떨어져서 품질과 생산에 악영향을 미치고 있는 부분에 대해 신기술을 적용하는 재투자였다. 총투자비는 2천억여 원의 예산으로, 그 가운데서 기계 부문은 수백억 원의 규모였다. 아이템은 9개로 설비 특성에 따라 구분하고, 그에 따른 처리 물량은 8천여 톤에 달했다. 케이블은 4백 3십여 ㎞를 교체하거나 신규로 포설했다. 참여 업체는 여섯 군데로 일평균 투입 인원은 5백 5십여 명에 이르렀다. 이 사업은 준비하는 과정까지를 포함하면 1년여의 기간이었지만, 공장 가동을 중단하고, 시공 기간만 35일이 걸렸다.

그렇게 1열연 신예화라는 사업을 성공리에 마칠 수 있었다. 공기를 크게 앞당기지는 못했지만, 충분한 시운전을 거쳐서 완벽하게 마무리했다. 공장이 순조롭게 가동되고 있다는 소식이 전해지면서 주변 사람들의 칭찬이 자자했다. 역대 투자사업 가운데 가장 모범적인 사례라고까지 했다. 그 공로를 인정받아 회장 단체 표창과 두 둑한 포상금을 챙겼다.

그 사업을 위해 팀장 이하 여섯 명 전원이 합심해서 일했다. 무엇보다도 팀원 간의 의사소통과 신뢰가 밑바탕이 되었다. 한 가족처럼 똘똘 뭉쳤다. 부부 모임으로 자주 만나 식사를 하고 끝나면 극장에도 같이 갔다. 연말 송년회도 부부가 함께했다. 야외활동 또한 한 사람도 빼놓지 않고 부부가 동참했다.

다만 아쉬운 점이 있었다면 똑같은 일을 하는데 연봉은 절반 수준이었다. 현직은 매월 상여금을 받는데 나는 예외였다. 그런 날은 분위기가 어색했다. 애써 모르는 척하는 게 상책이었다. 일을 하는데도 전면에 나서서 책임감 있게 하지 못하고 뒷전이었다. 언행에 극도로 조심스러울 수밖에 없었다. 어떠한 직책을 가진 것도 아니고 결정할 수 있는 권한 또한 없어서 재취업이라는 한계가 늘 따라다녔다.

신예화 프로젝트가 끝나는 시점과 맞물려 재취업도 끝이 났다. 또 한 차례 홍역을 치르고 난 후에 포스코 계열회사로 자리를 옮겼다. 나한테는 선택의 여지가 전혀 없었다. 더 일할 수 있도록 배려해 준 것만으로도 그저 고마울 따름이었다.

내가 또 재취업한 곳은, 제철소 정비 업무를 맡고 있다가 플랜트 사업 분야로 진출하기 위해서 사명(社名)을 바꾼 포스코 계열사였다. 창사 이래 처음으로 전문 업종을 바꾼 회사였다. 큰 야망을 품고 야심차게 출발했지만, 곧바로 한계에 부딪혔다. 회사의 이미지에 걸맞게 플랜트 사업을 수행할 만한 기술력이나 인적 자원이 갖추어지지 않은 결과였다. 총체적인 난맥상이 여실히 드러났다. 영업에서부터 계약, 설계, 관리에 이르기까지 따로따로 겉돌았다. 그러한 여건 속에서 신규 프로젝트를 수행한다는 것은 무리수를 띨 수밖에 없었다. 계약하기 위해서는 그 사업에 대한 사전 정보와 물가동향, 기자재 수급 등을 면밀히 검토하고 임해야 하는데, 감에 의존하고 있었다. 주먹구구식이었다. 백발백중 적자를 떠안아야 하는 안타까운 현실이 곳곳에서 드러났다. 계약 금액을 바탕으로 현장에서 사업을 진행하다 보면 적자임을 바로 알 수 있었다. 설계 변경이 하루가 다르게 늘어나고 곳곳에서 허점이 드러났다. 기술축적이 하루아침에 이루어지지 않는다는 것을 간과하고 이 사업에 뛰어든 듯했다. 더욱 머리를 아프게 하는 일은 설계능력이었다. 자체 설계능력을 갖추지 못했기 때문에 외주발주에 의존하고 있었다. 설계비용은 프로젝트 전체 금액에서 수십 %의 비중을 차지하는 것이 보편적인데, 예산을 아낀답시고 영세 설계업체와 최저가로 계약하다 보니 부실하기 짝이 없었다. 설계가 아니라 어설픈 그림에 불과했다. 설계 사상이 전혀 들어 있지 않고 그저 남의 설계도면을 모방하는 수준이었다. 해당 설비가 어떤 기능을 하는지도 모르고 설계를 한다는 것이 한심스러웠다. 그러한 설계 능력은 곧 시공이 지연되는 빌미가 되었다. 설비 계약은 물론 기자재를 제작하는 데도 적잖은 혼선을 빚었다. 날마다 살얼음판을 걷는 듯했다. 여기저기서 아우성치는 소리에 귀가 먹먹해질 정도였다.

나는 열연공장 근무 경력자임에도 불구하고 처음 경험해 보는 소결공장 컨베이어 벨트(Conveyor Belt) 신규 프로젝트를 맡았다.

컨베이어 벨트는 지상 4~9m 높이에 설치한 후 소결광을 운반하는 이송설비였다. 컨베이어 벨트를 설치하기 위해서는 타워(Tower)라고 하는 거대한 사각 철 구조물을 일정한 간격으로 세우는 공사를 선행했다. 그사이를 가더(Girder)나 갤러리(Gallery)로 연결하고 그 안쪽에 컨베이어 벨트를 깔았다. 이를 회전시키는 구동 장치는 타워에 설치했다. 대부분 크고 작은 철 구조물로 복잡하게 얽혀 있어서 설계를 제대로 하지 못하면 일이 꼬이게 되고 제때 공사를 마칠 수 없었다. 경험이 없는 나는 어찌할 바를 모르고 허둥대기 일쑤였다. 그런 날이면 원청회사의 담당자로부터 질타를 들었다. 정년퇴직을 하고 나서까지 후배들한테 이런 수모를 당하는가 싶어서 울화통이 치밀었다.

신설 프로젝트를 수행하는 데 있어서 우리 회사는 물론이고 설계사나 제작업체나 마찬가지였다. 가장 낮은 가격에 계약해서 이윤을 남기려다 보니까 온통 허점투성이였다. 이들과 함께 힘을 합쳐도 모자랄 판국에 하루가 멀다 하고 욕설과 고성이 오갔다. 물컵이 사무실 허공을 날아다니기도 했다. 여기도 전쟁터나 다름없었다. 오히려 더 심각했다. 건설 공기가 이미 확정된 터라 물러설 곳은 한 치도 없었다.

기자재 납기가 지연되고 있으면 제작업체로 출장을 나가는 경우가 부지기수였다. 언젠가 한 번은 함안에 있는 제작업체로 출장을 간 적이 있었다. 매주 기자재 제작현황을 보고 받던 업체에 문제가 감지되고 있던 터였다. 아니나 다를까, 상황이 심각했다. 우리 회사와 직접 계약한 업체가 아니라 하도급 업체라는 데 할 말을 잃었

다. 계약 업체는 뒷전이고 하도급 업체가 쥐락펴락했다. 공정관리
가 전혀 안 되고 있으니 납기지연은 불을 보듯 뻔했다. 괜한 설계
도면 타령만 하고 있었다. 매일 아침 제작현황 공정회의를 소집하
고, 제작 현장을 샅샅이 뒤졌다. 기자재가 여기저기 흩어져 있어서
찾아다니는 데만 하루해가 다 갔다. 하도에 하도가 꼬리를 물었
다. 가는 곳마다 구석구석에 해당 프로젝트의 제작품들이 널려 있
었다. 공기 단축보다는 제작 단가를 낮추려고 한 흔적이 곳곳에서
감지되었다. 하물며 동네 철공소 같은 곳에서도 기자재를 제작하
고 있었다. 더 심각한 문제는 곳곳에 제작한 기자재를 깔아 놓고
관리하는 사람이 없다는 것이었다. 사장이라고 하는 사람은 아침
에 공정회의만 끝나면 어디론가 사라지고, 연락이 두절되었다. 이
런 상황을 매일 상부에 보고하고 협조를 요청했다. 그때마다 담당
실장이나 임원이 한 번씩 들르기는 했지만, 나아지는 것은 아무것
도 없었다. 날이 갈수록 담당자인 나만 점점 구석으로 몰리는 형
국이었다. 제철소 건설 현장에서는 기자재가 제때 들어오지 않아
공사가 중단되었다며 난리를 쳤다. 작업자들이 놀고 있으니 그 비
용까지 청구하겠다며 으름장을 놓았다. 일이 진행되지 않고 겉돌
고 있다는 것의 실체가 드러나기 시작했다. 하도급 업체 사장은 본
인 명의의 회사를 가진 경영인이 아니었다. 이 프로젝트를 한답시
고 급조해서 직원을 뽑고 공장 부지는 남한테 빌려서 일을 하고 있
었다. 회사명 또한 다른 회사의 명의를 빌려 쓰고 있었다. 이 사업
에 뒤늦게 합류한 나는 일이 이토록 꼬일 대로 꼬인 과정을 알 수
없었다. 다만 이 사업을 공기 내에 마쳐야 하는 숙제만 주어졌다.

내 의사하고는 전혀 관계없이 짊어진 재취업의 대가였다. 주위에서 수군거리는 소리를 들어 보면, 이 사장이라고 하는 사람은 사기 전과 8범이라는 얘기가 나돌았다. 의심의 눈초리로 살피면서 그날 제작 물량이 약속과 다르면 닦달을 했다. 그러나 상황이 개선되기는커녕 납기는 자꾸만 지연되고 있었다.

어느 날, 점심을 먹고 사무실에서 도면을 검토하고 있는데, 난데없이 작업자들이 우르르 몰려왔다. 양손에 기다란 쇠파이프를 쥐고 있었다. 충혈된 눈에는 살기가 등등했다. 낮술에 취한 듯했다. 밀린 임금을 지금 당장 내놓지 않으면 박살을 내겠다며 총무를 닦달했다. 쇠파이프로 책상을 내리치며 그를 위협하기까지 했다. 나는 즉시 아래층으로 빠져나와 몸을 숨겼다. 바로 담당 실장한테 전화를 걸어서 다급한 목소리로 자초지종을 얘기했다. 실장은 "일단 몸을 피하세요."라고 하면서 당장 제작업체로 오겠다고 했다. 하도급 업체 사장은 보이지 않았다. 그날 이후로 우리 회사 직원들이 동원되었다. 그때까지 제작된 자재를 파악하고 검수한 후에 자재 식별표를 붙였다. 공장 바닥에 펼쳐 놓고 도면과 일일이 대조하는 일만 해도 끝이 없었다. 문제는 어디까지 제작이 완료되었고, 누락된 것은 어떤 부품이 있는지조차 파악하기가 힘들다는 점이었다. 물량이 수백 톤에 이르고 계약금이 수십억 원에 달하는 규모였다. 제작한 부품은 도장(塗裝)을 해야 하는데 선금을 주지 않으면 할 수 없다고 했다. 하는 수 없이 제작된 부품을 끌어모아 차에 싣고 순천에 있는 도장 공장으로 옮겼다. 그곳은 계약한 업체가 거래를 해 왔던 곳으로 문제가 없다고 했다. 그때부터 또다시 사투를 벌였다. 납기가 지연되고 있으나 거기에 대처할 만한 방법이 없었다. 기 자재에 도장이 끝나고 나면 건조할 틈도 없이 차에 마구 실어서 보냈다. 원청사에서는 하루도 그냥 넘어가는 날이 없을 정도로 압박해 왔다. 인격적인 모욕감을 받기도 했지만, 묵묵히 감수했다. 누락되었거나 불량인 자재는 인근 업체에서 긴급으로 제작해서 메꿨다. 불가피하게 현장에서 수정하여 조립한 부품도 부지기수였다. 철 구조물 설치는 볼트로 체결하는 구조지만, 부품이 서로 맞지 않으면 비상수단을 동원했다. 앞뒤 가리지 않고 산소 절단기를 들이댔다. 이런 일은 공사 감독자의 눈을 피해 밤에만 가능했다. 마치 불꽃 쇼를 감상하는 듯했다.

할 말을 잃었지만 어떻게든 우리가 맡은 프로젝트는 마무리를 지어야 했다. 온갖 수모와 시행착오를 겪으면서 어렵사리 프로젝트를 끝낼 수 있었다. 일찍이 경험해 보지 못한 일이 곧 재취업이라는 몫으로 돌아왔다.

회사는 결국 오래 버티지 못하고 구조조정에 들어갔다. 당연히 재취업자들은 설 자리를 잃었다. 그렇게 3년을 버티다 그 사업을 끝으로 계약이 만료되었다.

곧바로 새 일터를 찾아 자리를 옮겼다. 그냥 이대로 물러난다는 현실을 쉽게 받아들일 수 없었다. 그때 마침 광양 4열연공장의 신설 프로젝트가 진행 중이었다. 1열연 신예화 사업 때 함께 했던 담당 리더가 건설 반장으로 총지휘를 하고 있었다. 그분의 추천으로 포스코 계열사에 어렵지 않게 재취업이 이어졌다. 4년 전에 인사명령까지 냈는데 보이콧한 회사였다. 이 회사도 이전에 근무했던 계열사와 별반 다르지 않았다. 이 사업을 처음, 단독으로 추진하면서 시행착오를 겪고 있었다. 설계도면은 오래된 설비를 베끼는 수준이었고 독자적인 설계능력은 없었다. 곳곳에서 허점이 드러났다. 어디서부터 잘못되었는지 뒤늦게 합류한 나는 알 길이 없었다. 내가 재취업했을 때는 일이 상당히 진척된 상태로, 이미 지난 과정을 되짚어 볼 만한 여유가 없기 때문이었다. 다시 검토해서 반영한다는 것은 시기적으로 무리였다. 제작업체와 계약한 단위 사업도 이와 마찬가지로 무리수를 띠고 있었다. 최저가 낙찰은 품질 불량이나 납기지연으로 이어지고, 이것을 우리 회사에서 고스란히 뒤집어쓰는 꼴이었다. 계약업체가 사업 진행 중에 부도가 나는 일이 가장 난감했다. 당초부터 제작 능력이 없었을 뿐만 아니라 무리하게 재하도를 주고 관리하지 않은 결과였다. 그 대가는 결국 회사가 문을 닫는 안타까운 현실로 드러났다.

재취업한 직원 중 한 분이 일이 힘들어서 못 하겠다며 사직서를 냈다. 그 직원이 맡아 진행하던 사업을 내가 덜렁 떠안았다. 뒤에 안 일이지만, 사표를 낼 만한 이유가 있었다. 본인도 처음 접한 사업인데다 일이 순조롭게 흘러가지 않자 스스로 감당할 수 없다는 판단에 이른 듯했다. 이 사업은 압연기 앞뒤에 설치하는 단위 장치로, 압연 소재가 압연기에 잘 진입할 수 있도록 안내하는 중요한 아이템(Item) 중의 하나였다.

사업을 맡은 지 일주일 만에 계약업체 담당 부장과 임원을 불러 제작공정에 관한 회의를 했다. 회의 결과 큰 문제가 없는 듯했다. 매주 보내 준 제작공정을 확인할 때도 순조롭게 진행되고 있는 것처럼 보였다. 그러나 우리 회사 제작관리부의 공정보고서를 보고 문제가 있다는 것을 뒤늦게 알아차렸다. 곧바로 계약업체가 있는 김해로 출장을 갔다. 회사는 그런대로 규모를 갖추고 있었으나 주로 공작기계가 자리를 차지하고 있었다. 대형 플레이너를 비롯하여 밀링머신, CNC 선반, 호닝머신 등이 공장 안에 늘어서 있었다. 그러나 정작 플랜트 사업은 경험이 미천한 듯했다. 문제는 이 업체도 재하도를 주고 있다는 점이었다. 하도를 받은 제작업체는 경북 성주에 있었다. 그곳은 공장 부지가 넓고 대체로 쾌적한 환경에서 주로 플랜트 사업을 하는 회사였다. 그러나 제철 설비의 플랜트 사업은 전혀 경험이 없었다. 가공 기계는 고작 드릴링머신 정도가 전부였다. 직원은 관리자만 몇 명에 불과하고 일용직을 불러다 쓰고 있었다. 기능이 어느 정도인지는 분간할 수 없었다. 주변이 농공단지라 농사에 종사하는 사람들이 아닐까 싶었다. 겨우 용접이나 가스 절단, 사상 정도나 할 수 있는 인력으로 보였다. 철 구조물 제작이나 조립작업은 미숙했다. 여기에 참여하는 모든 사람이 해당 사업에 대한 이해도가 떨어졌다. 어떤 기능을 하는 장치인지를 모르니까 제작을 하면서도 뜬구름 잡는 식이었다. 도면을 보고 이해하는 수준도 형편없었다. 시작부터 이 업체가 감당하기에는 역부족인 사업이었다. 당연히 이 사업을 담당하고 있는 나만 애를 태울 수밖에 없었다. 혼자 이리 뛰고 저리 뛰어도 다 미치지 못하는 형편이었다. 암담한 현실 앞에 절로 힘이 빠졌다. 제작관리부와 담당 부장이 몇 차례 다녀갔지만, 나아지는 것은 별로 없었다. 계약업체 부사장, 임원, 담당 부장을 다 불러놓고 화풀이를 하고 나면 불신의 골만 깊어졌다. 사장한테 하소연을 해 봐도 뾰족한 수가 나오지 않았다. 결국 견디다 못해 계약업체 담당 부장과 임원이 차례로 사표를 내고 자리를 떴다. 엎친 데 덮친 격이었다. 죄 없는 담당 과장만 나한테 매일 혼쭐이 났다. 나는 한시도 자리를 뜰 수가 없어서 근처 모텔에 방을 얻어 놓고 출퇴근을 했다. 지리적 여건상 아침 식사는 빵과 우유로 대신하고, 점심과 저녁은 제작업체 구내식당을 이용할 수밖에 없었다. 하루하루 생활이 불편하기 그지없었다. 그 업체에서도 각종 제작품을 재하도로 수급하는 형편이어서 이중고를 겪었다. 김해와 성주, 대구를 수없이 오갔다. 재하도 업체는 최소 10여 군데에 2백 5십여 품목이 뿔뿔이 흩어져 있었다. 다섯 아이템에 수백 톤에 달하는 물량으로 계약금만 수백억 원에 달했다. 그 제작공정을 매일 확인한다는 것은 쉬운 일이 아니었다. 곳곳에 계약업체 직원들을 배치하여 보고하도록 했지만, 그 내막을 속속들이 알 수 없었다. 납기 마감일은 점점 다가오는데 제작은 더디기만 했다. 매일 회사에 제작공정을 보고하고 나면 독촉만 할 뿐, 대안이 없었다. 납기지연은 회사 평가에 좋지 않은 영향을 미칠 뿐만 아니라 위약금을 물어야 한다고 했다. 더 큰 문제는 이 사업으로 말미암아 전체 건설 공기가 지연되면 치명타를 입을 수 있다고 안달이었다. 이유를 불문하고 기한 내 납기를 주문했다. 똥줄이 바싹바싹 타들어 갔다. 그 스트레스를 계약업체에 다 쏟아냈다. 사람이 할 짓이 아니었다. 그들이 대처하는 사고방식에 목이 잠길 정도로 호통을 쳤다가 달래기를 수없이 반복했다.

제작 공정이 막바지에 다다를 즈음에는, 지연되고 있는 품목에

대해 철야 작업으로 밀어붙였다. 그 과정 또한 진통을 겪었다. 철
야 작업은 곧 인건비 상승으로, 회사 경영상의 부담 때문에 기피
하는 눈치가 읽혔다. 지연되고 있는 품목은 철야 작업으로 공기를
만회하겠다고 해놓고 지키지 않았다. 보다 못해 내가 직접 나섰다.
하도급 업체를 찾아가 철야 작업을 독려하며 함께 밤을 새웠다. 아
침에 일을 끝내고 퇴근하는 작업자의 노고에 위로의 말을 건넸다.
고마운 마음에 "아침 식사나 하세요."라며 3만 원을 꺼냈더니 받지
않았다. 그때쯤 계약업체 부사장이 슬그머니 나타났다. 순간 눈에
불똥이 튀었다. 밤새 들끓던 분노로 실컷 화풀이를 하고 나니 그
만 허기가 졌다. 부사장이 무슨 변명을 하는지 귀에 들어오지 않
았다.

우여곡절 끝에 제작은 어느 정도 완료 단계에 이르렀다. 그러나
그때부터 또 시작이었다. 성능 테스트 과정이 남아 있었다. 제작이
완료된 부품을 끌어모아 겨우 조립은 마쳤지만, 성능 테스트를 할
수 없었다. 장소도 마땅치 않고 테스트할 준비가 전혀 돼 있지 않
았다. 동력을 전달하기 위한 모터와 감속기가 없었다. 이것을 갖추
려면 배보다 배꼽이 더 큰 웃지 못할 촌극이 벌어졌다. 시기적으로
도 이미 수급이 불가능한 상태였다. 급기야 성능 테스트를 한답시
고 지게차를 동원했다. 조립된 장치에 와이어로프(Wire Rope)를 걸
고 지게차를 이용해 강제로 잡아끌었다. 동력을 전달하기 위한 다
른 방법이 없었다. 기가 막혔다.

성능 테스트는 조립된 단위 장치를, 설계에서 요구한 기준대로
작동하는지 확인하는 과정이었다. 그 세부 사항이 계약서에 명기

되어 있었다.

급기야 경북 성주의 재하도 업체에서 하던 일을 접었다. 그리고 조립품, 부품 할 것 없이 몽땅 차에 싣고 김해로 운반했다. 계약업체에서 마무리하는 편이 그나마 나을 것 같다는 판단에서였다. 이러한 상황들은 담당 부장한테 보고하고 협의한 후에 신속하게 진행했다. 이 과정에서 계약업체와 재하도 업체 간에 갈등 양상을 띠면서 일이 어렵게 꼬였다. 돈에 얽힌 문제라 난감했다. 결국 우리 회사가 전면에 나서서 사태를 원만하게 수습할 수 있었다.

기자재를 전량 계약업체로 운반한 후에 인력을 더 동원했다. 그리고 밤낮없이 매달렸다. 주말과 휴일도 반납했다. 성능 테스트는 관련자들의 의견을 모아 모터(Motor)에서 유압 실린더(Cylinder)로, 동력전달 방식을 바꿨다. 회전운동을 직선운동으로 바꾸는 방식을, 그 반대로 동력을 전달하자는 데서 아이디어를 착안했다. 어렵사리 그 테스트 과정을 마칠 수 있었다. 궁여지책이었다.

그러나 성능 테스트 중에 알 수 없는 부분에서 부하가 작용하면서 동작이 원활하지 않았다. 그 원인을 밝히려고 분해하고 재조립하기를 수십 차례 반복했다. 단품으로는 문제가 없는데 그것을 조립한 후에 테스트를 하면 똑같은 현상이 나타났다. 밤잠을 이룰 수가 없었다. 그만큼 부품 하나하나가 설계 도면에서 요구한 가공 정밀도를 유지해야 가능한 일이었다. 결국 가공오차 때문에 발생한 일로 많은 시간을 허비한 후에야 해결할 수 있었다. 하도 기가 막혀서 머리털을 쥐어뜯고 싶은 충동이 일었다. 나 자신의 무능함에 그만 할 말을 잃고 말았다.

매일 전쟁과도 같은 사투를 벌인 끝에 계약 납기 내에 거의 납품을 했다. 물론 부족한 부분이 많이 남아 있었지만, 밖으로 표출하지 못하고 혼자 끙끙 앓았다.

마지막으로 공장에 설치하고 시운전까지 해야 하는 부담이 남아 있었다. 하지만 우선 발등에 떨어진 불을 끌 수 있어서 안도의 한숨을 내쉴 수 있었다.

그러나 염려했던 대로 시공 중에 문제들이 하나둘씩 드러나기 시작했다. 이제는 시공업체와 힘겨루기를 해야 할 운명이었다. 설치 중에 제작 불량으로 조립할 수가 없을 때는 즉시 반출해서 수정하는 일이 비일비재했다. 그때마다 시공업체는 안달을 했다. 시공이 지연된 손실을 책임지라며 막무가내로 생떼를 썼다. 시공업체 사람들을 만나는 것이 두려웠다. 그들의 눈을 피해 다니기가 일쑤였다.

고전 끝에 간신히 공기 내에 시공을 마칠 수 있었다. 그러나 시운전 과정이 순조롭게 진행되지 않았다. 설비가 요구하는 설계기준에 못 미쳤다. 수 초 내에, 동시에 작동해야 하는 요구 조건을 충족시키지 못했다. 또 내 발목을 잡고 늘어졌다. 수많은 시운전과 개선을 통해서 문제를 해결하려 했지만, 근본적인 문제는 따로 있었다.

유압 시스템에서 문제가 불거졌다. 이 장치를 자동제어하기 위해서는 서보 밸브(Servo Valve)를 적용해야 하는데, 투자비가 늘어난다는 이유로 묵살되었다는 것이다. 상대적으로 투자비가 저렴한 전자비례변(Electronic proportional valve)으로 잘못 선택한 것이 결국 테스트 과정에서 드러났다. 이것은 단독 시운전에서부터 종합

시운전 과정에 이르기까지 악영향을 끼쳤다. 전체 공정의 이슈로 떠오르면서 안절부절못했다. 휴일을 잊고 밤잠을 설쳤다.

이 문제는 결국 서보 밸브로 바꾸고 나서야 해결되었다. 나를 비롯하여 이 사업에 관련된 많은 사람이 심한 스트레스에 시달렸다. 이 문제는 내가 담당하기 전에 이미 설비 사양이 확정된 사항인지라 한 발 뒤로 물러섰다. 그렇다고 수수방관할 수 없는 노릇이었다. 화가 머리끝까지 치밀었지만, 꾹꾹 눌렀다. 재취업의 업보려니 했다.

4열연공장 신설 사업은 총투자비가 무려 9천억여 원에 이르렀고, 착공한 지 3년여 만인 2014년 10월에 준공했다. 설계부터 시공까지 우리 회사에서 책임을 맡아 사업을 추진했으며, 일평균 투입 인원은 3백 3십여 명에 달했다. 투입 물량은 1만여 톤을 쏟아부었고, 케이블은 무려 2천 9백여 ㎞를 포설했다. 공장 부지는 9만여 평으로 그 위에 연간 3백 5십만 톤의 생산량과 최상의 품질을 자랑하는 공장을 건설했다. 그 시기에 포스코가 최신예 열연공장을 건설한 것은 세계 경쟁력 확보를 위한 결단이었다. 따라서 세계 굴지의 제철 회사들로부터 부러운 시선을 한 몸에 받았다.

돌이켜 보면, 수많은 역경과 고통 가운데서도 끈질기게 버텼다. 내가 원했고, 스스로 선택한 길이기 때문에 가능한 일이었다. 이는 내가 맡은 사업은 내 힘으로 마무리해야 한다는 책임감이 그림자처럼 나를 따라다녔다. 그 책임감은 위기가 닥칠 때마다 강인한 정신력과 군건한 마음으로 묵묵히 견딜 수 있는 근간이 되었다. 그 결과, 최신예 열연공장이 한층 세련된 모습으로 탄생했고, 포스코 역사에 길이 남을 이정표가 되었다. 그 과정들 속에서 얻게 된 보람은 심신이 지칠 대로 지친 나를 때때로 위로했다. 우리가 기울인 노력과 흘린 땀이 자랑스러운 결실로 드러남에 따라 포스코의 위상은 한층 높아졌다. 우리 힘으로 국내 최초로 열연공장을 건설했다는 자부심이 모든 것을 긍정의 힘으로 덮었다. 그동안의 노고에 대한 치하와 더불어 회장 단체 표창과 포상금을 듬뿍 받았다. 그것을 끝으로 포스코에서 내 인생의 마지막 불꽃을 태웠다.

광양제철소 4열연공장 정문 앞에는 건설에 참여했던 모든 사람의 이름이 새겨진 '4열연공장 준공 기념비'를 세우고 그들의 노고를 위로했다.

3. 새로운 출발, 한국방송통신대학교가 답이다

흔히들 정년퇴직을 하고 나면 제2의 인생을 멋지게 살라고 주문하곤 했다. 만나는 사람마다 귀가 따갑도록 떠들어댔다. 현직에 있을 때 제2의 인생을 준비하라고도 했었다. 그런데 대부분의 사람이 제2의 인생을 놓고 목청을 돋우는데, 그것이 어떤 의미인지 실체가 드러나지 않았다. 그런 나는 뒤늦게 이를 깨달았다. 내가 처한 현실을 경험하고 나서야 알았다. 여태껏 생활해 왔던 방식 그대로 살 수 없다는 것을 깨닫기까지는 많은 시간이 흘렀다.

정년퇴직을 하고 난 후에 포스코에 재취업해서 1년을 더 일했다. 이어서 포스코 계열사로 자리를 옮겨 5년 동안 포스코 신설 프로젝트를 수행했다. 이처럼 일을 놓지 않고 있었던 것도 미래를 예측하지 못한 하나의 이유였다. 시간이 흐르면서 드러난 근무환경은 하늘과 땅 만큼의 차이로, 확연하게 구분할 수 있었지만, 그때는 선택의 여지가 없었다. 내가 현직에 있을 때는 조직적으로 일하고, 주로 설비관리 업무만 했다. 그러한 근무환경은 어떤 어려움이 닥치더라도 지혜를 모아 슬기롭게 헤쳐나갈 수 있었다. 그러나 계열사는 달랐다. 모든 것을 스스로 해결하도록 내팽개치다시피 했다. 좋은 의미로 해석하면 자기완결을 요구했다. 설계도면 검토에서부터 자재수급, 공사감독, 하자처리까지 포함하고 있었다. 업무 강도는 더 심한 반면에 연봉은 절반 수준이었다. 삶의 질이 곤두박질치는 어려운 상황에 직면할 수밖에 없었다. 재취업은 단지 은퇴로 이어지는 완충지대의 역할일 뿐이라고 생각했다. 누구나 거쳐 가는 하나의 과정일 거라고 짐작했다. 그때부터 나는 변화하는 환경에 맞춰서 스스로 바뀌지 않으면 안 된다는 간절한 마음이 일었다. 앞으로의 삶은 내가 주도하겠다는 다짐을 하고, 실천할 수 있는 계획부터 세웠다. 1년 계획을 수립하고, 10년 후의 내 모습을 그려 보았다. 2009년 11월에 다짐한 나의 실천 계획은 이런 내용이었다.

I. 2010년 나의 실천 계획

1. 자기계발

▷ 3.3.3 독서하기

* 월 3권 이상, 권당 3회 이상, 하루 3시간 이상

* 독서 후기 쓰기, 일기 쓰기

▷ 한국방송통신대학교 입학 (국어국문학과)

2. 건강관리

　　　▷ 금주

　　　▷ 회식 시 2차 안 가기, 22시 이전 귀가

3. 봉사활동

　　　▷ 60시간 이상

　　　▷ 소녀 가장 돕기: 김○○, ○○ 자매

　　　　　* 월 1회 전화 상담, 분기 장학금 전달 및 상담, 명절 가정방문

　　　　하기

4. 가정생활 솔선수범

5. (…)

6. 재취업하기

II. 10년 안에 하고 싶은 일

1. 믿음이 강한 그리스도인으로 살기

2. 독서 및 책 내기

　　　▷ 400권(매년 40권)

　　　　　* 월 3권 이상, 권당 3회 이상, 하루 3시간 이상

　　　▷ 책 내기

　　　　　* 독서 후기 쓰기, 일기 쓰기

　　　▷ 한국방송통신대학교 졸업(국어국문학과)

3. 에베레스트 등정

　　　▷ 체력관리

＊평생 금주

4. 봉사활동

▷ 매년 60시간 이상

＊65세 이후는 삶의 중심을 봉사활동으로 전환

▷ 소녀 가장 돕기: 1가정, 불우이웃돕기

5. 재산형성

▷ 서울에서 생활할 집 한 채 소유하기

▷ 65세까지 일자리 갖기

그때부터 한국방송통신대학교(이하 방통대)에 진학하기로 마음을 굳혔다. 60이 가까워가는 나이에 생뚱맞게 대학교에 들어간다는 것이 쉽지 않다는 점은 각오하고 있었다. 그래도 그만큼 내 삶의 변화를 갈망하며 잔뜩 목말라 있던 때라 기꺼이 받아들였다. 이때를 놓치면 안 되겠다는 위기의식을 느꼈다. 내 주변에서도 그러한 길을 묵묵히 걸었던 이들을 만났던 것 또한 긍정적으로 작용했다. 책을 쓰겠다는 실천 계획을 세워 놓고 다짐했다. 그것은 더 배워야 한다는 간절함이었다. 글을 쓰려면 최소한 그 분야의 대학 졸업장 하나쯤은 있어야 하는 것이 아닌가 싶었다. 대학 진학을, 글을 쓰기 위한 하나의 과정으로 여겼다. 글쓰기 기초라도 제대로 배우고 싶기도 했다. 그러나 이보다 더 중요한 점은 배움의 길을 선택했다는 용기였다.

방통대의 한 학기 출석 수업은 고작 사나흘 뿐이었다. 나머지는 교과서와 학교에서 제공한 인터넷 방송을 통해서 스스로 공부했다. 그래서 출석 수업이 있는 기간 동안에는 모든 신경을 곤두세웠다. 하나라도 더 배우고 싶은 욕구가 넘쳤다. 광주광역시에 있는 방통대 지역대학으로 매일 오전 8시 반경에 출석했다. 오후 6시쯤 수업이 끝나고 집으로 돌아오면 저녁 7시 반경이었다. 피곤하다거나 힘든 줄도 모르고, 하루에 3시간 정도를 운전하며 오갔다. 배움의 열정이 식기 전에 전 과정을 마치고 싶은 욕구가 들끓었다. 4년 동안을 줄곧 같은 마음으로 다녔다. 나이 들어서 공부한다는 것은 내 삶에 큰 의미를 불어넣었다. 늦긴 했지만, 이 기회를 절대 놓치고 싶지 않았다. 학습 분위기는 뜨거웠다. 배움 앞에 당당하고 활기찼다. 학우들과의 사적인 이야기보다는 오직 학습에만 열중했다. 출석 수업을 마치고 나면 중간고사를 치러야 하므로 그에 대비한 정보교환이 활발했다. 학우 모두가 나만큼이나 간절한 마음으로 선택한 길이 아닌가 싶었다. 간혹 이런 분들도 만날 수 있었다. 방통대를 졸업한 후에 또 다른 전공과목을 선택해서 학문을 넓혀가고 있는 학생들이었다. 한 마디로 공부를 즐기는 사람들이었다. 그분들이 부럽고, 존경스러웠다.

학생층은 각양각색이었다. 연령층에서부터 성별, 지역별, 직업별, 개인의 능력에 이르기까지 다양했다. 연령대는 40~50대가 주를 이루었다. 최연소자는 고등학교를 갓 졸업한 여학생이었으며, 최고령자는 68세인 한 여성으로, 배움 앞에 나이는 무관한 듯했다. 성별은 여성이 60~70%는 차지하지 않을까 싶을 정도로 많았다. 지역별로는 역시 광주권이 대부분이었고, 그 가운데 소수가 목포와 순천 지역이었다. 순천 지역은 광양과 합해서 다섯 명인데, 남자가 두 명이고 여자가 세 명이었다. 우리 다섯 명은 출석 수업과 중간고사, 기말고사가 끝나면 함께 식사하며 서로를 격려했다. 여러모로 어렵고 불편한 학습 환경임에도 괘념치 않았다. 오히려 배우려는 의욕이 남달랐다. 나는 그때까지 직장에서 일하면서 학교에 다녔기 때문에 경제적 부담은 없었다. 더군다나 국가유공자 가족으로 학비는 전액 면제였다. 비록 40만 원도 안 되는 금액이었지만 학비 걱정은 덜 수 있었다.

한 학기 동안 여섯 과목을 학습한 후에 중간고사와 기말고사를 치렀다. 한 학기 성적 반영 비율은 중간고사 30%, 기말고사 70%였다. 이를 바탕으로 학업 성적이 산출되었다. 따라서 한 과목이라도 과락이 나오면 졸업할 수가 없기 때문에 학습을 통해 지식을 쌓는다기보다는 시험공부를 하는 데 온 정신을 집중했다. 그리고 한 학기에 모든 과정을 소화해야 하는데 그 과정을 적절하게 배분해서 공부할 수 있는 시간 또한 빠듯했다. 책을 전부 읽어보는 것도 벅차고, 인터넷 방송강의를 다 듣는 것도 무리였다. 인터넷 강의는 주로 한 과목당 15강 이상으로 1강당 강의 시간은 50분가량이었다. 여섯 과목이면 최소 90시간은 투자해야 하는 셈이었다. 그렇다고 강의 내용이 머릿속에 남아 있는 것도 아니었다. 돌아서면 까맣게 잊혔다. 견디기 힘든 것 가운데 하나는 졸음이었다. 졸음은 공부를 방해하는 훼방꾼처럼 나를 괴롭혔다. 나이 들어 일하면서 공부한다는 것이 말처럼 녹록지 않았다.

고민 끝에 학습 방향을 바꿨다. 요점만 간단하게 정리해서 주입식으로 공부했다. 그 가운데는 기출문제도 학업 성적을 올리는 데 한몫했다. 오직 학업 성적에만 매달려 있었다. 위기가 수시로 찾아왔지만, 이때를 놓치면 기회는 다시 오지 않는다고 각오를 새롭게 했다. 이겨내야 한다고 자신을 수없이 다그쳤다. 대학 정규과정 4년 동안에 기필코 졸업해야겠다는 결심을 굳혔다.

모든 생활 방식을 방통대 졸업을 목표로 전환했다. 아침에 출근해서 한 시간, 업무 종료 후 한 시간, 퇴근해서 한두 시간 공부하고 11시에 잠자리에 들었다. 자투리 시간을 유용하게 활용했다. 요점을 정리한 자료나 암기할 내용이 있으면 몸에 지니고 다니면서 언제 어디서나 펼쳤다. 때와 장소를 불문하고 공부하는 데 전념했다. 출장 갈 때는 학습할 책이나 자료를 먼저 챙겼다. 재취업을 하고 난 후로는 출장 업무가 잦았기 때문에 생긴 일이었다. 신설 프로젝트에 필요한 기자재 공급 업체와 계약을 체결하고 나면 제작과정이나 납기 등을 확인하기 위해서였다. 짧게는 사흘, 길게는 1주일 정도였다. 특별한 경우 15일~1개월 정도의 장기 출장도 있었다. 그럴 때는 비록 일은 힘들지만, 공부할 수 있는 시간은 늘었다.

한 예로 이런 일이 있었다. 경기도 안산 반월공단에 있는 한 제작업체에 출장을 가게 되었다. 시급한 일이라 하루 전에 서울로 올라가 아들 자취방에서 하룻밤을 잤다. 이른 아침에 안산으로 가기 위해 혜화역에서 지하철 4호선을 탔다. 도착 시각은 오전 8시 반쯤으로 예상하고 7시경에 열차에 올랐다. 이른 시간이라 그런지 좌석이 헐렁했다. 자리에 앉자마자 책을 펼쳐 들었다. 한 시간 반 정도는 공부할 수 있다는 마음에 여유가 생겼다. 열차가 가는지, 서는지도 의식하지 못한 채 책 속에 깊이 빠져들었다. 하물며 종착역인 사당역에 도착한 것조차 까마득히 몰랐다. 그 역에서 열차 내 방송을 하고, 승객이 다 내릴 때까지도 책과 씨름 중이었다. 열차 안에 홀로 남겨진 채 사당역 차고에 들러 다시 당고개를 향하고 있는 데도 영혼은 책 속에 있었다. 한참을 책에 고개를 처박고 있다가 문득 얼굴을 들어보니 낯익은 곳이 눈에 띄었다. '아니! 혜화역이 아닌가!' 이 무슨 개벽인가 싶어 화들짝 놀랐다. 잠시 몸이 굳었지만, 일단 내렸다. 사태를 파악해 보니 당고개에서 사당역을 오가는 지하철을 탄 게 화근이었다. 혜화역에서 사당역으로 갔다가 당고개로 되돌아가는 중이었다. 열차 안에서 한 시간가량을 허비한 셈이었다. 결국 9시가 넘어서야 출장지에 도착할 수 있었다. 서울 지하철 4호선은 당고개에서 사당역, 당고개에서 오이도를 오가는 두 개의 노선을 운행하고 있다는 점을 미처 몰랐다. 다시 오이도행 지하철을 타고 안산으로 가는 도중에 신설 프로젝트의 팀 리더로부터 전화를 받았다. 현지 제작 상황을 빨리 듣고 싶어 하는 마음에 전화한 듯 조급한 목소리였다. 뭐라고 설명해야 할지 참으로 난감했다.

산책하면서도 손에는 메모지가 들려 있었다. 초등학교 6학년과 중학교 때의 학창 시절로 되돌아간 듯한 착각 속에 빠졌다. 공부를 위해 태어난 사람처럼 열중했다. 방학 때는 계절학기 수업을 통해서 부족한 부분을 보충했다. 학업 중 위기가 한 번 찾아왔다. 3학년 기말고사를 하루 앞두고 아버지께서 소천했다. 장례를 치르고 가장 먼저 한 일은 방통대 지역대학에 이 사실을 알리고 구제 방법을 문의한 것이었다. 학교에서 요구한 부친 사망진단서를 제출하고, 논문으로 대신했다. 한 과목당 많게는 A4지 10장, 적게는

5~6장의 논문을 작성해서 제출한 후에 3학년 2학기 과정을 마칠 수 있었다. 정성을 다해 작성한 논문은 아내가 광주 지역대학으로 직접 찾아가서 제출했다. 그 과정 하나하나를 절박한 마음으로 임할 수밖에 없었다. 입학할 당시의 각오를 잊지 않기 위해 4년을 자신과의 싸움에서 이겨냈다. 자칫 느슨해지거나 소홀히 해서 제때 졸업을 하지 못하면 포기할 것 같다는 위기감이 짓누르고 있었다. 수많은 역경과 위기를 뚫고 드디어 졸업의 기쁨을 누렸다.

그날을 위해서 많은 것을 포기했다. 좋아하던 술을 끊었다. 술자리가 자연스럽게 줄어들었다. 등산을 즐기다가 이마저도 과감하게 접었다. 학교에서 별도의 모임이나 행사에는 얼씬도 하지 않았다. MT가 그랬고, 방학 중 역사문화탐방이 그랬다. 졸업여행마저 포기했다. 모든 것을 이겨내고 감내한 대가는 방통대 정규과정 졸업이었다. 졸업할 무렵에는 한 단계 더 올라가고 싶은 마음이 굴뚝같았다. 내심 방통대 대학원 과정 중에서 문예콘텐츠학과를 희망하고 있었다. 그러나 성적이 발목을 잡았다. 대학 졸업 성적이 평균 95점은 돼야 가능하다고 했다. 나는 겨우 79점에 불과했다. 뜻을 접고 오프라인 지방대학 문예학과를 마음에 두고 면담을 진행했으나 현실의 벽에 부딪혀 꿈을 접었다. 방통대 졸업으로 만족해야 했다. 케케묵은 고등학교 최종 학력을 벗어던진 것만으로도 홀가분했다. 졸업 축하 행사에는 아내와 함께 참석했다. 가운을 걸치고 학사모를 쓴 채로 졸업사진을 찍었다. 그 자리에 서기까지는 아내의 헌신을 빼놓을 수가 없었다. 나를 다시 깨어나게 한 방통대 졸업이었다. 영광스러운 훈장 하나를 가슴 속 깊은 곳에 아로새겼다.

4. 아버지를 여의다

언제까지나 우리를 지켜줄 것으로 믿고 살았던 아버지께서 세상을 떠났다. 건강한 체격과 인자하신 성품으로 우리를 보호해 주시던 든든한 벽이 허물어져 내렸다. 이별다운 이별도 하지 못한 채 그렇게 홀연히 천국으로 향하셨다.

아버지는 1928년 정월, 전남 고흥의 한 시골 마을에서 태어났다. 부농 집안의 셋째 아들이었다. 소학교를 마치고 할아버지 밑에서 농사를 돕다가 약관 17세의 나이에 일본군 보급대로 끌려갔다. 북한 평안남도에서 토지정리, 건축, 공장 부지 조성, 철도건설 등의 험한 일을 거의 1년 동안 했다. 해방되던 해, 18세 때 고향으로 내려와 해방의 기쁨을 맞았다. 그리고 예전에 하던 대로 고향에서 농사를 짓다가 23세에 결혼했다. 24세인 1950년 6월 25일에 한국전쟁이 발발하자 그로부터 이틀 후인 6월 27일에 육군 보병으로 입대했다. 제주도에 있는 육군 훈련소에서 40일간의 혹독한 훈련을 받았다. 훈련이 끝나자마자 치열한 전투가 벌어지고 있는 최전방에 투입되었다. 1950년 8월로, 찌는 듯한 무더위가 기승을 부리던 때 강원도 양구에 있는 제5사단에 배속되었다. 곧바로 무명고지 전투에 투입되어 밤낮을 가리지 않고 적군과 치열한 공방전을 벌였다. 그렇게 전투를 치르던 9월 중순 어느 날 해가 질 무렵이었다. 소대 전체가 진지에 투입되는 긴박한 상황이 전개되었다. 바로 그날, 그 전투에서 아버지는 불행하게도 오른쪽 손목에 관통상을 입고 쓰러졌다. 동고동락했던 전우들을 뒤로하고 울산에 있는 23

육군병원으로 후송되었다. 여러 차례에 걸쳐서 수술과 치료를 받고 1951년 3월 말에 상이 제대를 했다. 부상당한 몸으로 제대한 아버지는 다시 농사를 지을 수밖에 없었다. 그렇게 농사에 바친 한평생 동안 아버지는 그 총상의 후유증에 시달렸다.

아버지가 본가에서 분가할 즈음에는 큰집 살림이 엉망이 되었다. 큰아버지가 노름과 여색에 빠져 재산을 탕진하고 살림이 파탄났다. 당연히 아버지는 할아버지로부터 물려받은 재산 한 푼 없이 분가했다. 부모를 원망해봐야 돌아오는 것은 하나도 없었다. 오로지 건강한 몸 하나로 재산을 모으고 먹고살기 위해 몸부림을 쳤다. 어머니도 마찬가지로 억척스럽게 땅을 일구고 갯벌을 드나들며 돈을 모아 살림을 불렸다. 처음에 분가했던 집은 마을 맨 꼭대기, 산자락에 있는 외딴집이었다. 집으로 들어가는 길은 무척 가팔랐다. 입구에서 올려다보면 까마득했다. 그렇게 몇 해가 지나고 나서야 마을 아래쪽에 있는, 비교적 새집으로 이사했다. 당숙이 직접 지은 집으로 집터가 넓고, 집 주위로 논과 밭이 둘러싸고 있었다. 봄이면 개구리와 뜸부기 울음소리가 때때로 엇갈렸다. 때로는 시끄럽고 요란하게, 때로는 은은하고 처량하게 들리는 곳이었다. 이곳이 바로 내가 자란 집이며 부모님의 땀과 눈물이 서린 터전이었다. 아버지는 단단한 체격에 건강하고 힘이 셌다. 마을에서 장사라고 할 만큼 당당했다. 또한, 아버지는 온화한 성품에 욕심 없이 살고 싶어 했다. 일을 해서 조금씩 돈을 모아 땅을 넓혀 가는 소박한 농사꾼이었다.

내가 어렸을 때였다. 덥수룩하게 자란 내 머리를 깎을 때가 되면 이발소에 보내지 않고 아버지께서 손수 깎아 주었다. 그런 나는 바리깡(바리깡의 어원은 프랑스의 'Bariquand et Mare'라는 회사로, 이 회사의 제품이 일본에 1883년경 소개되면서 회사명 자체가 이발기의 명칭으로 자리 잡은 것이라고 한다)이라고 하는 이발 기구를 보기만 해도 겁부터 났다. 아버지는 바리깡 손잡이를 양손으로 잡고 조였다 놓기를 반복하면서 밑에서부터 위로 올라갔다. 이발 기구의 상어 이빨 같은 날카로운 날이 좌우로 서로 교차하면서 머리카락을 잘랐다. 자른다기보다는 잡아 뽑았다. 온몸이 연신 움찔거렸다. 급기야 눈물이 주르륵 흘렀다. 그 눈물방울은 잘린 머리카락과 뒤섞여 발등으로 떨어졌다. 아프다고 울기라도 하면 더 아프게 밀어붙였다. 바리깡이 지나가는 소리만으로도 질겁했던 나는 소리 죽여 끙끙 앓았다. 이발은 그것으로 끝난 게 아니었다. 머리털을 깎고 나면 머리에 낀 때를 벗겨내느라 또 한 차례 진통을 겪었다. 머리에 빨랫비누를 칠하고, 손가락으로 박박 긁어댈 때면 초주검이 되었다. 아마 그런 날이 초등학교 3학년 때까지는 계속되지 않았을까 싶다. 아버지의 완력에 눌려서 꼼작할 수가 없었다. 아버지는 집안에 크고 작은 일이 있을 때마다 당신 손을 거치지 않고서는 못 미더워했다. 모든 일이 아버지의 손을 기다리고 있었다. 나는 중학교를 졸업할 때까지 시골에서 함께 살았지만, 아버지가 보기에 당신 아들은 모든 게 어리숙하고 마음에 차지 않은 듯했다. 그렇게 유년 시절은 부모님의 일손을 거들어주는 것만으로 위로를 삼은 게 아닌가 싶었다. 그 이후로는 광주에서 고등학교를 졸업하고, 곧이어 군 복무로 이어졌다. 그리고 제대 후에 곧바로 취업했으니까 아버지에 대한 추억은 10여 년 남짓한 세월이었다. 결혼하고 포항에 신혼살림을 차린 후로도 전과 별반 다르지 않았다. 가끔 한 번씩 찾아뵙고 안부를 전하는 정도였다. 아버지는 말없이 우리 곁에 있는 것만으로도 충분했다. 광양으로 전입한 이후로 부모님과 교류가 잦아지고 관심을 갖게 되었다. 그러나 아버지는 언제나 말씀이 없는 편이라 깊은 얘기는 나누지 못했다. 건성건성 얘기하고 아무 생각 없이 들었다. 두 분이 건강하게 사시니까 별걱정 없이 지냈다. 아버지는 80세까지도 정정하셨다. 그동안 잔병치레 한 번 하지 않은 분이었다. 다만 아쉬운 점이 있다면 두 분이 서로 의견이 안 맞아서 싸우는 일이 잦았다는 점이다. 아버지는 좀 여유 있게 살기를 원하셨지만, 어머니는 그때까지도 억척스럽게 일만 했다. 아버지께서 술 한 잔하는 것도 간섭했다. 일을 쌓아놓고 미룬다며 바가지를 긁었다. 아버지는 어머니가 사사건건 간섭하고 바가지 긁는 것 때문에 속을 끓였다. 그런 아버지는 "니 엄니는 내가 노는 꼴을 못 본다."라며 한숨을 짓기도 했다.

어느 날 한 번은 아버지께서 우리 집을 예고도 없이 찾아왔다. 대뜸 "니 엄니하고는 못 살겠다. 아무도 모르는 곳으로 도망가서 살까 하다가 니한테로 왔다. 어디 내가 살 만한 집 하나 구해주라."라고 말씀하셨다. 난감했다. 머리가 지끈거렸다. 무슨 수를 써서라도 두 분을 화해시키는 길밖에 없었다. 어머니도 화가 단단히 나서 "니 아부지 다시는 안 볼란다."라며 고집을 꺾지 않았다. 그렇게 한 달가량을 아버지는 우리 집에서 지냈다. 어머니는 어머니대로 앙금이 가시지 않았고 아버지는 아버지대로 혼자 사는 게 편하다고 화해하는 걸 체념했다. 그런데 한 달여 만에 어느 정도 감정이 누그러진 것 같았다. 이쯤이면 되겠다 싶어서 아버지를 모시고 고향 집으로 들어갔다. 아버지가 집으로 돌아왔는데도 어머니는 화가 다 풀리지 않은 듯했다. 아버지는 입을 꾹 다문 채 아무 일도 없었다는 듯 집안을 정리했다. 한동안 어색한 분위기가 흘렀다. 나는 두 분의 눈치를 살피느라 안절부절못했다.

젊었을 때부터 두 분은 지독하게 싸웠다. 아버지는 어머니의 앙칼스러운 바가지에 속수무책으로 당했다. 아버지는 참고, 참다가 한계에 다다르면 폭력을 휘둘렀다. 술이나 한잔하고 들어오신 날은 전쟁터를 방불케 했다. 그때마다 내가 어머니의 방패막이 되었다. 아버지가 밉고 어머니가 원망스러웠다. 우리 아이들이 성장해서도 마찬가지였다. 얘들 보기가 민망스러울 정도였다. 손자들한테 부부의 도리가 무엇인가를 가르쳐야 할 위치에 있는 부모님이었다. 그럼에도 불구하고 가정불화가 끊이질 않으니 참으로 난감했다. 부모님이 나이 들어가며 오순도순 사는 게 소원일 만큼 마음이 쓰였다.

아버지께서 82세가 되던 해에 앓아누웠다. 2009년 12월 말쯤의 일이었다. 마을 회관에서 놀다가 집으로 돌아오는 길에 몸의 중심을 잃고 넘어지는 일이 있었다. 그 이후로 몸에 이상 징후가 나타난다고 했다. 손발에 감각이 무뎌지고 움직이는 것이 불편하다고 했다. 급기야 아버지는 고흥종합병원에 입원했다. 배가 쥐어짜듯이 아프고 등에 통증이 심하다고 했다. 입원한 지 10여 일이 지났는데도 고통이 멈추지 않자 전남대학병원 응급실로 후송했다. 며칠 사이에 큰 위기가 닥쳐왔다. 전남대학병원 응급실에서 나흘 밤낮을 침대에 누워 신음했다. 음식물을 목구멍으로 삼킬 수가 없어서 코에 호스를 꽂고 영양식을 공급했다. 심장 CT를 찍고 판독하는 데도 이틀이나 걸렸다. 병명을 몰라 허둥대는 모습에 도무지 견딜 수가 없었다. 응급실에서 며칠째 밤낮을 신음하도록 방치한 것은 우리의 한계를 넘어섰다. 난생처음으로 경험하는 응급실은 그야말로 난장판이었다. 응급환자들이 수시로 드나들며 신음하는 소리는 생지옥이나 다름없었다. 하루빨리 그곳을 벗어나고 싶은 마음뿐이었다. 그러나 아버지의 병명이 밝혀지지 않으니 입원할 수도 없는 노릇이었다. 견디다 못해 서둘러 퇴원 수속을 밟았다. 고통스러워하는 아버지를 업고 내 승용차로 옮겼다. 난생처음 나는 아버지를 업었다. 순간 울컥했다. 엉엉 소리 내어 울고 나면 속이 편할 것 같은 유혹을 겨우 뿌리쳤다. 이전에 아버지를 업을 수 있는 기회를 한 번 놓친 적이 있었다. 아버지 칠순 잔치 때였다. 내가 아버지를, 둘째 동생이 어머니를 업기로 무언의 약속을 했다. 그런데 어머니께서 돌연 둘째한테는 업히지 않겠다고 고집을 부렸다. 하는 수없이 내가 어머니를 업었다. 그 이후로 아버지를 업을 일이 없었다. 그런데 이렇게 아버지를 업을 줄이야 누가 알았겠는가? 안타까운 현실에 억장이 무너져 내렸다. 아버지는 사지가 축 처진 채로 신음하고 있었지만, 무겁다는 생각보다는 아버지를 잃을까 두려웠다.

그리고 서울대학병원으로 향했다. 그때는 아들이 그 병원에서 전공의 과정을 밟고 있을 때였다. 사전에 연락하고 난 후에 응급실로 갔다. 도착한 시간은 밤 12시 정각이었다. 응급실에서 밤새껏 검진하고, 다음날 일반 병실로 입원했다. 일사천리로 이루어졌다. 병명은 경추 신경계 쪽으로, 신경이 눌린 것이 원인이라고 했다. 아들이 그 병원에 있었기 때문에 가능한 일이었다. 그날은 크리스마스이브였다. 하나님께서 우리에게 감당할 수 없는 은혜를 베풀어 주심에 감사하며 기도드렸다.

아버지께서는 입원한 지 한 달여 만에 건강을 회복하고 퇴원했다. 입원해서 퇴원할 때까지 형제, 자매가 발 벗고 나서서 병간호를 했다. 아들도 자주 병실에 들러 할아버지를 위로하고 건강 상태를 살폈다. 그때마다 병실에 함께 있던 환자나 가족들로부터 부러움을 샀다. 아버지도 손자를 볼 때마다 대견스럽게 생각하고 뿌듯해하셨다. 나는 직장을 다니고 있었던 터라 주말이면 고속버스를 타고 오르내렸다. 그리고 아버지 곁을 지켰다. 그때 아버지께서는 마음속에 간직하고 있던 진솔한 얘기를 꺼냈다. 마치 세상을 정리할 것처럼 당신의 묏자리며 재산 분배에 대해서도 말씀하셨다. 그러나 나는 애써 귀담아들으려 하지 않았을 뿐더러 귀에 들어오지도 않았다. 오직 불편한 몸과 마음을 잘 추슬러서 예전처럼 건강한 삶을 누리며 살아갈 수 있기를 기도했다. 퇴원한 아버지는 고향에 내려가서 "손자 덕분에 죽을병을 고쳤네."라며 자랑했다고 했다.

아버지가 퇴원한 지 1년여 년 만에 다시 고흥종합병원에 입원했다. 무릎에 통증이 심할뿐더러 등이 뜨거워서 견딜 수가 없다고 했다. 부모님을 뵙고 돌아온 지가 일주일 전이었는데, 그때는 아무런 증상이 없었다. 그때 나는 회사 업무에 시달리고, 방통대 기말고사를 준비하느라 녹초가 되어 있었다. 그래도 주말에는 물론 주중에도 병문안을 갔다. 아버지는 며칠 사이에 점점 고통이 심해지고 몸을 가누지 못할 정도로 피폐해져 갔다. 나는 하는 수 없이 휴가를 내고, 아버지를 서울대학병원 응급실로 입원시켰다. 다음날 바로 척추 신경협착 시술을 받았다. 그전의 진료기록부가 있어서 치료가 빠르게 진행되었다. 그리고 다음 날 퇴원해서 우리 집으로 돌아왔다. 그 과정이 험난했다. 시술을 받고 나았다고 판단해서 퇴원했는데, 집으로 내려가는 도중에 또 고통을 호소했다. 나는 성급하게 서두른 것을 후회했다. 아버지께서 퇴원을 원했고, 병원에서도 승낙을 한 터라 마음 편하게 집으로 향하고 있는데, 이게 무슨 일인가 싶었다. 아버지께서 입, 퇴원할 때마다 내 차로 다녔기 때문에 나 또한 지칠 대로 지친 상태로 몸을 가누지 못했다. 마치 깊은 늪에 빠진 듯했다. 아버지께서는 통증이 올 때마다 신음하는데, 어떻게 할 수 있는 방법이 없었다. 날은 점점 어두워지고 비까지 내리고 있었다. 진퇴양난이었다. 방법이라고는 우리 집으로 모시는 것 외에는 다른 대책이 없었다. 일단 자고 나서 생각하기로 하고 집에 도착하자마자 아버지 잠자리부터 펴드리고, 바로 곯아떨어졌다. 그런데 한밤중에 아버지께서 거실로 나와 숨이 넘어갈 것처럼 통증을 호소했다. 일단 병원에서 준 진통제를 드시게 하고 119구급차를 불렀다. 가까운 동네 병원 응급실에 들러 간단한 검진을 마쳤다. 진통제를 복용한 탓인지 아버지는 바로 안정을 되찾았다. 그래도 더 이상 지체할 수가 없어서 그 병원 구급차로 광주 보훈병원 응급실로 후송했다. 그 병원 응급실에서도 적잖은 시간

낭비와 홀대를 받았다. 고통을 호소하는데, 누가 나서서 적극적으로 의료행위를 하는 사람이 없었다. 무슨 검진이 그렇게 많은지, 검진을 되풀이하면서 한쪽 구석에 방치되어 있었다. 의료진은 서로 자기 담당이 아니라고 외면했다. 검진 결과가 명확하게 드러나지 않은 이유도 있겠지만, 의료체계가 허술한 듯했다. 보다 못한 내가 병원장을 찾아가겠다고 으름장을 놨더니 그때서야 내과로 입원시켰다. 하룻밤을 뜬눈으로 꼬박 새우고 다음 날 일반 병실에 입원해서 각종 검진과 약물치료를 받았다. 그러나 나아지는 기미가 보이지 않았다. 심신이 더 약해지는 모습을 보고 절망에 빠졌다. "등이 뜨거워서 도대체 누울 수가 없구나."라며 잠을 이루지 못했다. 고민 끝에 침대 시트 위에 폐 종이 박스를 깔았다. 그나마 좀 살 것 같다고 했다. 그렇게 한 달가량을 그 병원에서 약물치료를 받았는데 별로 나아진 게 없었다. 그동안 나는 광주와 광양을 수없이 오르내렸다. 아버지도 지쳤는지 퇴원하고 싶다며 하소연을 했다. "애야! 한 번만 내 얘기를 들어주라."라고 애원했다. 하는 수 없이 퇴원 수속을 밟아서 고향으로 모시고 갔다. 퇴원한다고 하니 약을 한 보따리나 쥐여주었다. 그중에는 신경안정제도 포함되어 있었다. 정신적으로 이미 삶의 끈을 놓은 듯했다. 약봉지를 꺼내 놓고 부모님께 설명을 하는데 답답했다. 아버지께서도 건성으로 듣는 듯했다. 나도 기억하기가 어려운데, 두 분이 제대로 할 수 있을까 싶을 정도로 먹어야 할 약이 많았다. 약물에 취해 있는 것 같았다. 그렇게 집에서 약물치료를 하다가 또다시 통증이 찾아왔다. 그 고통을 이기지 못하고 고흥종합병원에 입원했다가 광주 보훈병원으로 후송했다. 그렇게 또 한 달가량 입원 치료를 받았다. 나는 아버지 병문안하랴, 회사 일 하랴, 공부하랴 눈코 뜰 새 없이 분주했다.

광주 보훈병원에서 입원 치료를 받은 후에 퇴원했다. 병원에서는 더 이상 치료할 게 없으니 약을 처방받아 퇴원하라고 했다. 집에서 한동안 약물을 복용하면서 그럭저럭 지내셨다. 그러다 또 몸에 통증이 재발해서 고흥종합병원 응급실로 입원했다. 병문안을 하러 갔더니 침대에 앉아 계시던 아버지가 우리를 보자마자 눈물 바람을 했다. 당신 며느리를 붙잡고 "아가, 아가. 왜 이제 오냐? 니가 왔냐? 오메, 오메. 이게 웬 일이당가?" 또 나를 붙들고 "어디 갔다 인자 오냐? 내 새끼야, 내 새끼야."라고 했다. 흐르는 눈물을 주체할 수가 없었다. 한쪽 구석으로 몸을 숨긴 채 한참을 울었다. 기어이 올 것이 오고야 말았구나 싶었다. 이것이 아버지와 마지막 작별 인사인가 해서 억장이 무너져 내린 듯했다. 그러나 애써 감정을 추스르고 아버지를 위로했다. 그리고 다음 날 일반 병실로 옮겨 일주일 가량을 더 치료를 받고 퇴원했다. 퇴원하는 날은 아버지께서 "이제 다 나았다." 하면서 병원 계단을 활기차게 내려갔다. 집으로 모시고 갔더니 바로 자리에 누웠다. 얘기 좀 하고 놀다가 누우시라고 해도 머리를 벽 쪽으로 휙 돌리고 나서 입을 닫았다. "아버지! 다음 주 토요일이 어머니 생신인데 함께 광양으로 모시겠습니다." 했더니 시큰둥했다. 여운을 남긴 채 무거운 발걸음으로 고향 집을 나섰다. 다음날은 일요일이라 교회를 가려던 참에 사촌 형님으로부터 전화를 받았다. 아버지가 집 옥상에서 추락해 고흥종합병원 응급실로 갔는데, 살 가망이 없다는 말을 의사한테 들었다고 했다. 순간 현기증이 일었다. 그 자리에 풀썩 주저앉았다. 한동안 사리 (事理)를 분별할 수 없었다. 겨우 정신을 차리고 나서, 목숨이 붙어 있으면 전남대학병원으로 후송하도록 부탁했다. 나도 곧바로 광주로 향했다. 내가 먼저 도착해서 숨죽여 기다리는데, 1초가 1년 같다는 생각이 들었다. 잠시 후에 아버지를 실은 구급차가 응급실로 들어왔다. 머리에는 붕대가 칭칭 감겨 있고 그 위로 피가 얼룩져 있었다. 얼굴 또한 온통 피로 물들어 있었다. 우리 아버지인지 얼른 알아볼 수가 없었다. 눈이 감긴 채 숨만 가쁘게 몰아쉴 뿐 의식이 없었다. 가끔 가는 신음을 내뱉으며, 팔다리가 움칠거렸다. 서둘러 머리 수술을 하기는 했지만, 너무 심하게 다쳐 희망이 없다고 했다. 의식이 없는 상태로 중환자실에서 10여 일간의 사투를 벌였다. 홀로 누워계신 아버지가 한없이 외로워 보였다. 아버지 살아생전의 모습을 쫓아, 하루도 거르지 않고 광주를 오르내리며 병문안을 했다. 그때마다 아버지는 낮은 목소리로 "아들!" 하고 나를 부르기라도 할 것처럼 눈을 지그시 감고 계셨다. 그런 모습을 바라보며 아버지께서 무언가 한마디는 해 줄 거라는 예감을 떨쳐버릴 수가 없었다. 볼 때마다 내 두 눈으로 아버지의 마지막까지의 삶을 똑똑히 기억하고 싶었다. '아버지는 나에게 어떤 존재였을까? 나는 또 아버지께 어떤 아들이었을까?'를 되묻곤 했다. 그러나 눈에 보이는 것은 머리에 칭칭 감긴 하얀 붕대와 퉁퉁 부어오른 얼굴, 사지뿐이었다. 그리고 연신 가쁜 숨만 몰아쉬었다. 그런 아버지의 손을 붙잡고, 쉬지 않고 기도했다. "전능하신 하나님 아버지! 이렇게 병상에서 신음하고 있는 제 아버지, 하나님의 크신 능력과 사랑으로 구원하여 주시옵소서. 예수님의 이름으로 기도합니다. 아멘!" 했다.

퇴원 하루 전에 담당 의사가 식물인간으로 장기화될 조짐이 있다고 귀띔했다. 다음 날 가는 눈발이 휘날리고 있는 가운데, 광주 보훈병원 중환자실로 후송했다. 눈덩이처럼 불어나는 치료비를 감당할 수 없다는 생각이 앞섰다. 보훈병원을 자주 찾은 이유도 아버지가 국가유공자로, 치료비 전액을 국가에서 부담하고 있기 때문이었다. 보훈병원으로 옮긴 지 하루 만에 아버지는 세상을 뜨셨다. 아버지께 차마 하지 못할 짓을 한 불효자식이라는 절망감에 사로잡혔다. 한없이 자책하고 또 자책했다.

입관하기 전에 아버지와 이마를 맞대고 엉엉 소리 내어 울었다. 내가 흘린 눈물이 아버지의 감긴 눈 위에 고였다. 그러나 그 눈물이 누구의 것인지 분간할 수 없었다. 화장이 끝나고 건네준 유골함을 붙들고 눈물을 펑펑 쏟았다. 숨을 거둔 순간부터 대전 국립현충원에 안장할 때까지 울다 지쳤다. 가슴이 꽉 막힌 듯한 한을 다 풀어내지 못해 발버둥 쳤다. 그런 나를 아들이 지켜보고 있다가 "아버지, 아버지는 제가 지켜드릴게요." 하는 말로 나를 위로했다. 아버지를 여읜 슬픔은 나 혼자만의 슬픔인 듯했다.

제7장.

미래의 삶과 마주하다

1. 책과 씨름하다

내가 매년 계획하고 실천하는 '독서 3.3.3'이라는 상징적 문구가
있다. 즉, 한 달에 3권 이상 책 읽기, 한 권의 책을 3번 이상 읽기,
하루에 3시간 이상 독서하는 것을 목표로 한 나 자신과의 약속이
었다.

먼저 한 달에 3권 이상의 책을 읽기로 다짐했다. 계획했던 대로
실천한다면 한 해에 36권 이상이 되겠지만, 목표에 미치지 못하는
때도 있었다. 그러나 거기에 연연하지 않고 목표는 늘 변함이 없었
다. 우선 읽고 싶은 책을 고르는 일부터 시작했다. 책은 도서실에
서 빌려보는 것보다 구입해서 읽는 편을 선호했다. 돈을 투자해야
만 그만큼 집중해서 읽게 되고, 끝까지 읽을 수 있기 때문이었다.
또 돈을 지불함으로써 책이 소중하다는 것을 알게 된다는 점도 있
었다. 읽고 나면 투자한 돈보다 책의 가치가 훨씬 높다는 것을 체
험할 수 있었다. 언제나 다시 읽어 볼 수 있다는 편리함도 있었다.
책이 내 주위에 가까이 있다는 것만으로도 친근감이 들고 자연스
럽게 책을 읽는 습관이 들었다. 책을 구입하면 내가 관리하는 '나
의 책방' 파일 목록에 먼저 등록했다. 책이라고 하는 자산을 관리
하듯이 업데이트(Up Date)할 때마다 일련번호가 늘어났다. 또 파일
관리는 중복 구매를 사전에 피하기 위한 목적도 있었다. 책을 구입
할 때는 인터넷을 이용했다. 책 고르는 시간을 절약하기 위해서였
다. 그리고 책에 관한 정보도 인터넷으로 어느 정도 사전에 파악
할 수 있었다. 장르를 불문하고 베스트셀러나 스테디셀러는 우선

적으로 장바구니에 담았다. 각종 미디어나 명사들이 추천한 책 가운데서도 골랐다. 내가 읽고 있는 책에서 소개한 작품들을 메모해 두었다가 필요할 때 구입했다. 읽을 만한 책을 고르는 것도 고민하고 심사숙고했다. 좋은 책을 골라야 유익한 자산이 되고, 시간을 투자한 만큼 보람을 느낄 수 있기 때문이었다. 책을 구입할 때는 한 번에 두 권 이상씩 주문했다. 그때마다 읽고 싶은 새로운 책이 늘 곁에 있다는 안도감이 들었다. 별도의 택배비를 부담하지 않는 이점도 있었다. 구입 비용이 1만 원 이상은 택배비가 무료였다. 책값도 일반서점보다 10%가 저렴하고, 포인트로 적립되는 5%는 덤이었다. 포인트로 적립된 금액이 어느 정도 쌓이면, 책을 구입할 때 보탰다. 그때마다 책을 공짜로 얻은 것처럼 흐뭇했다. 이보다 더 좋은 점은 내 주위에 항상 읽을거리가 있다는 게 마음 뿌듯했다. 내가 고르고 구입한 책을 바라보는 것만으로도 정서적으로 안정이 되는 듯했다. 부자가 된 것처럼 마음이 넉넉해지는 여유가 묻어났다. 책장에 책이 차곡차곡 쌓여가는 기쁨 또한 철철 넘쳐났다. 한때는 '작은 도서관'을 마련해 보고 싶은 꿈을 꾼 적도 있었다. 그래서 책을 깨끗하게 보고 메모할 내용이 있으면 별도의 메모지에 기록했다.

새로 구입한 책은 3번을 읽었다. 돈과 시간을 투자한 만큼 그 책을 읽고 지식과 정보를 찾았다. 그리고 분석하고 종합했다. 이러한 책 읽기는 책을 쓰기 위한 기초 체력을 쌓아 가는 방법 중의 하나였다. 이것을 바탕으로 새로운 것을 창출하는 능력을 키우고 싶었다. 그러한 욕구 또한 강했다.

처음 읽을 때는 책의 전체 내용을 대강 이해하는 수준으로 읽었다. 책의 표제나 서문, 목차와 색인, 요약한 내용 등을 먼저 살폈다. 본문으로 들어가면, '이 책은 무엇에 대해 쓴 것인가?', '어떻게 구성되어 있는가?', '어떤 종류의 책인가?' 등을 염두에 두고 읽었다. 모르는 단어나 문장, 문맥은 그냥 넘어갔다. 가능하면 빨리 통독하는 흐름으로 읽었다.

두 번째 읽을 때는 정독을 했다. 꼼꼼하게 읽고 몸과 마음에 새기기를 힘썼다. '작가는 독자에게 무엇을 전달하려고 하는가?', '작가는 개념이나 지식을 어떠한 구성으로 전개하고 있는가?', '내가 소화할 수 있고 인용할 만한 내용은 어떤 것들이 있는가?', '책을 읽고 깨달음이나 감동한 점은 무엇인가?' 등을 샅샅이 훑어보았다. 또 문장 구성이나 단어의 선택, 문맥의 흐름, 묘사나 비유 등을 반추했다. 마음에 와닿는 문장은 준비한 포스트잇에 그 책의 페이지를 메모했다. 이처럼 책 읽기는 글쓰기에 도움이 된다는 것을 전제로 하고 읽었다.

세 번째 읽을 때는 책을 빠른 속도로 한 번 더 읽고 전체를 아우르며 마무리했다. 독서 후기에 남기고 싶은 내용을 고르고 압축했다. 다 읽고 나면 비로소 독서 후기를 썼다. 여기에 남기고 싶은 내용은 그 책의 페이지를 메모해 놓은 부분을 다시 읽어 가며 필사했다. 줄거리보다는 책 속에 있는 내용 중에서 마음에 와닿는 문장들을 골라 정리했다. 마지막으로 독서 후기에 정리한 내용을 일기장에 옮겨가며 그 깊이를 음미했다. 이러한 독서 행위는 몸으로 체득하고, 사고하는 능력을 키우는 데 도움이 되었다. 독서 후기는 짧은 시간에, 자투리 시간에 읽을 수 있어서 유익했다. 오래된 기억도 새록새록 떠올랐다. 다음에 글쓰기 할 때 유용하게 활용할 수 있지 않을까 하는 기대치도 높았다.

작가 오에 겐자부로는 그가 쓴 『읽는 인간』이라는 책을 통해서, 에드워드 W. 사이드가 쓴 책 『바렌보임/사이드-음악과 사회』라는 책을 읽고, 그가 말한 독서의 의미를 이렇게 재조명하고 있다. "책을 읽는다는 것은 정보를 얻는 것과 같은 레벨이 아닙니다. 책을 읽음으로써 책을 쓴 인간의 정신이 어떻게 움직이는지, 한 인간이 생각한다는 건 그 정신이 어떻게 작용한다는 것인지 알 수 있어요. 이를 통해 사람은 발견을 합니다."라고 했다. 독서는 곧 내가 얼마나 중요한 문제에 직면해 있는지 깨닫게 되고, 결국은 진정한 나 자신과 만나는 것이 가능해진다는 것이다. 그런 기회를 얻게 되는 독서법이 있다는 것을, 작가는 우리에게 가르쳐주고 있다. 또한 "이 사람이 중요한 것을 발견했다고 쓸 때 나도 글쓴이의 옆에서 그의 마음이, 그의 정신이, 둘도 없이, 소중한 무언가를 발견하는 순간에 함께하고 있으며 그와 보조를 맞춰 전체적인 정신의 움직임을 경험하고 있다고 사이드는 말하고 싶은 겁니다."라고 작가가 말한 것처럼, 독서는 작가와 호흡을 맞추듯 마음과 정신이 함께 움직이는 것이란 걸 일깨워주고 있다.

좋은 글을 쓰기 위한 기본적인 자세는 다독(多讀), 다작(多作), 다상량(多商量)이라고 하지 않았던가. 즉 많이 읽고, 많이 쓰고, 많이 상상하라는 주문과 같은 동의어다. 당송(唐宋) 팔대가 가운데 한 사람인 구양수(歐陽脩)라는 이가 설파한 글쓰기의 기초다.

그 첫 번째가 다독으로, 일단 책을 많이 읽어야 한다는 것을 알고 몸소 실천하려고 힘썼다. 언젠가 글을 쓰게 되면 훌륭한 집을 짓는 연장통을 갖게 된다는 생각으로 읽고 메모했다. 책 읽기를 통해서 내 삶을 바꾸고 글쓰기에 한 발 더 다가가고 싶었다. 일기를 쓰게 된 것도 글을 쓰기 위한 기초 체력을 다진다는 마음으로, 하루도 거르지 않았다. 일기를 쓰면서 자신을 돌아보고 내가 가고자 하는 길을 제대로 가고 있는지 점검하며 각오를 새롭게 다졌다.

매일 3시간 이상 책을 읽는다는 목표를 세웠다. 그것은 자신을 벼랑 끝으로 몰아세울 만큼 가혹했다. 특히 직장에 나가고 있을 때는 계획한 시간만큼의 독서는 늘 빠듯했다. 그래서 쉬는 날에 몰아서 읽거나 남의 눈을 피해서 은밀한 곳을 찾을 때도 있었다. 아침에 화장실에 앉아 있는 시간조차 소중하다는 생각에 손에 책을 펼쳐 들었다. 시간이 부족한 건 어쩔 수 없었다. 어쩔 수 없는 건 정말 어떻게 할 수 있는 노하우가 없었다. 그러나 내 의식 속에는 '하루 세 시간 독서하기'가 각인되어 있었다.

그러한 날들이 차곡차곡 쌓이면서 습관이 바뀌었다. 다람쥐 쳇바퀴 돌 듯 되풀이되던 삶이 달라지기 시작했다. 하루 24시간을 어떻게 활용하느냐에 따라서 인생이 변할 수 있다는 걸 어렴풋이 깨달아 가고 있었다. 방통대에 다니던 시절을 떠올리며, 똑같은 습관을 책 읽기에도 적용해 보려고 시도했다.

한 분야의 전문가가 되기 위해서는 1만 시간을 투자해야 한다는 말이 새삼 떠올랐다. 미국 콜로라도 대학교의 심리학자 앤더스 에릭슨(K.Anders Ericsson)이 발표한 논문에서 처음 등장한 개념인 '1

만 시간의 법칙'이 바로 그것이었다. 한 분야에 하루 3시간씩 투자해서 10년이면, 약 1만 시간에 이른다는 이론이었다. 그 긴 세월 동안 한 분야에서 내공을 쌓아야만 전문가가 될 수 있다는 의미로 받아들였다.

모든 것이 2008년에 정년퇴직을 하고 나서 시작된 삶의 방식이었다. 그 이전에도 책을 가까이하기는 했으나 뚜렷한 목표가 없었다. 여가 활용 정도로 여겼다. 그러나 이제는 책을 읽고 그 안에서 무언가를 찾으려는 열망이 요동쳤다. 10년 후에는 책을 써 보고 싶다는 소망을 간직하고 있었기 때문이다. 그래서 10년 안에 하고 싶은 일 가운데 하나는 바로 책 내기였다. 이러한 실천 계획의 최종 목적지는 책을 쓰는 작가의 삶을 구축하는 것이었다.

직장생활을 근근이 이어가면서 책을 읽는다는 것은, 뚜렷한 목표가 없으면 불가능한 일이었다. 그래서 생각해낸 것이 실천계획을 먼저 세우는 일이었다. 나 자신과 마주하고 앉아 심사숙고해서 결정하고 몸과 마음에 새겼다. 그 계획서 하나는 몸에 지니고, 하나는 노트에 끼워 놓고, 하나는 가방에 넣고 다녔다. 목표가 흐릿해지거나 자신이 흔들릴 때면 언제 어디서나 바로 꺼내 볼 수 있도록 소중하게 간직했다. 내가 스스로 다짐하고 계획한 것을 실천하기 위해서 많은 것을 포기했다. 우선 술을 끊었다. 많은 직원 앞에서, 술친구들과 함께한 자리에서 금주를 선언했다. 그에 앞서서 술을 마시고 싶은 욕구를 잠재우기 위해 나만의 규칙을 세웠다. 술자리에 앉자마자 물 한 통을 먼저 챙겼다. 따가운 눈총을 숱하게 받았지만, 괘념치 않았다. 술 한 잔을 마시면 안주 대신 물 한 컵을

들이키면서 '술' 최면을 걸었다. 물이 술로, 술이 물로 화학반응을 일으키게 하는 나만의 비법이었다. 술이 들어가야 할 자리에 물을 채운 꼴이었다. 술과 물이 희석되면서 알코올 농도가 낮아진다는 감을 어렴풋이나마 느낄 수 있었다. 그렇게 음주량을 조금씩 줄여 나갔다. 자연스럽게 술의 양이 줄어들면서 몸에 긍정적인 반응이 일어나기 시작했다. 시간적인 여유를 즐길 수 있을 만큼 변화가 일어났다. 금주의 가능성을 내다보며 자신의 의지를 믿고 도전하기로 다짐했다. 더 이상 미룰 수 없다는 판단하에 내린 결단이었다.

술을 끊기까지 닥친 고난은 내가 감당할 몫이 아니라 삶을 지탱해 줄 인간관계였다. 조심스럽게, 아주 조심스럽게 "나는 이제 술 끊었네!"라고 비장한 각오로 입을 열었다. 다들 믿을 수 없다는 듯이 의아해하거나 떨떠름한 표정을 지었다. 술을 마신 다음 날이면 수없이 반복해 왔던 쓸데없는 푸념에 불과하다는 인식이 저변에 깔려 있던 때였다. 입버릇처럼 술을 끊겠다고 했으니 헛소리쯤으로 받아들였을 것으로 짐작했다. 그때 분위기로는 아마 세상 모든 사람이 술을 끊는다고 해도 저 인간은 불가능하다는 선입견이 팽배해 있을 터였다. 갖은 회유와 온갖 비아냥거리는 소리가 쏟아졌다. 제일 무서운 말이 "아니, 무슨 죽을병이라도 걸렸어?"였다. 또 "저 혼자 오래 살자고 술친구를 버리다니.", "작심삼일 아닌가?", "천지가 개벽할 일이야!", "오늘까지만 원 없이 마시고 끊든지, 말든지.", "이제 만날 일이 없어졌네? 혹 있거들랑 점심으로 하자고."라는 말도 종종 들었다. 나는 무슨 변명으로 위기를 모면할까 고민하다가 "내가 타고난 정량은 다 마셨으니 이제 더 이상 술 마실 명

분이 없어졌네."라고 짤막하게 둘러댔다. 그리고 깔끔하게, 홀가분한 마음으로 술의 세계에서 벗어났다.

그때까지 술로 인해 내가 서서히 망가지고 있는 건 아닌가 하고 두렵기도 하던 때였다. 몸은 하루가 다르게 쇠퇴해 가는데 주량은 줄지 않아서 불안감이 커지던 시기였다. 주변 환경은 시시각각으로 변화하고 있는데, 나는 옛 모습 그대로 똬리를 틀고 앉아서 여태껏 살아온 것처럼 그렇게 살아가겠다는 듯이 눈만 껌벅거리고 있는 판국이었다.

그런데 금주 선언으로 술자리가 점차 줄어들면서 변화가 일기 시작했다. 내가 술자리를 만들 명분도 없을뿐더러 술자리에 불러주는 사람도 뜸해졌다. 그만큼 책 읽는 시간이 늘어났다. 습관이 바뀌면서 서서히 머리가 맑아지고 몸이 되살아났다. 술 때문에 잃은 것들을 다시 찾았다는 안도감은 물론이거니와 무엇이든 할 수 있다는 자신감도 생겼다. 술이 차지하고 있던 영역을 다른 무엇으로 채워야 하는데, 그것은 바로 책 읽는 습관 들이기였다.

친목 모임도 가능하면 줄이려고 했다. 행사나 경조사도 꼭 필요할 때만 참석했다. 경조사는 축의금이나 조의금만 보내고 문자 메시지로 대신했다. 그동안에 쌓아온 인간관계에 좋지 않은 영향을 미친다는 점은 알고 있었다. 하지만 구습을 포기하지 못하면 내가 가고자 하는 길은 요원하다는 결론에 이르렀다.

내가 가장 좋아하고 즐기던 등산을, 큰맘 먹고 접었다. 10년이 넘는 세월을 주변의 크고 작은 산을 찾아다니며 몸과 마음을 추스르던 등산이었다. 산을 바라보는 것만으로도 설레는 마음을 억누를 수 없을 만큼 산과 사랑에 빠져 있었다. 상상만으로도 심장이 쿵닥쿵닥 방망이질을 해댈 지경이었다. 깊은 산 속에 파묻히고 나면 하산하기가 싫을 정도로 머물고 싶은 곳이었다. 신선한 공기와 매연, 흙과 아스팔트라는 비교할 수 없는 자연의 신비에 깊이 빠져들었다. 산은 똑같은 산인데, 사시사철 변화하는 자연이 준 선물에 감탄하기 일쑤였다. 특히 눈이 내리는 날에는 황홀한 세계에 함몰되어 정신줄을 놓았다. 등산하고 나면 스트레스가 말끔히 사라지고 새로운 에너지가 솟아났다. 한때는 히말라야산맥을 등정하겠다는 꿈을 꾸기도 했던 나였다. 그래서 10년 안에 이루고 싶은 나의 계획에 포함했다가 그만 때를 놓쳤다. 그만큼 등산에 매료되어 있었다.

언젠가 친구하고 같이 지리산 종주를 계획하고 이른 아침에 집을 나섰다. 중산리에서 성삼재까지 1박 2일 일정이었다. 하늘에는 먹구름이 짙게 깔려 금방이라도 비가 쏟아질 것 같은 분위기였다. 그러나 이미 약속을 한 터라 날씨에 아랑곳하지 않고 강행했다. 산행을 시작한 지 2시간쯤 지났을까, 기어이 장대비가 쏟아지기 시작했다. 천왕봉을 불과 300m 앞에 둔 천왕샘 부근이었다. 한참을 망설였다. 하산할 것인가? 그냥 밀어붙일 것인가? 방향이 두 쪽으로 갈렸다. 친구는 하산을 결정하고, 나는 천왕봉을 향해 발걸음을 옮겼다. 비가 금방 그칠 것 같지는 않았지만 포기할 수 없었다. 온몸과 배낭이 비에 젖은 것은 말할 것도 없고 등산화에도 물이 차기 시작했다. 질컥질컥한 등산화는 산을 오르는 데 가장 큰 걸림돌이었다. 천왕봉에 도착해서 잠시 가쁜 숨을 고르고 곧장 장터

목산장으로 향했다. 종주하는 길목에 비를 피할 수 있는 가장 가까운 곳이었다. 그 산장에서 젖은 옷을 수건으로 닦아내고 등산화에 고인 물을 털어냈다. 그 사이에 날이 환하게 개기 시작했다. 밖으로 나와 보니 안개가 피어올라 천지를 분간할 수 없었다. 구름을 타고 허공을 유유히 떠도는 듯한 환상에 빠져들었다.

벽소령을 향해 걷는 내내 친구와 얽힌 일들을 되돌아보며 깊은 생각에 잠겼다. 혹시 내 뒤를 따라서 오고 있는 것은 아닌가 하고 연신 뒤를 돌아보기도 했다. 어느덧 친구랑 하룻밤을 묵기로 한 벽소령 산장에 도착했다. 야외 휴게소에 배낭을 내려놓고, 젖은 옷가지와 신발을 말리는 중에도 산장 입구에서 눈을 떼지 못했다. 등산객들이 드문드문 들어오고 있던 바로 그때, 친구가 눈에 번쩍 띄었다. 재회의 기쁨에 환호성을 질렀다. 서로가 안도의 한숨을 몰아쉬었다. 그러나 한편으로는 친구를 떼놓고 나 혼자 먼저 왔다는 생각에 마음이 편치는 않았다. 친구는 하산하던 중에 비가 그치자 다시 올라왔다고 했다. 나보다 2시간가량 늦은 오후 4시 반경이었다. 그곳에서 하룻밤을 묵고 지리산 종주를 무사히 마쳤다. 돌아오는 길에 닭볶음탕에 소주 한잔으로 모든 걸 풀었다. 그렇게도 마음 설레며 즐기던 등산이었다.

그럼에도 불구하고 이마저도 접을 수밖에 없었다. 대단한 용기라고 자찬했다. 등산을 하고 나면 거의 하루가 걸리는 것은 물론이고 피로가 회복되는 시간까지 더하면 끔찍했다.

지인들은 이제 나를 보면 "왜, 산에 안 갔어요?"라고 물어올 지경이었다. 더러는 "지금도 산에 다니나요?"라며 안부를 묻기도 했다.

또 어떤 지인은 "산에 있어야 할 산신령이 왜 여기 있어요?"라고 따지듯이 몰아세우기도 했다. 나의 이미지는 산과 끈질기게 달라붙어 다니는 듯했다. 그렇게 산에 미쳐 살다가 내려놓고 나니 시간이 헐거웠다. 그렇게 등산을 접고 나서 생긴 여유 시간은 독서를 통해서 내실을 차곡차곡 다져나갔다. 나로서는 매우 의미 있는 결단이었다.

계획한 양의 책을 읽기 위해서는 주변 환경 또한 빼놓을 수 없는데, 나에게는 동네 독서실이 그 역할을 톡톡히 제공했다.

그 독서실은 우리 집에서 걸어가면 10분 남짓한 거리에 있었다. 동네 가장자리에 지어진 아담한 1층 건물로, 빨강 기와집이었다. 정문 주춧돌에는 포스코 회장의 존함과 준공 날짜가 새겨져 있었다. 예전에 유치원으로 쓰다가 아이들이 줄어들자 E-러닝 센터로 바뀐 건물이었다. 이 건물은 'ㄷ' 자 형으로, 실내는 통로가 서로 연결되어 있어서 이용하기에 편리했다. 그 건물 중앙에는 2백 평 남짓한 마당이 한가로이 터를 잡고 있었다. 유치원생 놀이터로 만든 공간인 듯싶었다. 그 마당을 지날 때면 어디선가 천진난만한 아이들의 웃음소리가 귓가에 머무는 듯했다. 그때마다 입꼬리에 희미한 미소가 번졌다.

그 건물에는 도서실, 독서실, 교육실, 회의실, 휴게실, 관리실, 사설학원 등이 벽을 사이에 두고 붙어있었다. 그럴싸한 모양을 갖춘 동네 도서관으로 손색이 없었다.

그 가운데 도서실은 문학을 비롯한 다양한 장르의 책을 소장하고 있어서 이곳을 이용하는 주민이 수시로 들락거렸다. 도서실에는 매월 신간이 들어오면서 낡고 훼손된 책은 그 자리를 양보했다.

도서실은 휴식 공간을 갖추고 있어서 이용하기에 편리하고 아늑한 분위기였다. 특히 이곳은 혹한기나 혹서기를 피할 수 있는 공간으로 주민의 피난처나 다름없었다.

내가 이용하는 독서실은 방이 세 개로, 그 건물에서 가장 큰 면적을 차지하고 있었다. 방 하나에 50여 명을 수용할 수 있는 공간이었다. 분위기는 절간처럼 조용하고 질서정연했다. 냉방이나 온방시설은 공부를 하거나 책 읽기에 부족함이 없는 환경이었다. 주변 환경 또한 최적의 조건을 갖추고 있었다. 소나무(반송), 벚나무, 향나무, 돈나무, 히말라야시다 등이 어우러져, 뒤뜰에 펼쳐진 푸른 잔디와 조화를 이루었다. 봄이면 벚꽃이 흐드러지게 피어 주변 일대가 장관을 이루었다. 이곳을 주로 이용하는 사람들은 취업이나 각종 자격시험을 준비하는 이들이 대부분인 것 같았다. 나처럼 문학이나 역사, 자기계발을 위해서 책을 읽는 사람은 드문 듯했다. 중고등학교 기말고사 때가 되면 학생들이 자유롭게 이용하는 공간이기도 했다.

나는 거의 매일 이곳을 찾아 온종일 책에 파묻혀 시간 가는 줄 몰랐다. 세상의 온갖 근심 걱정이 거짓말처럼 사라졌다. 머릿속이 시끄러울 정도로 잡념이 얽히거나 설치고 다녔지만, 이 또한 감쪽같이 자취를 감췄다. 방통대 학기 중에는 독서에 엄두를 내지 못하다가 방학 때는 다시 불을 붙였다. 회사에 출근하듯이 오전 9시쯤 독서실에 자리를 잡고 나면, 오후 6시경에 그곳을 벗어났다. 점심 먹으러 집에 왔다가 잠시 쉬고, 또다시 갔다가 저녁때쯤 집으로 돌아왔다.

저녁을 먹고 나면 아내와 함께 산책을 하면서 머리를 텅 비웠다.

그러면 긴장의 끈이 풀리고 홀가분해졌다. 내일 또 채워야 할 만한 공간을 미리 염두에 둔 사전 포석이었다. 자칫 제풀에 쓰러질까 두려웠던 것도 하나의 이유가 되었다. 이러한 나만의 책 읽기 방법은 적중했다. 책 읽기에 몰두한 시기가 오랫동안 지속되면서 엉덩이가 무거워지는 습관이 붙게 되었다.

조선 정조 때의 문인이며 실학자인, '책만 보는 바보'라는 별명이 붙은 이덕무라는 인물이 있었다. 그는 책 읽기의 이로움을, 궁핍한 삶에 비추어 이렇게 표현하고 있다. "굶주린 때에 책을 읽으면, 소리가 훨씬 낭랑해져서 글귀가 잘 다가오고 배고픔도 느끼지 못한다."라고 말한 것처럼 생체 리듬에 견주어 독서에 대한 예찬론을 폈다. 덧붙여서 그는 "날씨가 추울 때 책을 읽으면, 그 소리의 기운이 스며들어 떨리는 몸이 진정되고 추위를 잊을 수 있다. 근심 걱정으로 마음이 괴로울 때 책을 읽으면, 눈과 마음이 책과 집중하면서 천만 가지 근심이 사라진다. 기침병을 앓을 때 책을 읽으면, 그 소리가 목구멍의 걸림돌을 시원하게 뚫어 괴로운 기침이 갑자기 사라져 버린다."라고 하며, 독서가 인간에게 미치는 심리적 효능을 실감 나게 표현하고 있다. 또한 그는 솔직한 감정과 자연의 소리를 담아서 독서의 즐거움을 이렇게 풀어내고 있다. "새로운 책을 구해 책상 위에 올려놓으면 나는 늘 가슴이 두근거린다. 책장을 펼치면 바람결에 와삭거리는 아득한 풀밭이 그 속에는 들어 있을 것만 같다. 서늘한 풀냄새를 가슴 깊이 들이마시며 나는 가보지 않은 길, 내 발자국으로 인해 새로워지는 길을 떠나려 한다. 다른 사람을 위해 풀잎들을 꼭꼭 다지며 걷는 것도 좋겠지. 아니면 그만의 길을 위해 내가 눕힌 풀잎들을 다시 일으켜 세워 놓거나." 한순간도 눈을 떼지 못할 만큼 책을 읽음으로써 느끼는 감흥은, 내가 그 세계 안에서 유유히 유람하는 듯한 착각을 불러일으켰다.

감히 나도 이런 마음가짐으로 책과 마주하지 않았을까 싶었다. 숭고한 문인의 자리에 나를 끌어들인다는 건 너무 엉뚱한 생각일 수도 있지만, 아무튼 그렇다는 얘기다. 한낮 푸념으로 듣고 덮어 두었으면 하는 바람이다. 하지만 책을 읽는 그의 진솔한 감정이 책 곳곳에서 묻어나며 전해오는 느낌이 달콤했다.

오에 겐자부로는 자신이 쓴 책 『읽는 인간』을 통해 명시, 고전부터 현대문학까지 그가 접한 수많은 책을 소개하면서, 독서로 만들어간 50년 작가 인생을 이렇게 표현하고 있다.

"책 한 권을 읽을 때, 우리는 언어의 라비린스(labyrinth), 즉 미로를 헤매듯 독서하는 경우가 종종 있지요. 하지만 한 번 더 읽을 때는 방향성을 지닌 탐구가 됩니다. 무언가를 찾아 나서서 그것을 손에 넣고자 하는 행위로 전환되지요. 그것이 rereading, 한 번 더 읽는 까닭입니다." 독서가 바로 이런 매력을 지니고 있는 게 아닌가 싶다. 이러한 책 읽기가 진정한 독서법이라는 동의 표시로 손뼉을 쳤다. 나는 한 권의 책을 반복해서 세 차례를 읽고 있는데, 나름 좋은 독서법이라 여겨져 위안이 되고, 의기양양해진다. 다른 말이 필요 없다. 전적으로 이에 공감한다. 여기에 덧붙여 자기만의 책 읽는 방법을 구체적으로 소개하고 있는데 누구나 한번 따라 해봄 직하다. "그 책에서 정말로 좋다고 생각하는 부분, 혹은 이해가 잘 가지 않는 부분에 각각 빨강과 파랑, 두 종류의 색연필로 선을 굿거나, 약간의 긴 구절이라면 선으로 상자를 만드는 것이 제 방법입니다. 선을 그을 연필의 색이 적어도 두 종류는 있어야 한다고 생각하는데, 한 색은 감탄한 부분, 매우 흥미로운 부분에 선을 긋는 긍정적인 행위를 위함입니다. 아울러 외우고 싶은 단어나 문장이 있다면, 특별히 선을 굵게 그어두는 게 좋습니다." 책 읽는 방법 중 하나로 정말 좋은 습관이라고 생각하지만, 나의 경우는 좀 다르다. 나는 책을 가급적 깨끗하게 보되 밑줄을 그을 만한 곳이나 이해되지 않는 부분에 대해서는 별도의 메모지에 그 페이지를 기록해 놓는다. 책을 다 읽고 나면 그때 기록했던 페이지를 다시 들춰보고, 독서 후기에 필사하는 방법을 선호한다. 마지막으로 일기장에 옮겨 쓰면서 그 의미를 깊이 되새기는 방법을 고집하고 있다. 작가는 또 우리에게 고전 읽기의 묘미를 느낌 그대로 실감 나게 표현하고 있다. "정신 차리고 지속적으로 책을 읽어나가면, 저절로 고전이 한 권, 두 권, 그것도 일생에서 아주 소중한 무언가가 될 작품이 여러분에게 다가오기 마련입니다. 그건 정말 신기할 정도예요. 어렵사리 만난 고전이 손에서 멀어져 갈 때도 있습니다. 제 경우엔 십 년이나 십오 년쯤, 무엇보다 소중한 고전을 읽지 않고 살았던 날도 가끔 있었습니다. 하지만 어떤 기회가 생겨 그 책이 다시 제게 돌아와요. 책을 읽는다는 것과 살아간다는 것의 관계가 무척 신기하고 재미있다고 여겨지는 첫 번째 이유입니다." 책 읽기의 유익함을, 특히 고전 읽기를 통해 작가가 경험한바 날 것 그대로를 우리에게 전달해 주고 있다는 생각에 그저 감사할 따름이다. 내 느낌도 작가와 맞닿아 있다는 달콤한 상상력을 마음껏 펼쳐보는 내용이 아닌가 싶다.

이처럼 나한테도 운명처럼 다가온 책 읽기에 감탄하지 않을 수 없었다. 좀 더 일찍 깨우쳤더라면 하는 아쉬움이 있지만, 지금도 때가 늦지 않았다는 긍정적인 생각에 무릎을 쳤다. 나는 책 읽기라는, 책과의 씨름에서 이겨내고 싶었다. 이겨내야만 책 쓰기에 한 걸음 더 다가갈 수 있다는 소망을 키울 수 있기 때문이었다. 그야말로 책과 씨름하고 있다는 자세로 샅바를 단단히 붙들고 늘어졌다.

2. 기도 제목! 글쓰기는 나의 마지막 소원

10여 년 전부터, 퇴직하게 되면 남은 인생은 글을 쓰기로 작정하고 우선 책부터 읽기 시작했다. 책을 읽고 나면 반드시 독서 후기를 남겼다. 하루도 거르지 않고 일기도 썼다. 이 모든 행위가 글쓰기를 염두에 두고 시작한 일이었다. 어떤 특별한 동기는 없었다. 다만 오랫동안 자신의 무의식 속에 잠재되어 있던 희미한 불씨 하나가 꿈틀대고 있었던 게 아닌가 싶었다. 그 불씨는 삶에서 밀려난 채 수면 아래에 가라앉아 있다가, 일로부터 해방된 텅 빈 곳에 불꽃처럼 타오를 채비를 하고 있었을 법도 했다. 그런 여지를 끌어안고 호시탐탐 그 틈을 노리고 있었는지도 모를 일이었다. 학창 시절에도 글을 쓰고 싶다는 어떤 욕구나 열망은 없었다. 고등학교를 졸업하기까지 창작 능력을 연마하는 글쓰기 학습보다는 그것과는 동떨어진 틀에 박힌 수업뿐이었다. 하지만 기록하는 것은 재미가 붙어서 노트 정리는 꼼꼼하게 잘했다. 친구들이 내 노트를 빌려 갈 정도로 글씨체가 빼어났을 뿐만 아니라 정리 또한 깔끔하게 했다. 딱히 언제부터라고는 할 수 없으나 필기는 늘 자신이 있었다. 그나마 기록하는 습관을 지니고 있었다는 게 다행일 정도로 문학과의 보이지 않는 끈이 연결되어 있지 않았나 싶다. 더군다나 고등학교는 공업계통으로 문학을 공부한다는 것이 어울리지 않을뿐더러 숫제 담을 쌓았다는 편이 더 솔직한 고백이 아닐까 싶다. 국어를 배웠는지조차 기억이 가물가물한데, 문학은 또 무슨 뚱딴지같은 소리겠는가? 그러나 뜻밖에도 고등학교를 졸업할 즈음에 나는 글을 썼다. 산문이었다. 비록 짤막한 글이긴 하지만 무려 세 편을 거침없이 써냈다. 기이하게도, 나 자신도 이해할 수 없는 노릇이었다. 그 가운데 하나는 꿈을 소재로 한 작품 정도로 기억한다(그때 그 교지를 찾으려고 백방으로 수소문했으나 집이나 학교, 총동문회는 물론 그 어디에도 없었다). 아마 3학년 2학기 때부터라는 기억이 어렴풋이 떠오르는데, 친구들은 하나둘씩 취업 전선으로 뛰어들던 시기였을 것이다. 졸업은 곧 다가오는데 취업은 안 되고 친구도 없으니 허구한 날 집에 틀어박혀서 글을 쓰기 시작했다. 학교 수업도 자율학습 시간이 늘어나면서 글을 쓰는 데 적잖은 도움이 되었다. 밤에 교실 창밖으로 흘러내리는 빗물을 멍하니 바라보며 시를 쓰기도 했다. 마치 문학청년이 된 듯한 착각에 빠지기도 한 때였다. 내 느낌대로 무작정 써 놓고 퇴고도 제대로 하지 않은 채 책가방에 넣고 다녔다. 그런데 학교 편집부에서 교지에 실을 문학 작품을 기고하라는 안내를, 담임선생님한테서 들었다. 그로부터 한참을 망설이다 원고 세 편을 덜렁 제출했다. 담임선생님은 아무 말도 없이 힐끗 한번 쳐다보고, 무덤덤한 표정으로 출석부와 같이 허리춤에 끼고 나갔다. 그 뒤로 까맣게 잊고 지냈는데, 졸업하는 날 졸업앨범과 함께 교지를 건네받았다. 설레는 마음을 간신히 붙들고 문학 작품이 실린 페이지를 펼쳐보았다. 내가 쓴 세 편 중 두 편의 작품이 난생처음 교지라는 책에 실렸다. 그중 한 편은 친구의 이름으로 올라와 있었다. 작품 내용이 좋거나, 말거나 내가 쓴 글이라는 데 가슴이 벌렁벌렁 대책 없이 뛰었다. 맘껏 자랑하고 싶었지만 그럴 만한 시간도 없이 졸업과 함께 묻혔다. 졸업하는 날이었으니 누군들 관심을 가질 수 있었겠는가. 그 작품은 축하 한 번 받아보지 못하고 교지 안에서만 머물다가 어디론가 사라졌다(고전으로 남을 법도 하다). 그 이후로는 군 복무로 이어졌고, 취업 전선에 뛰어들면서 문학에는 인연이 닿지 않았다. 그럴만한 여유도 없었지만, 문학이라고 하는 건 뇌리에서 완전히 사라진 채로 삶에 휘둘리고 있었다. 하지만 문학과의 거리는 멀었을지언정 메모는 꾸준히 하는 습관이 들어서 매년 노트 한 권씩은 남겼다. 직장에서도 메모를 잘한다고 상사로부터 칭찬을 들을 정도였다. 그 무렵에는 "적자생존."이라는 영국의 철학자 스펜서가 제창한 말을 에둘러 "적는 자만이 살아남을 수 있다."라는 우리들만의 은어를 만들어 낼 만큼 기록하는 데 관심을 보였다. 신입사원 때부터 한 해도 거르지 않고 매일 메모한 결과가 기록물로써 하나의 자산이 되었다. 그것을 버리지 않고 알뜰살뜰 보관하고 있다가 '포스코 역사관' 준공과 함께 사료를 수집한다고 해서 기꺼이 기증했다. 해마다 몸에 늘 지니고 다녔던 30여 권의 수첩과 함께.

정년퇴직을 한 5년가량 남겨 놓고 조금씩 독서에 재미를 붙였지만, 글을 쓰겠다는 계획은 없었다. 그냥 취미 삼아 읽는 정도였다. 그러다가 퇴직을 바로 코앞에 두고 서서히 글을 써 보고 싶다는 욕구가 일기 시작했다. 생각에만 머물지 않고, 그 욕구를 해소하기 위해 2009년 말에 구체적인 계획을 세우고 그다음 해부터 꾸준히 실천했다. 1년 계획은 물론 10년 후의 내 모습을 그려가며 거의 한 달가량을 심사숙고했다. 그 가운데 하나로 10년 후에 책을 출간하겠다는 원대한 포부를 두 번째 항목에 배치했다. 그때부터 책을 읽고 나면 독서 후기를 정리하고, 일기를 쓰기 시작했다. 그리고 더 배워야 한다는 일념으로 도전한 게 방통대 국문과 졸업이었다. 모든 게 글을 쓰기 위한 준비 과정으로, 나름대로 나 자신과 치열한 싸움을 벌인 시간들이었다.

읽은 책의 장르는 자기계발서는 물론이고, 문학, 역사, 철학, 사회, 과학에 이르기까지 좋은 책만을 골라 두루 읽었다. '1만 시간의 법칙'을 떠올리며, 언젠가는 꼭 이루고 싶은 소망을 가슴 깊이 간직하고 있었다.

'1만 시간의 법칙'은 1993년에 미국 콜로라도 대학교의 심리학자 앤더스 에릭슨이 발표한 논문에서 처음 등장한 개념이다. 그것을 말콤 글래드웰(Malcolm Gladwell)이 그의 저서 『아웃라이어(Outli-ers)』에서 증명했다. 그는 앤더슨의 연구를 인용한 '1만 시간의 법칙'이라는 용어를 사용함으로써 대중에게 널리 알려졌다. 그는 자신의 저서 『아웃라이어』 2장 50~85쪽에 걸쳐 '1만 시간의 법칙'에 대한 그 증거들을 제시했다. 빌조이, 비틀스, 빌 게이츠에 이르기까지 그들이 한 분야에서 최고가 될 수 있었던 과정을 상세하게 소개하고 있다.

내가 읽은 책 가운데서도 글을 쓰기 위한 자기계발서는 꼼꼼히 읽었다. 읽고 또 읽기를 반복하며 글쓰기를 준비했다. 그렇게 10년 가까이 꾸준하게 책을 읽으면서 공을 들였다. 그럼에도 불구하고 정작 글을 쓰려고 책상에 앉으면 이내 망설여졌다. 아직은 때가 아닌가 싶기도 해서 자꾸만 뒤로 미뤘다. 어떤 주제를 가지고 글을 써야 할지 막연하기만 하고 의욕마저 슬그머니 꼬리를 내렸다. 한 차례 글을 쓰기 시작했다가 이런저런 일로 덮어 놓고는 더 이상 거들떠보지 않았다. 그나마 다행인 것은 그 끈을 놓지 않으려고 나름 무진 애를 썼다는 점이었다. 글을 쓰기까지는, 몸에 익힌 독서가 한몫해 주기만을 학수고대하고 있었다. 그 기다림이 언제 끝날 것인가는 나 자신도 예측할 수 없었다.

매일 아침 성경 말씀을 묵상하고 하나님께 예배를 드리고 나면 간절한 기도를 드렸다. 그렇게 글을 쓰고 싶다는 소망은 내 기도 제목 중의 하나로 자리 잡았다.

"하나님 아버지! 감사합니다. 저의 마지막 소원을 이루어갈 수 있도록 인도하여 주시옵소서. 글을 쓰는 작가로서의 변화된 삶을 통해서 하나님께 영광 드리며 세상에 조그만 존재의 흔적이라도 남길 수 있도록 은혜를 베풀어 주시옵소서. 글을 쓸 수 있는 지혜와 능력과 용기를 허락하여 주시옵소서. 글을 잘 쓸 수 있는 풍부한 감성과 문장력이 필요하다면 이 또한 하나님께서 깊이 헤아려

주시옵소서. 예수 그리스도의 이름으로 기도합니다. 아멘!" 하고
기도했다.

그 소망을 이루고 싶다는 욕구는 조금도 수그러들지 않고 나를
괴롭혔다. 시간이 흐를수록 조급한 마음만 더할 뿐 나아지는 것은
하나도 없었다. 엉거주춤한 채로, "글을 써야 하는데…" 하는 푸념
만 늘어갔다. 오직 책을 읽는 것으로 글을 쓰고 싶은 욕구를 달랬
다. 언젠가는 때가 오지 않을까 하는 기대감으로 하루하루를 버텼
다. 글을 써서 꼭 뭐가 되겠다는 생각보다는 자아를 완성하고 세
계와 소통하는 삶을 기대하고 있었다.

그동안 내가 글을 쓸 수 있도록 길잡이 역할을 해 준 책들을 하
나하나 살펴보았다.

『뼛속까지 내려가서 써라』라는 책의 저자 나탈리 골드버그는 이
책에서 "쓰라, 그냥 쓰라, 그냥 쓰기만 하라."라고 간단명료한 메시
지를 전달하고 있다. "자기가 제일 아끼던 만년필은 온데간데없이
사라졌고, 고양이 새끼는 최근에 쓴 습작 노트를 발기발기 찢고
있다."고 해도 그냥 쓰라고 할 만큼 글쓰기를 강조하고 있다. 습작
노트를 찢어버렸으면 또 다른 노트를 꺼내어 다른 만년필을 잡고,
거침없이 쓰라고 권고한다. 그냥 쓰고, 또 쓰기만을 당부하고, 권
장한다. 세상의 한복판으로 긍정의 발걸음을 다시 한번 떼어 놓
고, 혼돈에 빠진 인생의 한복판에 분명한 행동 하나를 만들라고
조언하기도 한다. 그러니 이유 불문하고 그냥 쓰고, 써 보는 연습
을 통해 느끼고 배우는 게 아닌가 싶다. "'그래! 좋아!'라고 외치고,
정신을 혼들어 깨우라. 살아 있으라."라는 심오한 메시지 또한 잊

어서는 안 되는 지상 명령처럼 쩌렁쩌렁하다. 어떠한 상황 속에서도 그냥 쓰기만 하라는 권유와 아울러 글을 쓸 수 있는 용기를 북돋운다.

『헤밍웨이의 글쓰기』라는 책의 저자 헤밍웨이는 이 책에서 "글쓰기는 끊임없이 반복되는 도전으로 내가 지금껏 했던 그 어떤 일보다 어려운 일이지요. 그래서 나는 글을 씁니다. 그리고 글이 잘 써질 때는 저는 행복합니다."라고 했다. 좋은 글은 그냥 일사천리로 써지는 것도 아니고, 그렇다고 절대로 쓸 수 없는 일도 아니라는 데 두 손을 번쩍 들었다. 다만 글쓰기의 어려움을 이겨내고, 끊임없이 반복하는 글쓰기 훈련을 통해서 좋은 글이 탄생하게 된다면 자연스럽게 글 쓰는 일이 행복해지지 않을까 싶다.

『마흔, 당신의 책을 써라』라는 책의 작가 김태광은 이 책에서 "저자가 되고 싶다면 일단 쓰라."라고 주문한다. 작가로 활동할 수 있을 만큼 글을 잘 쓸 수 있는 비결은, 그냥 닥치고 일단 쓰라는 것이다. 말을 누구나 할 수 있는 것처럼 글도 누구나 쓸 수 있다는 긍정적인 생각이 필요하다. 평소 메모하는 습관을 들이고, 일상의 이야기를 글로 쓰는 훈련을 반복하는 끈기를 길러야 함은 물론 많이 읽고, 많이 쓰고, 많이 생각해야 한다는 글쓰기의 기본을 습관화하는 것이 중요하다. 이것이 바로 작가가 되기 위한 성공법칙이 아닐까 싶다. 막연하게 작가가 되고 싶다는 욕망을 간직한 채 여기저기를 기웃거리는 줏대 없는 태도는 이제 떨쳐내야 할 때다. 부정적인 사고의 감옥에 갇혀서 주저하거나 머뭇거리기보다 한 번에 한 낱말씩, 한 번에 한 문장씩 써나가면 된다. 세상의 모든 작가가 역시 이렇게 한 걸음씩 내디뎠다는 것을 기억할 필요가 있다.

『유혹하는 글쓰기』라는 책의 작가 스티븐 킹은 이 책에서 "작가가 되고 싶다면 많이 읽고 많이 쓰라."라고 했다. 작가가 되고 싶다면 무엇보다 두 가지 일을 반드시 해야 한다는 것이다. 무조건 많이 읽고, 많이 쓰라고 강조한다. 이 두 가지를 슬쩍 피해갈 수 있는 방법은 없고, 지름길도 없다고 일침을 가한다. 읽고, 쓰기를 균형감 있게 유지하면서 꾸준히 실천하는 사람만이 작가로서의 자질을 갖출 수 있다는 가르침이기도 하다. 도전하지 않고 그저 이루어지는 것은 이 세상에 아무것도 없다고 보면 틀린 말이 아닐 것이다.

『닥치고 써라』라는 책의 저자 최복현은 이 책에서 "그렇다. 쓰는 게 중요하다. 쓰는 것도 습관이다.", "지금부터 당장 글을 써보자. 그냥 쓰고 싶은 대로 쓰다 보면 인생이란 언제 어떤 길로 나를 이끌지 모른다."라며 글쓰기를 강조한다. 글을 꾸준히 쓰다 보면 이런저런 자신의 솔직한 마음들이 쏟아져 나오게 된다. 문제는 글을 풀어낼 수 있는, 끄집어낼 수 있는 용기가 필요하다. 아픔, 외로움, 슬픔 같은 것들을 안에 싸안고 있으면 마음의 병이 되는데, 그것은 마음의 병으로 그치지 않고 몸마저 병들게 한다. 그럴 때 내 안에 있는 것들을 있는 그대로 그냥 닥치고 써내면 글은 참 좋은 친구가 된다. 그렇게 써서 버려야 정신이 마음이 건강해진다. 이처럼 글쓰기는 정신 건강에 아주 좋은 특효약임은 틀림없다. 인생은 어차피 혼자라는 사실을 깨닫게 되니까 그때 가서 글과 친해질 수 있도록 지금부터 글을 쓰는 게 중요하다. 그렇게 자꾸 써 버릇하다 보면, 언젠가는 즐기면서 쓰게 되지 않을까 싶다. 그러니 우선 글쓰기는 그저 내 삶이려니, 즐거운 취미 또는 친구려니 하고 쓰다 보면 기회는 우연히 찾아오게 될 것이라는 데 동의한다. 지레 겁을 먹거나 주눅 들지 않고, 그냥 쓰는 것이다. 일단 써 놓고 나서 다듬다 보면 문맥이 물 흐르듯 자연스럽게 흘러가게 된다. 초고는 질보다는 양이라고 했듯이 그냥 쓰고 싶은 대로 쓰는 게 중요하다. 날마다 조금씩이라도 쓰는 습관을 들이는 것 또한 빼놓을 수 없는 글쓰기의 지름길이 아닌가 싶다. 거두절미하고, 쓰는 것이 작가의 존재 가치이며 써야 만이 자기만의 언어를 세상에 드러낼 수 있다는 사실을 확신하게 될 것이다.

『여전히 글쓰기가 두려운 당신에게』라는 책의 저자 이기주는 이 책에서 "처음부터 잘 쓰는 사람은 없다. 습관을 이길 수 있는 재능은 없다."라고 했다. 그렇다. 쓰고 또 쓰기를 반복하다 보면 습관이 되고, 그러한 습관을 붙잡고 생각을 멈추지 않으면 점점 좋은 글들을 만나는 경험을 맛보게 될 것이다.

『2라운드 인생을 위한 글쓰기 수업』이라는 책의 저자 최옥정은 이 책에서 "글을 쓰기로 마음먹었으면 당장 시작하라. 매일 써라. 반드시 글을 끝까지 완성하라."라고 힘주어 말한다. 이 세상에 글을 쓰지 않거나 쓰지 못할 핑곗거리는 셀 수 없이 많다. 그러나 써야 할 이유는 딱 한 가지뿐이다. 쓰지 않고는 못 견디는 사람, 글을 안 쓰는 인생이 너무 힘든 사람, 어떻게든 글이라도 붙들고 늘어져서 이 험난한 세상을 버텨보려는 사람만이 글을 쓸 수 있다. 이제 더 이상 다른 생각으로 기운 빼지 말고 지금 당장 글쓰기를 시작하는 게 중요하다. 첫 문장을 쓰고 첫 문단을 완성해 보자. 그

다음은 의외로 쉽게 풀릴 수도 있을 것이다.

그리고 매일 쓰라는 것이다. 첫 문장을 쓰고 첫 페이지를 쓴 다음 손이 풀릴 때쯤 글을 중단하면 헛수고가 될 공산이 크다. 그러니 일단 글을 쓰기로 마음먹고 시작했다면 매일 한 페이지라도 써야 한다. 그래야 손이 굳어지지 않고 생각의 흐름도 막히는 법이 없다. 자신과의 약속을 한 달, 두 달, 석 달만 이어가다 보면 어렵지 않게 습관이 들게 되고, 글쓰기에 애착이 생길 것이다.

마지막으로 반드시 글을 끝까지 완성하라는 것이다. 아마추어가 가장 흔하게 저지르는 실수나 오류가 도중에 마음에 안 든다고 해서 중단하는 것이다. 그건 엄청난 실수를 저지른 것이나 다름없다. 글을 완성할 때까지는 얼마나 완성도가 높은 작품이 될지 아무도 알 수 없다. 끝까지 써봐야, 제 모습을 갖춘 다음에야 판단할 수 있는 문제다. 그러니까 온갖 유혹이 덤벼들고 힘에 부쳐도 일단 죽을힘을 다해 끝까지 써보자. 마침표를 찍고 나면 전혀 의외의 새로운 생각이 들 것이다. 말이 되든, 안 되든 일단 시작한 글은 마지막까지 완성해야 한다. 그 과정을 견디는 사람은 작가가 될 수 있는 맷집이 있다는 뜻이다. 없더라도 곧 생성될 것이다.

『소설가의 각오』를 쓴 책의 저자 마루야마 겐지는 이 책에서 "문장이란 로프 한 자락에 의지하여 혼의 벼랑을 오르게 했다. 산은 그런 나날을 긍정하게 하는 바람을 몰아쳤다. 나는 쓰기 위해서 먹고, 쓰기 위해서 자고, 쓰기 위해서 살았다."라는 솔직한 작가의 심정을 다 털어놓은 듯하다. 그는 글을 쓰면서 몸소 경험하고 느낀 바를 선명하게 그려내듯 묘사하고 있다. 글쓰기가 바로 이런 각오로 임해야 하는 것이 아닌가 싶다. 이런 절박한 마음으로 글을 쓰지 않으면, 글을 쓴다고 해서 모두 글이 될 수 없지 않는가라는 준엄한 물음표를 나를 향해 찍었다. 저자는 또 "다행스럽게도 그런 기백이 끝까지 유지되어 한 번도 쓰러지지 않았다. 4백 자 원고지 삼백오십 매짜리 원고 뭉치를 짊어지고 산에서 내려와 내 정신으로 돌아온 나는 여름으로 치장한 북알프스 앞에서 넋을 잃고 멍하니 서 있다."라고 술회했다. 글쓰기는 나 자신과의 처절한 싸움이며, 고독을 이겨내야 하는 끈기가 필요하다는 것을 간접 경험을 통해서 어렴풋이나마 알 것 같다. 아울러 저자는 "그런 순간 문학은 나에게서 떠나간다. 육체적 피로가 소설을 조롱한다. 머리가 텅 빌 무렵이면 짧은 여름은 이미 가고 없다. 그리하여 차가운 가을비 저 너머로 우뚝 솟은 낯선 산은 북알프스의 산이 아니라, 또다시 아홉 달, 열 달 에너지를 소진하며 도전해야 할 문학의 산이다."라며 진한 아쉬움을 숨김없이 토해내고 있다. 내 마음도 따라 숙연해지다 못해 먹먹해진다. 어쩜 이렇게 소름 끼치는 느낌이 들도록 나를 후려치는지 모르겠다는 생각이 언뜻 든다. 또 저자는 "올려다보기만 해도 온몸이 부르르 떨리는 소설이란 높은 산 앞에 선 나는, 여름의 북알프스가 내게 선사한 체력과 기력을 바탕으로 한 걸음, 또 한 걸음 입구를 향해 간다."라고 하는 글쓰기의 진정한 가치를, 심연으로부터 퍼 올리듯 진한 감동을 여과 없이 표출한 것이 아닌가 싶기도 하다.

이를 모두 아우르고 요약하면, 글을 잘 쓸 수 있는 자질을 갖추기 위한 조건은 "일단 써라. 당장 써라. 매일 써라. 많이 읽고, 많이 쓰고, 많이 상상하라."라는 메시지가 분명하다.

"책 읽기는 인간 그 자체를 변화시키는 데 가장 적합하지만, 실제로 인생 역전을 시켜주는 것은 책 읽기가 아니라 책 쓰기다. 엄밀하게 말해, 인간을 성장시키는 것은 읽기이고 인생에 혁명을 가져다주는 것은 쓰기다."라고 한 김병완 작가는 그의 저서 『김병완의 글쓰기 혁명』이라는 책에서 이렇게 밝혔다. 책을 읽는 것으로 그치지 말고 무조건 쓰라는 메시지를 전하고 있다. 심지어 글 자체가 되라고 주문하기도 했다. 나는 글자 하나하나에 영혼을 담아 쓰라는 뜻으로 해석했다.

때로 지인을 만나면 "요즘 뭐 하죠?"라는 말이 첫인사였다. 일을 그만두고 나서부터 이 질문은 나를 집요하게 따라다녔다. 머쓱해 하다가 "공부하고 있죠."라고 대답하면 눈이 휘둥그레져서 "무슨 공부요?" 하고 또 물었다. "글을 쓰고 있어요."라고 정중하게 답했다. 대뜸 "서예요?"라고 재차 물었다. "아니요, 책 쓰기요."라고 하면 의아한 눈초리로 바라보다 슬그머니 돌아섰다. 이제는 당당하게 말하고 싶다. 책을 쓰고 있노라고.

매일 책 읽기에서 책을 쓰는 변화된 삶을 통해 나만의 세계를 만들어가고 싶은 나이가 되었다. 이제 더 이상 물러설 곳은 없다. 죽이 되든지, 밥이 되든지 일단 써보는 수밖에, 다른 방법은 없다. 우선 쓰고 보자. 쓰다 보면 좋은 생각이 떠오르고, 최고로 좋은 생각은 적재적소에서 그 가치를 드러내며 문장 하나하나가 완성되어 갈 것이다. 그리고 매일 단 한 문장이라도 쓰는 습관을 들이는 것이 무엇보다 중요하다. 매일 써야 잘 쓰게 되고, 자꾸 쓰다 보면 쓰지 않고서는 배겨내지 못하게 될 것이다. 아마 더 자주 쓰고 싶어질 것 같은 예감이 든다. 글을 쓰지 못할 핑계는 지천으로 깔려 있지만, 그 가운데 가장 큰 이유는 단 하나, 쓰지 않기 때문이라는 사실을 기억할 필요가 있다. 처음부터 글을 잘 쓰는 사람은 없다. 글은 써 보는 자만이 잘 쓸 수 있다는 확신을 갖고 도전하고 싶다. "모든 초고(草稿)는 쓰레기다."라고 말 한 작가 헤밍웨이처럼, 일단 써놓고 퇴고를 거치는 수고를 기꺼이 할 수 있다면 글쓰기는 가능할 것으로 확신한다. 엉덩이를 의자에 붙박을 수 있는 끈기 또한 글쓰기의 승패를 좌우할 수 있는 소중한 무기라는 데 전적으로 동의한다. 즉, 버텨내고, 인내하는 능력을 키우는 일일 것이다. 소설 『칼의 노래』를 쓴 작가 김훈은 "버려진 섬마다 꽃이 피었다."는 소설의 첫 문장을 쓰기까지 며칠 밤을 고민했다고 한다. "꽃이"라고 해야 할지, "꽃은"이라고 해야 할지 조사 하나를 두고 숙고를 거듭했다고 하는 일화가 있다. 이러한 글쓰기의 습관을 나의 롤 모델로 삼았으면 싶다.

그렇다. 글쓰기는 분명 힘든 과정인 것만은 틀림없다. 그러나 젊어서 일에 열정을 쏟았듯이, 이제는 책 쓰는 일에 남은 인생을 불태우고 싶다.

"구하라 그리하면 너희에게 주실 것이요 찾으라 그리하면 찾아낼 것이요 문을 두드리라 그리하면 너희에게 열릴 것이니"라고 하신 하나님의 말씀을 늘 기억하며 책 쓰는 길을 묵묵히 걸어가고 싶다. 책 쓰기는 나의 마지막 소원인 까닭에.

끝.

저자 후기

글을 쓰겠다는 생각이 겉돌거나 주춤거리면서 흘려보낸 시간이 꽤 길었다. 허구한 날 도서관을 들락거리며 책 읽는 것으로 위안을 삼았다. 그런 가운데서도 호시탐탐 그 기회를 엿보고 있었다. 2019년 3월 어느 날, 도서관 입구에 걸려있는 현수막을 보고 가슴이 두근거렸다. 드디어 글을 쓸 수 있는 기회가 찾아온 것인가 싶었다. '보통 사람의 특별한 생애사'라는 글쓰기 프로젝트였다. 4월부터 6월까지 매주 수요일 2시간씩 강의를 듣고, 글을 쓰기 시작했다. 우리나라 연대기를 토대로 해서 내 삶의 발자취를 따라 그 기억들을 뒤적이며 심연에서 하나하나 끌어올렸다. 그리고 그 기억들을 소재로 삼아 글을 썼다. 먼저 생각나는 것부터 쓰려는데, 그 기억들이 꼬리에 꼬리를 물고 앞다투어 줄줄이 엮어 나왔다. 그렇게 쓰던 중에 수강이 끝났고, 8월까지 퇴고에 퇴고를 거듭한 후에 최종 원고를 제출했다. 그 도서관에서 출간하는 조건으로 시작한 수강이었기 때문이다. 그때 제출한 원고가 A4 용지로 80매가량이었다. 그 이후로 원고를 다듬고 또 다듬다 보니 120매로 늘어났다. 그 원고를 손에 들고, 기획 출간을 목적으로 글쓰기 코칭 학원을 찾아다녔다. 그러나 비용이 많이 들 뿐만 아니라 출간 기간도 늘어졌다. 더군다나 내가 의도한 책이 출간될 수 있을까 하는 의구심이 들어서 중도에 포기했다. 그리고 자비 출판사를 찾아 여기저기 기웃거렸다. 또 몇 군데는 전화로 상담하거나 인터넷 홈페이지를 뒤져가며 출판사를 물색했다. 그런 가운데 ㈜북랩 출판사와 인연이 닿아 이 책을 출간하기에 이르렀다. 출판사 편집자의 꼼꼼한 교정, 교열을 거친 원고를 저자가 다시 또 확인하면서 조금씩 책다운 책으로 틀을 갖추게 되었다. 편집자가 첫 독자가 된 셈인데, 잘 평가해 주서서 용기가 충천했다. 여기까지 올 수 있었던 것은 단 하루도 거르지 않고 하나님께 드린 기도가 열매를 맺게 해 주신 것으로 굳게 믿는다. 여기서 멈추지 않고 글을 쓰는 작가의 삶을 추구하며 남은 생을 멋지게 장식하고 싶은 마음이 간절하다. 독자의 반응이 자못 궁금하고 마음이 떨리기도 한다. 한없이 부족하고 미흡한 부분에 대해서는 초보 작가인 점을 감안하여 넓으신 아량으로 덮어 주었으면 하는 바람이다. 성령 하나님께 감사기도를 드리며 아내와 아들, 딸 가족 모두에게 이 책을 바친다.

2020년 설에 나는 쓰다

박형선